ウィンズテイル・テイルズ

封印の繭と運命の標（しるべ）

門田充宏

集英社文庫

目次

主要登場人物

【ウィンズテイルの住人たち】

リンディ　町守見習いの少年。異界紋の力により、徘徊者の世界と繋がることができる。

ニーモティカ　リンディの育ての親。異界紋の力で不老不死となった。時不知さまとも呼ばれる。

ユーゴ　町守の一員。リンディの無口な指導役。

ロブ　町守のリーダー。

リューダエルナ　町守の一員。ダルゴナとの外交役も担う。

ドクター・ノブルーシュカ　町でただひとりの医師。

コウガ　純白の体毛を持つシェパード。町守の一員。

【他の都市からやってきた者たち】

メイリーン　町守見習いの少女。ダルゴナ出身。異界紋の力で過去の人工物を再生できる。

クオンゼィ　元・ダルゴナ警備隊総司令。徘徊者２１４号によって異界に呑まれた。

アバルト　ダルゴナ警備隊指揮官。

デハイア　ノルヤナートの研究者。

ララミィ　ノルヤナートの研究者。デハイアのチームメンバー。

ウィンズテイル・テイルズ

封印の繭と運命の標(しるべ)

第一章　日常に差す陰

1

リンディ、と誰かが呼んでいる。

柔らかくて穏やかな声は耳にとても心地よくて、リンディは思わずうっとりと聞き惚れてしまう。なんだかいい匂いもするし、暖かくて気持ちもいい。ずっとこのままでいられたらどんなにいいだろう――と思いつつも、なんとなく、そんなわけにはいかないことがうっすらと思い出されてくる。

なぜかっていうと、それはつまり――。

緩やかに記憶が甦ってきた。そういえばさっき、少し耳障りな音が鳴っていたような気がする。あれはだから、ええと。

リンディ、ともう一度名を呼ばれた。今度は少し困ったような声で。

「そろそろ起きないと――」

声の主に思い当たった途端、リンディの意識は一気に覚醒した。

「メイリーン⁉」

あまりに勢いよく跳ね起きたものだから、もう少しでベッドサイドのメイリーンにぶつかってしまうところだった。なんでメイリーンが、と思うのと同時に、リンディは自分の状況を理解する。

ベッドサイドテーブルの上、ベルを止められて横倒しになった目覚まし時計。慌てて取り上げたその針は、六時四十五分を指していた。

「寝坊した！」

「まだ寝坊ってほどじゃないよ」

くすくすと楽しげな声で笑いつつ、メイリーンが言った。

「でもそろそろ起こしておいでって、ニーモティカさんが。ご飯もできたし」

「えっ」

寝癖のついた黒髪にひょろひょろとまばらに伸びた髭（ひげ）、サイズが合っているとは言いがたいぶかぶかのパジャマ姿。できれば見せたくなかった格好のリンディを笑顔で見つめるメイリーンは、淡いグレイの袖無しワンピースの上に胸当てのあるエプロンをつけ、ライトブラウンの長髪を頭の後ろできっちりとお団子にまとめていた。

「……作ってくれたの？」

えっ、うん、とメイリーンは口ごもりつつ頷（うなず）いた。大人びて整った顔立ちではあるもものの、表情と仕草は十四歳のそれだ。

「作ったって言っても、パン切って卵焼いただけなんだけど――」

「でも今日、僕の番だったのに」

メイリーンの瞳が、一瞬不安で揺れる。

「……作ったらダメだった？」

「そんなことないよ！」

リンディは何度も首を横に振った。

「すごく嬉しい、嬉しいけど、でも、僕が寝坊したせいでやらせちゃったんだったら悪くて」

「それだけ？」

もちろんだよとリンディが頷くと、メイリーンは安堵の表情を浮かべた。

「ダメじゃないならよかった」

「ダメなわけないよ、でも」

いいの、とメイリーンがリンディの言葉を遮った。

「わたしがやりたくてやったんだから、気にしないで。リンディいっぱい仕事してて疲れてるし、わたしもなるべく色々やりたいなって思ってたから」

「だけど、メイリーンだって――」

「リンディの方が忙しくしてるもん」

リンディに最後まで言わせず、メイリーンが言った。

「それにわたしだって、もうお客さんじゃないんだから。ね」

メイリーンの視線を受けて、リンディは出かかっていた言葉を呑んだ。代わりにそうだね、と言って、頭を下げる。

「ごめん、ありがとう」

ううん、とメイリーンが首を横に振った。

「パン焼いとくから支度して。バター塗る？　それともチーズ載せて焼いた方がいい？」

「ピーナツバターにする。ありがとう」

答えつつベッドから下りたリンディは、躊躇いなくパジャマを脱ぎだした。慌てて背を向けたメイリーンが顔を赤らめ、先行ってるからね、と告げて足早にリンディの寝室を後にする。

「あんたが寝坊するなんて何年ぶりだろうね」

急いで身支度を終えて食堂に現れたリンディを見るなり、ニーモティカが言った。

「無理してんじゃないだろうね？」

眉間に皺を刻んでリンディを見上げるニーモティカの姿は、どう見ても不機嫌そうなローティーンの少女としか思えない。東洋系のリンディも十五歳にしては幼く見える方だが、二人のことを知らない人間に長幼を尋ねたら、十人中十人が年嵩なのはリンディだと答えるだろう。

時不知さま——町の住人から畏敬を込めてそう呼ばれるニーモティカの実年齢は、百二十歳を優に超えている。十二歳のころ、いつの間にか右のうなじに異界紋と呼ばれる黒々とした紋様を刻まれて以来、彼女の肉体は時間の流れから取り残されたまま、一歩も前に進んでいない。

明るいブラウンの瞳、くっきりしてどちらかと言えば派手めな顔立ち、そしていつだって起き抜けのように好き勝手にうねったプラチナブロンドのショートヘア。リンディが初めて出会ったときから、その姿は何ひとつ変わらないままだ。

「無理なんかしてないよ。ただちょっと、昨日遅くまで本を読んでたからさ」

「本って、なんの？」

リンディと自分のぶんのホットミルクを運んできたメイリーンが、食卓につきながら尋ねた。

「昔の記録。図書館で借りてきたんだ」

「図書館？」

小首を傾げるメイリーンに、そんなご大層なもんでもないけどね、と白湯を啜りつつニーモティカが口を挟む。

「北にあったおっきな町が〈石英の森〉になっちまったころ、そこから持ち出されたり、元々ウィンズテイルやよその町にあった本や資料が一ヶ所に集められたんだよ。そこを図書館って呼んでるのさ」

「本がなくならないよう集めた、ってことですか？」

いいや、とニーモティカが首を横に振った。

「手元に置いとくのが怖かったんだよ。そのころはまだ、何が徘徊者を呼び寄せるのかがよくわかってなかったから、いろんなものが捨てられたり、人のいないところに放り出されたりしたんだ」

〈変異〉と呼ばれる侵略によって、人間が世界の大半を失ってから既に百年以上が過ぎている。世界各地に前触れなく出現した巨大な黒い三角錐、黒錐門。その内側から姿を現す黒いゴーレム、徘徊者は人間が二千年かけて積み上げてきた文化文明の産物の悉くを奪い去り、〈石英〉と呼ばれる半透明の無機物へと変えていった。この惑星上にかつて存在した数百万、数千万人が暮らしていた大都市は今やただのひとつも残っておらず、代わりにあるのは無機物の柱が林立する、〈石英の森〉と呼ばれる不毛の土地だけだ。

その長い収奪と虚しい抵抗の歴史を通じて、今では徘徊者が人間をはじめとする生き物や、それらが持つ色や形、発する音や熱、そして何より人間が作り上げたもの、特に複雑で高度かつ実際に機能しているものに惹きつけられ、それらを奪うためにやってくることがわかっていた。だが混乱の時期、人間は自らの手で様々なものを切り捨て、葬り去ったのだ。徘徊者がそれを狙ってくるという、根拠のないデマや噂話が生まれる度に。

実際にその時代に経験したことを思い出したのか、ニーモティカの表情に一瞬、暗い陰が差した。

「必要なものはあとになって回収されたりもしたけど、本や資料なんかはほとんどがずっとそのまんまになってるね。知識や技術についちゃ失われたものや変わってしまったことが多過ぎて、役に立たなくなったり理解できなくなったりしたものも少なくないし、楽しみのために本を読むなんてとてもできない時代が長かったから」

リンディたちが暮らすこのウィンズテイルの町は、東西がおよそ一キロ半、南北が三キロ弱の、歪んだ卵形をした比較的こぢんまりとした町だ。それでもかつては五万人を超える住人たちが暮らしていた。だが現在の住人は五千人にも満たず、しかもほとんどが七十代以上の高齢者だ。かつて存在した技術も知識もインフラも失われた世界で、住人たちのほとんどは生きること、そして課せられた役割を果たすことだけで精一杯だった。

　ここより南方には幾つかの、より大きな町が生き残っている。ウィンズテイルの住人たちは、町守(まちもり)と呼ばれる自警団を作り、徘徊者がそれらの町に侵攻するのを阻み続けてきた。徘徊者に対する防衛拠点——それが、ウィンズテイルに与えられた役割だった。人生の盛りを過ぎてもう社会を担う主力にはなれない者、家族や自分の町を失った者、そうした者たちがここに集められ、生活の保障や支援と引き換えに徘徊者と対峙(たいじ)してきたのだ。

　かつて、徘徊者を呼び寄せるかもしれないとされた本や資料がウィンズテイルに集められたのも、それが理由だった。

「とは言え、まあ」

　ニーモティカが不自然なほど朗らかな口調で言った。脳裏に浮かんでしまった様々な思いを振り払うかのように。

「お陰でいろんな本が集まってるのは確かだけどね。あたしも以前はずいぶん通ったよ」

「どんな本があるんですか?」

　メイリーンもまた、ことさら明るい口調でニーモティカに尋ねる。

「なんでもあるよ。とにかく手当たり次第集められてるからね、子ども向けの絵物語から、昔の学者が書いたむつかしい本も山ほどある。今じゃ中身を理解できる人間なんて誰もいないけどね。医学書や薬の本もあったから、昔はエリーが入り浸って掘り返してたねえ」

「掘り返してた？」

　そうなんだよ、とリンディが不満げに言った。

「本当に、文字通り掘り返さなくちゃいけないんだよ。本は確かにいっぱいあるんだけど、ところ構わず積み上げてあるだけで全然整理されてなくて、どこに何があるのか全然わかんないし、下の方の本を出そうと思ったら本当に大変なんだ」

「誰も管理なんてせずに放りっぱなしのうえに、わざわざ図書館に足を運ぼうなんて物好き、ほとんどいないからねえ」

　昔を思い出したのか、ニーモティカの唇に苦笑が浮いた。

「機體（きたい）の資料を探すのも大変だったよ。何年も通ってね、少しずつ集めて……」

　ま、そりゃいいんだけど、とニーモティカが首を振って思い出話を打ち切った。

「で、その図書館からどんな本を探してきたんだい、リンディ。しかも寝不足になるほど読み耽（ふけ）るなんて」

「それはその」

　リンディが視線を外して口ごもると、ニーモティカが、おや？　と口角を上げる。

「もしかして義母（あたし）には言えないような本かい？　こりゃ悪いこと聞いたかね、でもま、そうだよねえ、あんたももう十五歳なんだから」

「違うよ違う、そんなんじゃないよ」

両腕を振り回し顔を紅潮させつつ、リンディが慌てて言った。

「昔の、〈変異〉が始まったころの本が見つかったから、それを読んでたんだ。最初に黒錐門や徘徊者を見た人たちが何を考えてたのかとか、徘徊者が人間の世界を奪いに来てるってわかってどうしようとしたのかとか、そういうことが知りたくて」

「それはつまり――」

真顔になったニーモティカに、うん、とリンディは頷いた。

「おかあさんから教えてもらったことについて、もっと詳しくわからないかなって思って」

「繭とか、異界紋のこととか？」

メイリーンが、自分の両手のひらに視線を落として言った。そこには、二匹の蛇が絡み合いながらお互いを食べようとしているような図形が、黒々と刻まれている。徘徊者を砕いて得られる破片――砕片(さいへん)から、失われた過去の文化文明の遺物を再生できる力を持つ、〝再生〟の異界紋だ。

ニーモティカの右のうなじにある異界紋は、ほとんど円のように見える二十四角形の内側に、ぽってりと太った勾玉(まがたま)に似た図柄が描かれていた。ニーモティカの肉体を十二歳のまま留め続けている、〝不老〟の異界紋。

そしてそれと同じ紋様が、リンディの左のうなじにも刻まれていた。五歳の時発見されて以来、なんの影響も及ぼしていないと考えられていた異界紋。

だが今は違う。その紋様はリンディを、徘徊者が見ている世界、人間が到底理解しえない世界と繋げてしまうのだ。それをリンディは身をもって体験し、そして同時にその重要性を告げられてもいた。

〝繋がり〟の異界紋——恐ろしく危険で、だが同時に極めて強力であり、人間にとって何よりも重要なものとなり得る紋様。

それもあるよ、とリンディはメイリーンの問いに答えた。

「でも一番知りたいのは——おかあさんが言ってた、〝僕とメイリーンがいれば世界を元の姿に戻せる〟ってことなんだ。戻せるって言われたって、どうしたらそれができるのか全然わからないから——なにか、ヒントになることでも見つからないかと思って」

リンディの言葉に、メイリーンも真摯な表情で頷いた。ただひとりニーモティカだけが、苦いものでも飲んだかのような顔で小さく溜息を漏らした。

2

ダルゴナ警備隊の進駐から始まった徘徊者214号《這いずり》との対峙と封印から、

一ヶ月が過ぎていた。

　暦の上では初夏に入り、よく晴れた日中はじんわりと汗をかくような天候が続いている。とは言え、ウィンズテイル自体が元々高緯度にあること、また町の北方に広がる〈石英の森〉の影響から一年を通して湿度が低いこともあって、朝晩は至って過ごしやすい。

　町の南方にある農場と牧場は一年の中で最も緑色が深まり、東を流れるコラルー川もまた、魚影を濃くしていた。短い夏と秋が過ぎるまでの数ヶ月、ウィンズテイルの住人たちは冬に備え、各々に割り当てられた作業に従事する。南方にある工業都市・ダルゴナからの支援があるとは言え、食料の多くは自分たちで賄う必要があるためだ。

〈変異〉から百十余年が過ぎ、徘徊者による収奪の頻度は低下したものの、世界は一向に回復の気配を見せない。高度な文化文明の多くが失われてしまったことに加え、そもそもの人口が大きく減ってしまっていること、そしてある程度の復興が果たせそうになる度繰り返されてきた、徘徊者の襲来と収奪のためだ。

　もはや世界の回復に希望を持っている者はほとんどいない。多くの人間は絶望もしない代わりに希望も持たず、ただ淡々とルーチンをこなすようにして人生を送っていた。

　それでも、時には変化が生まれることもある。

　きっかけになったのは――、とリンディは隣を歩くメイリーンをちらと見た。食事の時と同じワンピースの上に、サンドグレイのざっくりしたカーディガンを羽織っている。カーディガンは二回りは大きそうで、袖は何回か折り返して合わせていたが、丈がどう見ても長すぎる。だがリンディには、カーディガンは最初からメイリーンがそうやって着るように仕立てられていたかのように感じられた。

――このメイリーンが、ダルゴナからウィンズテイルにやってきてリンディと出会ったこと。リンディが母親から聞かされた話を信じるなら、それが全ての始まりだ。

ふたりがいれば、世界を元の姿に戻すことができる。その言葉を思い出す度、リンディは重圧と責任感から押し潰されそうな気持ちになった。それでも耐えられているのは、なんとかしようと思えるのは、隣にいるのがメイリーンだからだ。覚えている限りで初めての、(外見ではなく)実年齢が近しい友だち。

メイリーンがいてくれて本当に良かった、とリンディは思う。

「どうしたの？　変な顔して」

「なんでもない。なんでもないよ」

リンディは慌てて首を横に振った。

ふたりが歩いているのは、ウィンズテイルの北半分、居住放棄区域だった。徘徊者が現れる〈石英の森〉に近いために住人が寄りつかず、空き家ばかりが並ぶこの区域を抜けた先には、遠目には石化した枯れ木のように見える見張り櫓が立っている。灰色の石を積み重ねて作られた見張り櫓は全高二十五メートルほど。〈石英の森〉からやってくる徘徊者をいち早く発見するために築かれた、人間の世界がここで終わることを示す徴だった。

だが今、二交代で見張り櫓に詰める町守たちが主に見張っているのは、〈石英の森〉の遥か北、円屋根の下から姿を現す新たな徘徊者ではなかった。それよりずっと手前、ようやく仮の再建が終わったばかりの防衛壁から北に進むこと三キロ強の地点。〈石英〉の柱の悉くが砕かれた地面に横たわる、灰色の巨大な繭。それが監視の対象だった。

あの中に、《這いずり》がいる。

百人のダルゴナ警備隊を吸収し〈石英〉と化した、異形の怪物。下半身を持たずに這い進む体軀は胴体だけでも数十メートルあり、さらに百五十メートルを優に超える無数の触手を有していた。その全てを折り畳まれ押し潰され、《這いずり》は今、長径六メートルほどの楕円形の繭の中に封じられている。

それを成し遂げ、ウィンズテイルを消失の危機から救ったのが自分たちであることに、リンディは未だ実感を持てずにいた。

「そんなの、わたしはもっとだよ」

以前その話をした時、メイリーンも目を伏せたままそう言った。

「みんなは褒めてくれるけど、《這いずり》を封じ込めたとき、わたしなんてほとんど気を失ってて何もしてないし」

「でも、繭を再生してくれたのはメイリーンだよ」

どこか申し訳なさそうなメイリーンに向けて、リンディは力説した。

「メイリーンが再生してくれたから、僕らは《這いずり》を閉じこめられたんだから。メイリーンがいなかったら何もできなかったに決まってるんだ」

ありがと、と小さく応えて口元を緩めはしたものの、メイリーンの表情は明るくはならなかった。

「でもそれも、リンディに言われた通りにやっただけだから。わたし――言われたことやるしかできなくて」

それは――とリンディが口ごもると、メイリーンは無理やり作ったような笑顔で、だから、と続けた。

「これからはちょっとずつでも、自分で考えて、自分でできるようになりたいんだ」

頑張るね、と言ったその翌日、メイリーンは自分から町守見習いになることを申し出た。それから毎日、メイリーンはリンディと一緒にこの道を歩いている。

自分で考えて、自分でできるようになりたい――その気持ちは、リンディも全く同じだった。

ウィンズテイルを救った、あのダルゴナの警備隊が敵わなかった徘徊者を閉じこめたなどと町の人々からは驚かれ賞賛されたりしたものの、ほとんどが事前に、それも百年以上前から計画されていたものだったことを知っているリンディは、とても素直に喜ぶ気持ちにはなれなかった。

　もちろん、たとえ自分たちが駒のように使われただけだったとしても、ぎりぎりでウィンズテイルを救えたことは嬉しい。

　だが問題は、これから先のことだ。

《這いずり》を封じ込めたといっても、根本的には何も解決していない。文化も文明も奪われたままで、人類が衰退の一途を辿っている状況に変化はないのだ。

　リンディとメイリーンのふたりがいれば、この状況を解決できる。そう、乙橋皐月――リンディの母親の残滓を名乗る存在は言った。だが、《這いずり》という目の前の危機を退けるので精一杯だったためか、あるいは他の理由があったのかはわからないが、どうすればそれを成し遂げられるのかについて、皐月はリンディに伝えなかった。

　世界を取り戻すことは、〈変異〉以来の人間の悲願だと言っていい。百年以上に亘って受け継がれてきたその願いを、ふたりはいきなり、なんの手がかりもないまま、一方的に背負わされてしまったのだ。

　聞かなかったことにはできなかった。もし本当に自分たちが世界を元の姿に戻せるのだとしたら、その方法があるのだとしたら、何をおいてもそれをやるべきだった。やりたいやりたくないではない、やらなければならないのだ。

仕事の合間を縫って図書館に通うようになったのは、それが理由だった。少しでも手がかりが得られないかと思ったのだ。

だが図書館とは名ばかりの、全く整理されずただ本や資料が集められているだけの大きな建物の中では、目的の本を探し出すだけでもひと苦労だった。そもそもまともに本棚に収められている本や資料はごく僅かで、ほとんどはクローゼットや机やテーブルの上に、種類も大きさも関係なく積み上げられているだけなのだ。それら本の山の埃を払い、時にはくっついてしまっている表紙を破れないように丁寧に剝がし、一冊ずつ中身を確かめていくだけでも恐ろしく時間がかかる。この半月通い詰めてようやく一冊、当時のことが書かれた手記らしき本を見つけたリンディが、あまりの嬉しさに夜中まで読み耽ってしまったとしても誰も責められはしないだろう。

とは言え残念ながら、ようやく見つけたその本にもリンディが知りたかったことはもちろん、手がかりになりそうなことは何も書かれてはいなかった。

だがそれも、考えてみれば当然のことかもしれない。リンディが皐月から聞かされたのは、これまで誰も考えなかっただろう、とても本当とは思えないことばかりだったのだから。

「異界には自我も意識もない、在り方自体が根底から違う――か」

「それこそが異界がこの世界を侵略する理由なんだ、っておかあさんが言ってた」

週末の夜、テーブルを囲んでいるのは、ニーモティカ、リンディ、メイリーンの三人に、町守のリーダーであるロブと、同じく町守の一員であり連弩の名手であるユーゴを加えた五人――つまり、《這いずり》と直接対峙した経験を持つ者たちだった。

あの日以来、週末になると五人は決まって夕食の時間を共に過ごしている。

最初は、お互いの体験を話し合うことで心の安定を取り戻そうとする試みだった。だが、その場でリンディの口から語られた情報が俄には受け入れがたく、かつウィンズテイルや人類の今後に大きな影響を及ぼす内容だったことから、この件については日を改めようとなったのだ。もちろん仕切り直したところで容易に結論が出るようなことはなく、結果、週末の会合はそれからずっと続けられている。

徘徊者の視座と繋がっている間の経験のほとんどを、リンディは徘徊者と自分の感覚がごちゃ混ぜになって区別がつかなくなってしまう、としか説明できなかった。それがどんな状態なのかも、徘徊者の感覚とはどんなものなのかも、なんとかして言語化しようとしたがダメだった。徘徊者の見ている世界がそもそも人語で語れるものではないのに加え、繋がりが途絶えて以降、霞に包まれたようにぼんやりした記憶となってしまっていたからだ。

そのため必然的に、会合の話題はリンディが今でも覚えている事柄に集中することになった。即ち、皐月がリンディに向けて語った内容だ。

「全然違うから俺らを侵略するんだ、って言われても全く意味がわからん。お前はどうよ、ユーゴ」

ロブの問いかけに、ユーゴは短くいや、とだけ応えた。

「違うから知ろうとする、ってことはわからなくはないけどねえ」

小食のため一足先に食事を終えたニーモティカが、白湯を啜りながら言う。

「自分と異なる相手を知ろうとする、あるいは逆に遠ざけたり排除しようとする――ってのは人間の場合ならよくあることだと思うよ。人間の場合ならね」

「でも、人間とは違う、っていうんでしょう？」

メイリーンの問いに、リンディは頷いた。

「自分と同じだと考えちゃいけないって怒られた。意図を探ろうとするな、そんなものないんだからって」

「意図はないのに行動はする」

ふうむ、とニーモティカが唇を曲げる。

「虫みたいなもんだと思った方がいいのかもしれないね。あたしたちの世界は、異界のやつらにとって餌場みたいなもんなのかも」

「じゃあれですか、〈石英〉はやつらが俺らの世界のモンを食べた後の、ウンチみたいなもんってことですか」

「ウンチとか言うんじゃないよ、食事の席で、しかもうら若い少年少女がいるってのに」

ぎっとニーモティカに睨まれて、ロブがすみません、と頭を掻いた。

「まあ、餌場ってのはあんまり適切な喩えじゃないかもしれないけどね。皐月の話じゃ、食べられた――じゃなかった、なんだっけ」

「〝呑まれた〟」

リンディの言葉に、そうだった、とニーモティカが膝を打つ。

「その、呑まれた人間は、バラバラにはなってるけど消えてはいない、ってことだったろ。だから餌みたいに食べられて消化されておしまい、ってわけじゃない」

「バラバラになったら消えてなくても死んでるんじゃないんですかねえ」

気味悪そうに言うロブに、そうじゃないらしいんだ、とリンディが言った。

「徘徊者に呑まれると細かく細かく分解されちゃって、考えたりするのも難しくなるらしいんだけど、それは死んだんじゃなくて、必要な部品が足りないから動かなくなったような感じなんだって。だから、バラバラになった部分を集めて元通りの形にすると、分解される前みたいに考えたりできるようになるらしいんだ」

「ただし、自然と元通りの形にはならないから、分解されたものを集める仕組みが必要になる」

そうだね、とニーモティカに同意したリンディが続ける。

「おかあさんの場合は、僕を灯台にして集まるようにした、って言ってた。そうやって集めれば、全部じゃないから本当のおかあさんが知ってることの全てを知ってるわけじゃないけど、僕と話せるくらいにはおかあさんになれるんだ、って」

「――何が何だかさっぱりわからないんですけど、俺だけですかね」

途方に暮れた様子でロブが言う。まあねえ、とニーモティカが苦笑した。

「ちゃんとわかる人間なんて誰もいないだろうよ。でもまあ今んとこ、全部わかる必要もないだろうさ。大事なのは」

ニーモティカがその小さな手のひらを四人に向けて広げてみせる。

「徘徊者に呑まれた人間や世界のいろんなモンは、分解されてバラバラになってはいても、なくなったわけじゃないってこと」

指をひとつ折って続ける。

「皐月が世界を元に戻すことができる、って言った根拠はそこにあるんだろうと思うよ。それに、メイリーンが徘徊者の砕片から奪われた過去の遺物を再生できるってのも――どうやってか、ってことは除いてだけど、説明がつく」

「砕片の中には、徘徊者が呑んだものがバラバラにはなってるけど残ってるから、ってこと？」

そうだね、とニーモティカが頷いた。

「つまりメイリーンは、皐月がリンディを灯台にして自分を集めさせたのと同じことを、砕片に対してできるんだと思うんだよ」

「わたし、自分がよく知ってるものしか再生できませんけど……」

おずおずと言うメイリーンに、それも皐月と同じだね、とニーモティカは言った。

「皐月も、自分のことを知っているリンディを灯台にして再生した、とも言えるわけだ。働きとしては同じだと考えてもいいんじゃないかと思うよ」

「じゃあ、メイリーンが砕片から昔のものを全部再生すれば世界を元通りにできる、ってこと？　でも何かひとつ再生するだけでも大変なのに、そんなことしたらメイリーン倒れちゃうよ」

あたしもそう思うよ、とニーモティカが同意する。

「世界を元に戻すってのは、そんな単純な方法じゃないだろう。大体、メイリーンがこれまで徘徊者に呑まれた人間を再生しようと思ったら、その人間ひとりひとりのことをちゃんと知らなきゃならないってことだよ。〈変異〉が始まったとき、この世界に人間が何人いたか知ってるかい？　八十億だよ八十億。そんだけいた人間のひとりひとり、メイリーンに〝よく知って〟もらうなんて、天地がひっくり返っても無理だろ」

絶対無理です、とメイリーンが何度も首を横に振る。

「じゃあどうやればいいのさ」

不満げに唇を尖らせたリンディに、それがわからないってことが大事なんだよ、とニーモティカは二本目の指を折ってみせた。

「皐月はあんたたちふたりがいれば世界を元に戻せるって言ったかもしれない。でも、どうやればいいのかは言わなかった。それは伝える時間がなかっただけかもしれないし、皐月もわかってなかったからかも、そもそも本当はそんなことはできないからかもしれない。少なくとも今の時点では、それはわからないんだ」

「でも」

少しの間黙っていたメイリーンが、思い切った様子で言った。

「わたしの異界紋が、そのために与えられたのは確かだと思うんです。だから——」

「それが三つ目の、今わかってる大事なことさ」

メイリーンに最後まで言わせず、ニーモティカが三本目の指を折る。

「異界紋は徘徊者や、異界にいる何者か——いや〝者〟じゃないらしいから、仮に異界存在とでも呼ぶことにしようか——が作ったものじゃない、ってことだよ。どうやってだかはさっぱりわかんないけど、あたしたちに刻まれてる異界紋は、百年以上前の皐月やミュードバード・セブンディートールド、つまりあたし自身の母親や、異界に呑まれた連中が作ったらしい、ってことだ」

「異界紋と言いつつ、実際には人間が作ったってことですかね」

「確かなことはわからないにしても、少なくとも人間の意図があったってことは認めていいと思うよ」

ロブの問いに、ニーモティカが答えた。

「それなら、最初の被刻印者とされてる人間が、徘徊者の〈核〉についての情報をもたらした、ってのも納得いくだろ」

「……でも異界紋のせいでひどい目にあった人もたくさんいるよね？」

リンディの問いに頷くニーモティカの瞳に陰が差した。

「それも大事なところだ。つまり異界紋は、人間の意図で刻印されたにしても、完全に思い通りに作れるわけじゃないってことだよ」

四本目の指を折ったニーモティカが、そのまま最後の小指も折って続けた。

「そこからわかる、最後の大事な点はね――確かに昔の人間は、奪われていく世界を元に戻そうとして、その時に散々考えて準備したかもしれないけど、それは完璧でも何でもなかったってことだよ。今のあたしたちよりも異界や徘徊者についての知識があったり、技術もあったりしたかもしれないけど、昔の人間だってあたしたちとおんなじように、完璧からはほど遠かったんだ」

だから、とニーモティカはメイリーンとリンディをかわるがわるまっすぐ見つめて言った。

「あんたたちがそれを気にする必要はないんだよ。大昔の人間がどんな道筋を考えて準備を整えてたとしても、そんなもんはあんたたちには関係ないし、責任を取ろうなんてことは微塵も考えなくていいんだ」

いいね、と静かな声でニーモティカが言った。

そんなふうに自分たちが考えられないことはわかっていた。それでも、リンディはメイリーンと一緒に、黙ったまま頷いた。

3

「ちょっとだけ、見張り櫓に寄ってってもいい？」

繭へと向かう途中、リンディがふと思い出したように言った。

「もちろんいいけど――どうしたの？」

「昨日、ジョーイからドライフルーツの割れたのをもらったんだけど」

町守の先代のリーダーであるジョーイは、七十代とは思えない膂力を未だに保持している巨漢で、小さいが評判のいいレストランを経営している。リンディの料理のレパートリーの大半は、小さいころから少しずつジョーイに教わってきたものだ。

「コウガが果物好きだからさ、少し分けてやろうかと思って」

「わたしも行っていい？」

もちろん、とリンディは頷いた。町守の一員であり、ウィンズテイルで最大の機動力を誇るアメリカン・カナディアン・ホワイト・シェパードのコウガは、訓練時間を除けば一日のほとんどを見張り櫓の上で過ごしている。訓練ではリンディやメイリーンの指示にもきちんと従ってくれてはいるが、訓練時以外の振る舞いを見る限り、ふたりのことは同僚というよりむしろ自分の保護対象として認識しているらしかった。

全高二十五メートルほどの見張り櫓の中は、最上部の見張り台を除くと途中何ヶ所かに小さな収納を兼ねた踊り場がある以外、ほとんどが螺旋（らせん）階段で占められている。襲来する徘徊者の姿を少しでも早く捉えることにだけ特化して作られた施設だ。

見張り櫓から千メートルほど北、〈石英の森〉が始まる直前を、東西三キロに亘（とりで）って一本の緑のラインが延びている。徘徊者を足止めするための最後の砦、防衛壁だ。その実体は等間隔で建てられた高さ三メートルの竿（さお）とその間に張られた目の細かいネット、そしてネットの表面に繁茂する、低温低湿環境に耐えられるように品種改良で生み出された蔓（つる）性植物だった。

間近で見る防衛壁は東西にどこまでも延びて、ウィンズテイルをぐるりと包み込んで護（まも）っているようにさえ思える。だが実際にはそんなことはないのだ――リンディはそれを、初めて見張り櫓に上ったときに思い知った。

螺旋階段を上り続けながらリンディがそんな話をすると、メイリーンはわたしも、と頷いた。

「〈石英の森〉から帰るとき、うつらうつらしながら見ただけだったけど、すごく大きいんだなって思ったの。それなのに、見張り櫓から見たらびっくりするくらい小さくて」

だよね、とリンディが共感を込めて頷く。すぐ傍（そば）でなら見上げるほど巨大だと感じる防衛壁も、見張り櫓の上からでは地平線まで半透明の無機物が並ぶ大地の端に描かれた、さほど長くもない緑の線にしか見えないのだ。

圧倒的な差だった。

見張り櫓に上る度、ふたりはそれを思い知らされてしまう。

それでも以前だったら、ここまで心が揺さぶられることはなかっただろう。ふたりにとって、世界は最初からそういうものだったのだから。

だが今は違う。ふたりの目はこの光景を、自分たちが元の姿に戻さねばならない対象として捉えてしまう。そしてそう思って見てしまうと、〈石英の森〉は絶望的なほどに広大だった。異界紋によって与えられた力があるとは言え、いったいどうすればこの圧倒的な物量に対処できるのか、想像さえできない。

　ふたりの間に生まれた陰鬱な雰囲気を破ってくれたのは、螺旋階段を上り終えたとたん、ふたりに向かってすっ飛んできたコウガの姿だった。どうやら匂いでリンディが持ってきた物を察知したらしく、軽快な足取りでふたりの周りをぐるぐると回る。楽しげに振られる尻尾を見たメイリーンは顔を綻ばせ、コウガの名を呼んで抱きしめた。

「あら、どうかしたの」

　見張り窓から〈石英の森〉を見つめていた女性が、ちらとふたりを見て言った。ウィンズテイルでは若い部類に入る六十代前半の女性町守、ヘルガ＝エルガ・ベルガーだ。普段は畑仕事をしているために白い膚（はだ）には染みが多く、半分以上が白くなってしまった毛髪には艶も張りもない。だが、明るいグレイの袖無しシャツから伸びる二本の腕はがっしりとして肉付きも良く、厚めの唇に浮いているのはいかにも人好きのする微笑（ほほえ）みだった。

　町守に求められるのは何より体力だ。見張り櫓に上って半日〈石英の森〉を睨んで過ごし、時に徘徊者と対峙し走り回り、連弩を扱わねばならない。一方で加齢と共に体力はどうしても落ちてくるし、そうなれば性差によって元々違う筋肉量の影響も大きくなっていく。ウィンズテイルの町守に男性が多いのはそれが理由だが、ヘルガ＝エルガはその（ウィンズテイルにおける）若さと生まれ持った身体能力によって男性に引けを取ることなく、というよりむしろ上位の実力者と見做されていた。

「あなたたちが次の当番だっけ？」

壁際のソファから身を起こした、痩せた女性が小首を傾げて聞いた。リューダエルナ・ベルンストロール――七十を過ぎていったん引退していたが、乞われて少しの間なら、と復帰した町守だった。この数年でだいぶ足腰は弱くなったとは言うものの、見張り櫓の螺旋階段は鼻歌交じりで上ってくるし、何よりリンディが舌を巻くほど目がいい。

そうじゃないんだけど、と言ってリンディは上衣のポケットからドライフルーツが入った小袋を取り出した。それを見るやくるくる回っていたコウガがリンディの正面に回り込み、さっと座れの姿勢を取る。

「割れたのだけど、ジョーイからもらったんだ。コウガに少しやろうと思って」

袋から一欠片取り出して、やって、と言ってメイリーンに手渡す。メイリーンは悪戯っぽい笑みを浮かべ、コウガ、と呼んだ。たぶん待てとお手をさせるつもりなんだろう。

「アタシにもおくれよ。ジョーイが作ったんなら割れてたって美味しいんだから」

「あんまりないからちょっとずつね」

リューダエルナと、私も、と伸ばされたヘルガ＝エルガの手にドライフルーツを載せると、ふたりとも即座に口に入れ、うまいね、いいね、と満足そうに笑った。

「年取るとこういう素朴な甘さの方がよくなるよねえ」

ほんとだよ、とヘルガ＝エルガに頷いたリューダエルナがそれで？　とリンディに向き直った。

「アタシたちゃコウガに果物持ってきてくれただけってわけじゃないんだろ？　なんの用だい」

「用って言うか――」

コウガにドライフルーツを与え終えたメイリーンに新しく林檎の欠片を渡してから、リンディが頭を掻いた。

「教えてもらえないかなと思って。その――」

「ダルゴナのことかい？」

リューダエルナの言葉に、えっ、とメイリーンが小さく声を上げる。

「ん？　なんだ、知らなかったのかい」

ソファに座り直したリューダエルナが隣を叩き、おいで、とメイリーンを呼んだ。メイリーンが言われるままリューダエルナの隣に腰を下ろすと、その手にある林檎を狙ってコウガが足元にぴったりと寄り添って座る。

「リューダエルナさんは、ダルゴナとの窓口役をやってるんだ」

リンディが説明した。

「ウィンズテイルはダルゴナから援助物資をもらったり、身寄りをなくした人の受け入れなんかもしてるんだけど、そういうことの交渉や取りまとめをしてくれてるんだよ。──具体的にどういうことなのかは、その、よく知らないんだけど」

「そんな大層なことしてるわけじゃあないよ」

ははっ、とリューダエルナが嬉しそうに笑った。

「ダルゴナにはダルゴナの、ウィンズテイルにはウィンズテイルの都合があるだろ。それをすり合わせて、お互いが納得いくようにしてるってだけのことだよ。ロブがみんなの意見を聞いて、ここは譲ってもいいけどこれは絶対譲れない、みたいなのを決めてアタシのとこに持ってくるんだ。アタシゃそれを元にして、ダルゴナとやり取りしてるんだよ、ロブの代理でね」

「最初はロブがやってたんだけどね、ほら、ロブって考えてることが全部そのまま顔に出ちゃうでしょう、だから交渉ごとは本当に向いてなくてねえ」

笑いながら、ヘルガ＝エルガが言った。

「それで見かねたリューダが代わるようになったのよ。リューダはねえ、話し合いをまとめるのが若いときから本当に上手でねえ」

「よしとくれよ、そんな何十年も前の話」

ま、と言葉とは裏腹にまんざらでもなさそうな笑顔でリューダエルナは続けた。

「ロブが向いてないのはホントその通りだけどね。今回のことだってそうだよ、ダルゴナに怒鳴り込もうとしてたんだからね。全く、癇癪起こした子どもじゃないんだから」

「今回のこと、って」

リューダエルナの横顔を見上げて、メイリーンが尋ねた。その手に握られたままの林檎の欠片をじっと見つめ、コウガは座れの姿勢のまま微動だにしない。

「警備隊のことさ」

口元に優しい笑みを浮かべたリューダエルナが、メイリーンに言った。

「アタシたちの大事な時計塔をぶっ壊して、まだ小さな子どもをひどい目に遭わせて、揚げ句の果てに徘徊者を呼び寄せてウィンズテイルを襲わせるとは何事だ、一体全体どういう料簡だってダルゴナ運営議会に殴り込んでくるとか言ってね。大変だったよもう、落ち着かせるのがさ」

「小さな子どもって、メイリーンのこと？」

リンディの問いに、もちろんそうさ、とリューダエルナが頷く。

「それだけでも相当腹に据えかねてたらしいね。でもだからって正面切って喧嘩売ったんじゃ、収まるもんも収まらなくなるだろ？　なんだかんだ言って、ウィンズテイルとダルゴナはお互いがいないとやってけないのは間違いないんだから」

「でも、ロブはその裏表がなくて真っ当なところがみんなから信頼されてるのよ」

〈石英の森〉を見張りつつ、ヘルガ＝エルガが口を挟む。

「だからリューダも、文句を言ったりはするけど最後には手伝ってあげてるわけ」

「今回はさすがにちょっと面倒だったけどねえ」

どんなふうに？　とリンディが尋ねると、それがね、とリューダエルナが身を乗り出した。

「アタシもロブから話聞いて、ロブほどじゃないけどびっくりして、こりゃ直接話さなきゃと思ってダルゴナに行ったのよ」

ダルゴナに到着したリューダエルナは、警備艦に残留していたお陰で生き延びた少数の警備隊員と共に運営議会に向かった。そこで告げられたのは、警備隊がウィンズティルを制圧したことも、徘徊者を砕き続けて人間の世界を取り戻そうとしたことも、ほとんどがクオンゼィの独断だったということだった。

「運営議会が知らないうちに、あのクオンゼィって人が勝手にやったってことなの？」

リンディの脳裏に、クオンゼィの忘れがたい姿とその言動が浮かぶ。直接言葉を交わしたことはなく、ニーモティカと対峙したり円屋根の下で指揮している姿を遠目で見ただけだったが、リンディにとってはこれまで一度も目にしたことがなかった、強烈かつ独善的な自我を持つ男だった。

その名から思い起こされることがあるのだろう、メイリーンは俯き、眉間に皺を寄せ唇を噛みしめていた。その肩に、リューダエルナがそっと手を載せる。

「少なくとも建前はそうだってことだよ。運営議会の連中は一貫してとにかく知らぬ存ぜぬ、初めて聞いた驚いたって言い張ってたね」

「本当のところはわからないけどねえ」

　しみじみと言うヘルガ＝エルガの言葉に、全くだよ、とリューダエルナは頷いた。

「でもまあ、そこは問い質さないのがお互いのためさ。あっちは内心しくじったと思ってる、こっちはあっちがそう思ってることをちゃんとわかってる。そしてあっちは、こっちがちゃんとわかってるってことをわかってる。そこでやめとくのがコツさ。やめといて、その上でこっちの都合がいいふうに話を持っていくんだよ」

「釈然としないって顔してるねえ」

　ヘルガ＝エルガがリンディを見て笑った。

「ロブと似てるね。私はそういうの嫌いじゃないな」

「アタシだって嫌いじゃないよ」

　なぜか憤然としてリューダエルナが口を挟んだ。

「だけど、自分だけのことならともかく、ウィンズテイルとダルゴナが丸ごと関わってることだからね。自分が気持ちよくなるために、自分以外の人間を辛い目に遭わせるわけにはいかないだろ」

「損な役回りだよねえ、リューダは」

全くだよと大袈裟に溜息をついたリューダエルナに、それまで俯いていたメイリーンが、それでその——と顔を上げて尋ねた。

「リューダエルナさんは、どんなふうに話をしたんですか？」

「まず、アタシたちが見た——と言ってもアタシは見てないから、実際にはロブやあんたたちの身の上に起きた出来事を、事細かに説明してやったんだよ。ダルゴナの警備隊がウィンズテイルに来て何が起きたかってことをね」

「ダルゴナのせいだなんてことはひと言も言わないで、ね」

ヘルガ＝エルガの言葉にもちろんさ、とリューダエルナは応えた。

「直接は言わない代わりに匂わせまくったけどもね。今回は運良く収束させることができたけれども、次もそうなるなんてとても言えない、本当に本当に今回は運が良かったんだ、ってね」

「だからもう二度と来ちゃダメよ、ってちゃんとわかってた？」

「あれで伝わってなかったら何言ってもダメだと思うねえ」

リューダエルナが答えると、ヘルガ＝エルガはリューダがそこまで言ったなら大丈夫ね、と笑った。

「あの、教えてもらってもいいですか」

恐る恐るメイリーンが言った。

「今回は運が良かった、って伝えたということですけど、《這いずり》――徘徊者をどうやって倒したのかは――」

「ウィンズテイルにはユーゴっていう、ものすごく腕のいい町守がいるから、って言っといた」

　リューダエルナの表情に、初めて少し陰が差した。

「ロブや時不知さまと話して、ユーゴが凄腕（すごうで）だからで押し通しとこうってことにしたんだよ。徘徊者がどういうわけか突然繭で自分を包み込んだなんて言っても、あっちだってハイそうですかとは言えないだろ？」

　その口調と表情から、リンディはリューダエルナがロブやニーモティカから、実際にあったことを知らされているに違いないと思った。だがそれを尋ねたところで、リューダエルナは決して認めないだろう。ダルゴナに対してそうだったように、リューダエルナはいったん言わない方がいいと判断したことは決して言葉にしないのだ。

「――ありがとう、リューダエルナさん」

　リンディの言葉に、メイリーンも頷いた。リューダエルナは何言ってんだい、と大袈裟なくらいの動きで首を横に振る。

「それがアタシの仕事だってだけのことだよ。交渉して、ちょっとでもこっちの都合がいいように話を持ってくってのがね」

敢えてずれた答を返されたことがわかったリンディは、それ以上何も言わず、ただ黙って頭を下げた。その様子に照れたような表情になったリューダエルナが、不意に両手を高らかに打ち鳴らす。

「はいはい、雑談はそろそろ終わりだよ。今は交渉じゃなくて見張り当番の時間だからね。あんたたちも仕事があるんだろ？」

行った行った、と大袈裟な動きでふたりを追い立てる。

「話を聞かせてくれてありがとう、リューダエルナさん」

「こっちも果物もらったからお互い様だよ。ねえ」

ヘルガ＝エルガが笑って言うのに、そうさね、とリューダエルナも頷いた。

「あんたたちも大変だろうけど、まあとにかく、死なない程度に頑張んな。年取ってから後悔したんじゃつまんないからね」

うん、と力強く頷くと、リンディはメイリーンの手を取って見張り櫓を後にした。

4

あれから一ヶ月が過ぎても、《這いずり》を封じ込めた繭にはなんの変化もなかった。

恐る恐る行われた計測によると、繭の長径は六・二、短径は三・四メートル。上下左右がほぼ対称の楕円で、蛾の繭がそのまま巨大化したものという印象を受ける。全体としては灰色だが均一ではなく、濃淡は場所によって微妙に異なっていた。表面は太さも長さも様々な灰色の繊維が捩じられ、絡み合って固まっているかのように見える――もちろんそれは、そんなふうに見えるというだけのことだった。実際にそうでないことは、成り立ちを知る誰もが理解している。

だが、ではこれは何からどうやってできているのかと問われても、砕片から再生したメイリーンはもちろん、異界紋を通じてそれを指示したリンディも答えることができなかった。皐月がふたりに与えたのは繭を再生するための能力とそのために必要な、言葉ではなく概念として〝直接リンディに差し込まれた〟知識だけで、それがどのようにして作られるものなのかについては何ひとつ教えられてはいない。

これからこの繭をどう扱ったらいいか判断できず、途方に暮れているのはそれが理由だった。

繭自体の調査は、離れた場所から大きさを計っただけで終わっている。出現してからこちら、繭に触れた者はひとりもいない。ニーモティカが、誰も近寄らない方がいいと主張したからだ。

「もしこいつがリンディが包まれてたのと同じ繭だとしたら」

《這いずり》封印の翌日、改めて繭の様子を確かめに来たニーモティカは言った。

「迂闊に触らない方がいいと思うんだよ。少なくともあたしは、絶対に触らない」

尋ねたリンディに、ニーモティカは繭を見上げたまま答えた。

「あんたが包まれてた繭はね、あたしが触ったらいきなり勝手に開いたんだよ。制御盤とかなしにね」

初めて聞かされた話に、リンディはえっ、と息を呑んだ。

「大きさはもちろん違うけど、少なくとも見た目は——表面は、リンディの繭とおんなじように思えるんだ。制御盤で操作しなくても解放される可能性があるんだとしたら、下手にちょっかい出さないに越したことはないだろ」

リンディの繭は、〈石英の森〉の中、ユーゴによって発見された。表面に理解可能な文字が刻まれていることに気づいたユーゴは、その繭をウィンズテイルまで持ち帰るべきだと考えたのだ。

「RINDOU OTOHASHI、FIVE YEARS OLD。そう彫ってあったんだよ」

ユーゴに繭を持ち込まれたニーモティカは、初めそれを墓碑だと考えた。

「初めて聞くような名前だったけど、後ろに年が彫ってあったからね。墓碑にしちゃ多少大きいし変な形だけど、他所（よそ）じゃこういうのもあるのかなと思ったんだ」

そのあと、詳しく調べようとして手を触れた途端、繭の中央にいきなりひびが入った

――それが、ニーモティカの記憶だった。

「あたしの前にユーゴは触ってたわけだから、誰かが触るってのだけが解放の条件じゃないとは思うんだ。だけど、詳しいことがわかるまでヘタなアプローチはしないに限るよ。いきなり《這いずり》が解放されちまったらたまんないだろ」

そう言われるまで、ロブは繭を〈石英の森〉の奥まで馬に引かせて運ぶつもりだったらしい。繭のある場所があまりにもウィンズテイルに近く、万が一のことを考えると危険過ぎるからだ。

「でも――やんない方が良さそうですね」

「運ぶだけなら大丈夫かもしれないけど――絶対、とは言えないからねえ」

その結果、繭はひと月前のまま、〈石英の森〉のただ中に転がされたままになっている。

とは言えもちろん、未来永劫(みらいえいごう)このままにしておくわけにもいかない。繭のすぐ傍には未だ回収が終わっていない徘徊者213号の砕片が大量に残されており、もし《這いずり》が繭から解放され、それらを吸収してしまったらどれほどの巨軀になり、どんな能力を持つことになるか想像もつかなかった。

繭に触れぬまま、《這いずり》の万が一の解放にどう備えるか――ロブは何日も頭を悩ませ、ニーモティカやジョーイとも繰り返し相談し話し合って方針をまとめあげた。

リンディとメイリーンが毎日のように繭の元へと通っているのは、その対策への協力を求められたためだ。

「おはよう、ロブ」

「おはようございます」

リンディとメイリーンが声を掛けると、繭の様子を離れた場所から見守っていたロブが振り向き、左手を挙げてよお、と応えた。右手で杖(つえ)をつき、ぎこちない動きの左足を引き摺(ず)るようにしてやってくる。ふたりはロブがあまり歩かなくていいように、小走りになってロブの傍に向かった。

「——もしかして、監視小屋に泊まったの？」

無精髭の伸びたロブを見て、リンディが尋ねた。その心配げな声に、なに、試しでちょっとな、とロブが笑って答える。

「泊まるだけならもうなんとかなりそうだ。もちろん細かな課題は色々あるが——今んとこ一番の問題は、町と違って水がすぐには手に入らないってことだな。飲み水は持ってきたんだが、思った以上に色々使うってことがわかったよ」

ロブの視線の先、繭が存在する場所から東に二百メートルほど離れた場所に、方形に切り出された石を積み上げて作られた小屋があった。隣には丸太を組み合わせて作った簡単な馬留めがあり、ダルゴナ警備隊が残していった馬の一頭が繋がれ、のんびりと桶(おけ)

の飼い葉を食(は)んでいる。

「水を溜(た)めとける樽(たる)とかあった方がいいのかな」

「それもそうだが、ここまでどうやって運んでくるかってのが問題になりそうだな。町から水道を延ばすには遠過ぎるし、コラルー川から水路を引くってのも現実的じゃねえしな」

　難しい顔で、ロブがゴリゴリと頭を掻く。

「だがま、今は馬が二頭いるからな。四交代制にして、夜番の担当時間を短くすりゃなんとかなるだろ。少なくとも始めるのに不都合はない」

　快適とは言えねえけどな、と付け足してロブがにやっと笑った。

　ロブの指揮の下、ふたりがこのひと月取り組んできたのがこの監視小屋の建築だった。

　２１３号が残した砕片から建築資材を再生し、それを積み上げてなんとか使用に堪えるものを作り終えたのが数日前。とは言えまだできたのは外側だけで、中はほぼがらんどうだし、夜を徹して監視する夜番がいるのに風呂はもちろんトイレすらない。見張り櫓と違って町に近いわけでもないため、まだまだこれから、ひと通りの設備を備える必要があった。

「あんまり無理しない方がいいよ、身体(からだ)に悪いよ」

　昨夜は毛布を敷いただけの床で寝たと聞いて、リンディが言った。

「そりゃわかってるんだが、町のみんなが不安がってるからな。監視小屋が動き始めりゃ、多少は安心するだろ」

今のところ、繭の状態は新たな徘徊者の出現と合わせて見張り櫓から監視されている。だが、間近で見れば大きいとは言え、見張り櫓からでは繭は〈石英の森〉に立ち並ぶ背の高い〈石英〉の柱の隙間を通してなんとか見えるという場所にあり、状況を把握しやすいとはとても言えなかった。さらに陽（ひ）が落ちてしまうと、ほとんど何も見えなくなってしまう。

これまでは、経験上徘徊者が夜に出現するのはごく稀（まれ）にしかないことだし、仮に出現しても防衛壁で足止めしている間に発見可能だろうと考えられていた。だが、繭や封じられた《這いずり》の挙動は想像もできない上、もし《這いずり》が解放されれば防衛壁での足止めなど到底期待できそうにない。

移動させられない以上、町から至近にある繭を二十四時間監視し、すぐ対応できる態勢を整えるしかない。それがロブが検討の末に打ち出した、最初の対策だった。

「それはそうかもしれないけどさ、でも、無理したらみんな心配するよ。町のみんな、ロブのこと頼りにしてるんだから」

「頼りにされても、今は思うように働けねえからな」

とん、とロブが自分の左足を叩いた。サイズの大きなズボンの下に隠れて見えないが、ロブの左足、その太ももあたりからふくらはぎのあたりまでが〈石英〉に似た、半透明の塊になっていることをリンディは知っている。

《這いずり》が、ロブのその部分を奪ったのだ。

鈍くなったが感覚は残っているし、動かそうと思えば動かすこともできるらしい。だが反応は遅く、力も思うように入らない。結果、ロブは町守としての多くの実務から離れなければならなくなった。

《這いずり》は繭に封印されたが、それで町守の仕事が減るわけではない。むしろ徘徊者に加えて繭の監視を行うことになって負担は増えていた。さらにダルゴナ警備隊によって破壊された町の復旧も進めなければならない。いったん引退していたリューダエルナが町守の仕事に復帰したのもそれが理由だった。

「今できることだけでも、なるべくやっとかないとと思ってな。あとでああしときゃよかったって後悔する羽目になるのはご免だしよ」

ロブの顔に浮かんだ、初めて見る表情がリンディの言葉を止めた。いつも気力に満ち溢（あふ）れていたロブが決して見せることがなかった、どこかやるせなさそうで、同時に何か苦痛に耐えているかのような顔。

「じゃあ」

口を噤（つぐ）んでしまったリンディに代わって、メイリーンがぱん、と手を打ち鳴らすと明るい口調で言った。

「今日はベッドを再生するのはどうかな。それから、監視小屋に泊まるときに使いそうなもの」

「──そうだね」

少し遅れて、リンディもなるべく楽しげな調子で頷いた。

「再生したものをしまっとける、ロッカーとかも。洗面やトイレは、水をどうするかが決まってからかな」

そうだな、といつもの顔に戻ったロブが言った。

「水のことはまあ、すぐに答は出ないだろうから後回しだ。あとまあ、泊まりの時に使うモンも、考え出したら切りがないからベッドとロッカーだけでいい。あとはそれぞれが持ってくるってんで当座は間に合うだろ」

「でも、なるべく砕片は減らしといた方がいいでしょ」

「そりゃそうだが、あんまりメイリーンに無理させるわけにもいかんしな」

《這いずり》がこのまま封印されたままだったとしても、新たな徘徊者が現れる可能性は常にあった。徘徊者に吸収され、強化を促してしまう危険性を考えれば、いつまでもここに213号の砕片を残しておくことはできない。町守たちはこのひと月、連日砕片をウィンズテイルへ運んではいたが、いかんせんあまりにも大量であり、かつ町までの距離もあることから、作業は遅々として進んでいなかった。

三人は今日の作業予定について話し合い、まずベッドを再生し、その後馬や牛に引かせる荷車の再生を試みると決めた。ウィンズテイルにいる馬はダルゴナ警備隊が持ち込んだ生き残りの二頭だけで、牛は乳牛や食肉用だからうまく荷車が引けるかはわからないが、物は試しだ。

「それで、そこまで終わったら、なんだけどさ」

話が一段落したところで、リンディが少し言いづらそうに言葉を口にする。

「もう一度、繭の再生を試してみてもいいかな」

「そりゃ構わんが――」

ロブからちらと視線を送られたメイリーンも、仕事が終わってからでいいんです、と懇願するような口調で言った。

《這いずり》を封印したのと同じ繭の再生を、リンディとメイリーンはこれまで数度試みている。だがそれはいずれもうまくいかなかった。メイリーンがどれだけ砕片に触れていても、どれだけふたりが繭のことを思い描いても、あのときの状況を思い起こしてできるだけそれに似せてみようとしても、砕片は全く反応しなかった。

「メイリーンひとりで石や丸太の再生はできてるから、繭の再生がうまくいかないのは僕のせいだと思うんだ。どうやったらうまくいくのかまだ全然わからないんだけど、諦めたくないし、色々試してたら何かわかることもあるかもしれないから」

「そんなに気負うな、リンディ」

言い募るリンディの言葉を、ロブが遮った。

「繭についちゃ、なんか理由があって再生できなくされてるのかもしれないって時不知さまも言ってただろ。昔の武器みたいに、数が多くなったら徘徊者を呼び寄せちまうとかなんか、デメリットがあるのかもしれないって」

「だめですか?」

メイリーンの乞うような言葉に、ロブは首を横に振った。

「ダメじゃない。正直言えば、繭がひとつでもふたつでも余計に手に入ればありがたいとは思ってる。でも、やるならひとつだけ約束しろ」

「なにを?」

「うまくいかなかったとしても、自分たちの責任だなんて思うな。そんなの誰のせいでもないんだからな。いや——」

ロブの口の端に、悪戯っぽい笑みが浮いた。

「強いて言えば、何でもかんでもふたりに頼りっきりになってる、役に立たない俺のせいだな」

そんなことないよと慌てて言うリンディの声と、そんなことないですと言うメイリーンの言葉が重なった。はっは、と楽しげにロブが笑う。

「とにかく、うまくいっても失敗しても気にしないって約束できるんなら、試してみるのは構わん。色々考えて試行錯誤することは悪いこっちゃないからな」

わかった、とリンディはメイリーンと一緒に頷いた。

ニーモティカが言ったように、繭の再生になんらかのデメリットがある可能性はもちろんあった。だがその一方で、もうひとつ、たとえ小さなものであったとしても繭があれば、今の事態を大きく改善できるかもしれないことも、ふたりはよくわかっていた。たとえば、新しい繭で何でもいいから無難なものを封印すれば、それを使って解除条件を調べることができるだろう。解除条件が特定できれば、繭をここから移動させることも可能になるかもしれない。

さらに、繭をひとつだけではなく複数、好きなだけ再生できるようになれば——。ダルゴナ警備隊が再生兵器を使って徘徊者を砕いた時のような悪循環にはまりこむことなく、ウィンズテイルを護ることができるかもしれなかった。

もしかしたらそれこそが、世界を再生する第一歩なのかもしれない。そんな思いもあるだけに、自分たちが繭をうまく再生できずにいることがリンディには悔しかった。何かを思い出したわけでも、何かに気づいたわけでもないから、今日何度目かの再生を試みたとしてもうまくいく可能性が低いのはわかっている。

だけど、もしかしたら。

だが、リンディとメイリーンのささやかな期待は、試みることさえできずに終わった。

メイリーンがベッドを再生するための砕片を選んでいる最中、リンディは突然、自分の身体が四方八方に広がっていくような感覚に襲われたのだ。それは、あの忘れがたい体験よりもずっと微かな、だがとてもよく似た感覚だった。

自分ではない――いや、そもそも人間ですらないものの視座に、強引に引き込まれたときの感覚。

胸の底に穴が開いて内臓がこぼれ落ち、背骨の芯に巨大な氷柱が生じた。体中から血の気が引き、全身の肌がいっせいに粟立って震える。肺が押し潰されてしまったかのようで、息を吸い込むことができなかった。霞み始めたリンディの目が、辛うじてこちらに向かって全力で駆けてくるコウガの姿を捉える。その首で揺れる銀のプレートを見るまでもなく、何が起きたのか、リンディは既に理解していた。

新たな徘徊者――２１５号が出現したのだ。

5

メイリーンとリンディ、そしてロブの三人を乗せた馬は、繭のある場所から見張り櫓までの距離を十五分も掛からずに駆け抜けた。その間リンディは全力でたてがみにしがみつき、ロブの背中に張り付いているメイリーンの無事だけを必死になって祈っていた。他のことを考えずに済むように、ただひたすらにそのことだけを。

「着いたぞ、大丈夫か」

ロブの問いに無言で頷いて、リンディは馬の背から滑り下りた。乗馬は少しずつ教わってはいたものの、まだようやく駆け足させられるようになったレベルに過ぎない。全力で走る馬の体がこれほど揺れるものだとは思いもしなかった。そのせいか全身がふらつき、まっすぐ立っていられない。

「顔色悪いよ、リンディ。座った方がいいよ」

ロブに下ろしてもらったメイリーンが、心配そうに顔を覗き込んでくる。リンディは情けなく思いつつも込み上げてくる吐き気と震えに耐えられず、素直に地べたにへたり込んだ。

「だいぶ揺らしちまったからな、すまん。そのまま休んでてくれ」

見張り櫓の脇に作られた馬留めに馬を連れて行ったロブが、ふたりの様子を見て言った。

「状況を聞いてくる。メイリーン、リンディについててやってもらえるか。——コウガ」

さすがに馬の全速力には追いつかなかったものの、コウガはさほど遅れることなく到着した。とは言えやはり息は荒い。

「お前もここで待機だ。休んでろ」

メイリーンが頷き、コウガはリンディの隣でぺたりと地面に身を伏せる。それを見届けたロブは、見張り櫓の螺旋階段を杖をつきつつもできる限りの早足で上っていった。

リンディとコウガのために、メイリーンが見張り櫓の水道で水を汲んできてくれた。一心にボウルの水を舐めるコウガの隣で、リンディはコップの水をひと息で飲み干す。

「楽になった？　顔色、少し良くなったみたい」

メイリーンの言う通り、吐き気は少しずつ収まりつつあった。それと同時に、全身を覆っていた凍えるような寒さもかなりましになっている。だがそれと引き換えるかのように、頭の中は自分に対する情けなさでいっぱいになり始めていた。

馬に酔ってしまったこともそうだ。だがそれ以上に、自分があのとき――徘徊者の存在を感じ取ったときに身動きできないほどの恐怖に囚われたこと、馬によってそこから距離をとったときに安堵を感じたことが情けなくて、恥ずかしくて、許せなかった。

僕は何をやってるんだ。怖がってる場合じゃないのに。

「――もう大丈夫、僕らも上に」

立ち上がろうとした足が震え、もつれる。あっと思ったリンディが地面に手をつくより先に、メイリーンが抱きかかえるようにして支えてくれた。

「ごめん」

「大丈夫」

　きっぱりと、メイリーンが言った。

「わたしだって、今はウィンズテイルの町守だもん。ちゃんと、みんなのこと護るんだから。リンディのことだって」

「でも」

「でもじゃない」

　メイリーンの口調は、少し怒っているように聞こえた。

「全部自分でやろうだなんて思わないで。全部ひとりで抱え込まないで。徘徊者を砕くのも、世界を元に戻すのも——お願いだから、わたしも一緒に」

　すぐには何も言えなかった。

「……わかった」

　やっとのことで、言葉を絞り出す。触れ合っているメイリーンの身体から伝わってくる温かさが、リンディの芯に残っていた氷柱を溶かしていく。恐怖が消えたわけじゃない。だけど。

「ごめん、メイリーン。——ありがとう」

うん、とメイリーンが頷いた。

心配そうなメイリーンと手を繋いだまま、コウガに先導してもらってリンディは見張り櫓を上る。

階段を上る間、ふたりはほとんど言葉を交わさなかった。見張り台が近づくにつれて色濃くなっていく不吉な予感が、ふたりの唇を塞いでいたからだ。

ウィンズテイルはこの百年間、この場所で数々の徘徊者を砕き、南方への侵攻を阻み続けてきた。だがそれは地上から人間が減り、文化文明が失われて徘徊者の収奪対象が減り続けている状況でのことだ。メイリーンがウィンズテイルにやってきて以来――おそらくはメイリーンとリンディに刻まれた異界紋が揃って以来、徘徊者は急速に形態も行動も変化させてきている。

にも拘わらず、町守が使えるのは旧態依然とした連弩だけだった。メイリーンが再生した過去の武器で利用可能なものはもう残っていないし、新たな武器の再生は徘徊者を呼び寄せてしまうリスクを考え、繭の扱いに決着がつくまでは試みないこととされている。

もし今、《這いずり》のような、これまでとは違う形態の徘徊者が再び現れたとしたら。

新しい繭も再生兵器も有していない状況で、いったいどうやってウィンズテイルを護ればいいのだろうか。

しかもこの窮地は、自分たちが招き寄せてしまったものだ。自分たちが過去の兵器や繭を再生したりしなければ、いやそもそも自分たちが存在しなければ、徘徊者は形態と行動をあれほど激しく変化させることはなかったはずなのだから。

世界を元に戻せるかもしれない力をふたりが与えられた、その代償がこの状況なのだ。だから、何としてでも徘徊者を阻止し、世界を元の姿に戻さねばならない。相手がどれほど変化しようがどれだけの恐怖に襲われようが、与えられた役割を果たす以外に責任を取る方法はない。

言葉にしなくても、お互いがそう考えていることはわかっていた。無言のまま握られたリンディの手を、メイリーンも同じだけの力を込めて握り返してくる。そうしてお互いの手のひらの熱だけを支えにして、ふたりは見張り櫓の螺旋階段を上りきった。

見張り台ではリューダエルナが慌ただしく立ち働いていた。見張り台のキャビネットが開かれ、中に収納されていた全ての矢が取り出されている。見張り窓の傍には、キャビネットにしまわれていた連弩が二丁、並べて置かれていた。ヘルガ＝エルガの姿は見えない。

通常の徘徊者出現時の対応とは明らかに異なっている。

町守の標準手順では、徘徊者を砕く場合も、敢えて防衛壁を吸収させそれで満足させる場合も、装備を持って防衛壁の手前で準備を整えることになっていた。もちろん今はそのまま運用することはできないが、それでも見張り櫓の中で連弩の準備を行うなど、普通に考えればあり得ないことだ。

見張り窓の前に立って双眼鏡を覗き込むロブの眉間には、深い皺が刻まれていた。やはり尋常の事態ではないのだ。

「ロブ」

リンディの声にちらと視線を送ったロブが、落ち着いたか？　と尋ねた。

「うん、もう平気」

「ふたりとも見てみろ。円屋根の西端、こないだひびが入ったとこだ」

手渡された双眼鏡を覗き込まずとも、徘徊者の姿は既に目に入っていた。隣に並んだメイリーンが、呟くように言葉を漏らす。

「大きいね」

裸眼ではっきりと見えるほどの巨体だった。双眼鏡でその姿を捉えたリンディの唇が、きつく嚙みしめられる。２１３号――ダルゴナ警備隊の再生兵器によって砕かれた、全高三十メートル超の徘徊者ほどではないのは、不幸中の幸いと言うべきなのだろうか。その体長は目見当で２１３号の六、七割、つまり二十メートル前後と思われた。

確かに最大ではない。だが、十二分に巨大だった。

しかもそれは、現時点の話なのだ。

「まっすぐ繭の方に向かってる」

円屋根からウィンズテイルへの最短距離を結ぶ直線上に繭がある以上、徘徊者の目的が繭なのかウィンズテイルなのかはわからない。問題は、どちらにせよこのままだと徘徊者は繭に到達すること、そして繭の近辺には大量の砕片が残されたままだということだった。

多少処理したとは言え、それでも２１３号を構成していた砕片のほとんどはあの場に残されたままだ。もしあの徘徊者がその全てを吸収してしまったら。２１３号の巨大さがどこまで反映するかはわからないが、少なくともさらに体軀を膨れ上がらせることだけは確実だった。

そうなったとしたら、ようやく形ばかりの再建が終わった防衛壁では、短時間の足止めになるかどうかすら怪しい。さらに大型化すればするほど、徘徊者の唯一の弱点である〈核〉を狙うのは難しくなってしまう。

だとしたら、２１３号の砕片を取り込まれてしまう前に、こちらから出向いてあの徘徊者を砕くしかない。

だが、それを充分理解しているはずのロブが見張り台に留まったままでいる理由を、リューダエルナが見張り台で連弩を用意しているわけを、双眼鏡で徘徊者の姿を目にしたリンディは理解した。

異様な形状だった。

黒一色の身体のほとんどは、遠目で見ても驚くほど細く長い、四本の脚で占められている。地上から二十メートル上空にある樽のような胴体はごく小さく、その上にさらに小さな潰れた賽子のような塊がへばりついているのが辛うじて見分けられた。

細く長い脚にはそれぞれ少なく見ても五つの関節があるが、関節の場所は脚によってまちまちで統一性がない。そのため脚の動かし方、関節の曲げ方もデタラメにしか見えず、全体の動きはぎくしゃくとして不自然で、たちまちバランスを崩してしまいそうだった。だがどういうわけか、徘徊者は常に前後左右にふらつき、時には身体の向きさえ変えることがあるものの、決して倒れることなく前進を続けていた。

容易にはこの徘徊者は止められない。そう、リンディは直感した。少なくとも、これまで町守が取ってきた戦術は通用しない。

強い衝撃を与えることで徘徊者を砕片に帰すことができる〈核〉は、徘徊者の胸部に必ず存在する唯一の弱点だ。だが215号の胴体は地上から遥か上、二十メートルの高空にあり、しかも常に揺れ、時に向きさえも変えていた。

ウィンズテイルの連弩は六連発の強力なロングボウで、射手の腕にもよるが二百メートル先の〈核〉であっても撃ち抜くことが可能だ。だがそれは、相手との高低差があまりない場合の話だった。

　町守一の射手であるユーゴは全高十五メートルほどあった徘徊者２１２号の〈核〉を見事に撃ち抜いてみせたが、２１２号はケンタウロス型で〈核〉の位置は地上十二、三メートルというところだった。充分な遠距離から〈核〉を撃ち抜けるのは、ユーゴであってもあの高さが限界だろう。

〈石英の森〉ではほぼ常時、乾いた風が強く吹いている。高空になればなるほど矢は風の影響を大きく受け、狙いは難しくなる。矢羽根を減らし、風の影響を小さくすると今度は飛距離が稼げない。加えてあの、常に揺れている胴体。

　２１３号が出現したとき、ユーゴは町の至近まで徘徊者を引きつけた上で、高さの近い見張り櫓から直接〈核〉を射貫（いぬ）こうとした。だが今のままではその手も使えない。２１５号と見張り櫓の間には２１３号の砕片があり、それを吸収した２１５号の体長はおそらく見張り櫓を遥かに超えるものになってしまうだろう。

「ロブ――」

「考えられる手はふたつ」

　リンディが思わず出した声に、無言で考え込んでいたロブがきっぱりした声で言った。

「通常手順通り、囮（おとり）役がやつ――そうだな、《アシナガ》とでも呼ぶか。あいつを足止めした上で、射手がギリギリまで接近して〈核〉を狙う」

ロブの声はいつになく張りつめていた。

「だがこれは容易じゃない。足止めするなら《アシナガ》が繭に到達する前じゃなきゃ意味がねえが、あのあたりにはコウガや囮役が走り回れるような整備された広い場所がねえ。しかも体よく止められたとしても、胴体が安定して〈核〉が正面を向くとは限らん。囮役だけじゃなく、射手も走り回らなくちゃいけなくなる可能性がある。やつを静止させ、射手が〈核〉を射貫けるポジションを確保し、過たず撃ち抜く――とんでもねえ難度の高さだぜ」

「もうひとつは？」

密かに覚悟を決めつつ、リンディは尋ねた。町守の中、いやウィンズテイルの全ての住人の中で、自分が最も優秀な囮役であることをリンディは自負している。他に手がないのなら、どれだけ難度が高かろうと、町を、みんなを護るためにやるしかない。

「見張り櫓まで引きつけて、高低差を縮めた上で〈核〉を狙う。ユーゴが２１３号にやろうとしたように」

「でもそれは」

リンディが言いかけるのを、ああ、とロブは正面を見たまま頷き、遮った。

「砕片を吸収させないのが前提だ。これを成功させるためには、《アシナガ》を誘導して繭のある場所を避け、ここまでおびき寄せなきゃいけねえ。だが」

ロブはそこで口を閉じたが、言われなくてもリンディにはそれが、どれほど困難なことであるか容易に想像がついた。繭のある場所から見張り櫓までは、直線でも四キロほどの距離がある。つまり、誘導はそのさらに手前から開始せねばならないということだ。囮役はなんの整備もされていない〈石英の森〉の中、五キロ以上の距離を《アシナガ》を引き連れたまま、〈石英〉にされることなく逃げ続けねばならない。

徘徊者を迎え撃つのが容易で安全だったことはこれまでただの一度もない。だが、ここまで困難だったこともないだろう。

繭さえあれば――苦い感情と共に甦るその思いを、リンディは奥歯を鳴るほど噛みしめて殺した。たられればを言って後悔している場合じゃない。今あるものの中で、できるだけのことをするしかないのだ。

「やろう。囮役はやるよ」

徘徊者に接近する。それだけでも充分危険で恐ろしいのに加え、《アシナガ》との距離が近くなれば近くなるだけ、《這いずり》の時と同じように徘徊者の視座に引き込まれてしまう可能性も大きくなるだろう。前回はリンディの母、皐月の残滓と名乗る存在の手助けによってそこから脱することができた。だが毎回都合よくことが運ぶなどと想定することはできない。

再びあの状況になってしまったとき、自分は耐えることができるのか。あそこから、もう一度帰ってくることができるのか。わからない。何ひとつ確信は持てない。

それでも、他に選択肢はなかった。

「すまん」

感情を押し殺した声で、ロブが言った。

「ユーゴは？」

「ヘルガ＝エルガに呼びに行ってもらっている」

答を聞いたリンディは、ロブがとっくに覚悟を決めていたことに気づいた。取るしかない危険があるのなら、迷いは危険をより大きくするだけだとロブは正しく理解している。たとえそれが、リンディを含めた自分たちを危険に晒すとわかっていても。

「リンディはユーゴとコウガと一緒に出て、通常手順を試してみてくれ。その間、俺は他の町守たちも集めて二の手の準備を進めておく」

「二の手の準備？」

リンディが問い返すと、ようやくロブがリンディに向き直った。

「俺が馬と一緒に囮になって、やつをここまで引っぱってくる。ただ、馬が《アシナガ》にビビったり、道のない〈石英の森〉の中を走り抜けられねえ可能性もある。だから二の手の二の手、最悪の場合に備えて一定間隔で町守を配置して、囮のリレーができるようにしておく」

「そんなのしなくても、僕が」

言いかけるリンディの言葉を、そんなのさせられるか馬鹿たれ、とロブが口の端を曲げて遮った。

「幾らリンディが若くて元気だからって、五キロ以上も全力で〈石英の森〉を走り続けられるわけがないだろ。最初の一キロも行かないうちに掴まるのがオチだ」

「でも」

でもじゃねえ、とロブが言った。

「そうじゃなくても一番危ねえ役をやらせるんだ。それ以上リンディひとりにやらせられるわけないだろうが。いいか、これはお前の問題じゃない。町守全体、ウィンズテイル全体、なんなら人間全体の問題なんだ。全員で取り組む。全員が、それぞれできることを全力でやる。当たり前のこった」

「わたしも」

メイリーンがきっぱりした声で言った。

「わたしも、やります。足はそんなに速くないけど、でも」

メイリーンの言葉に目を細めたロブが、おう、と応じる。

「頼む。でもメイリーンにはここで、リューダエルナのサポートを頼みたい」

「だけど――」

「ここが最後の砦になるんだよ」

それまで黙っていたリューダエルナが口を挟んだ。

「《アシナガ》がここまで来たなら、どうあってもここでやつの〈核〉を撃ち抜かなきゃならない。矢を百本撃とうが二百本撃とうがね。だからさ」

「矢の再生を頼みたい」

リューダエルナの言葉をロブが引き継いで言った。

「ヘルガ＝エルガに、倉庫にあるぶんの砕片をここに運んでくる手配も頼んである。それが届いたら、一本でも二本でもいい。負担をかけるのはわかっているし、心苦しいんだが」

少しの間、メイリーンは黙ったままロブとリューダエルナの顔を見つめていた。ふたりもまた、無言のままその視線を受け止める。

やがてメイリーンは、わかりました、と言った。

「わたしも、自分にできることを、精一杯やります」

言い切ったメイリーンの手を、リンディが取った。

「ありがとう、メイリーン」

「リンディも――気をつけて」

うん、と頷くリンディの足元で、コウガが短く吠えた。自分のことを忘れるなと言わんばかりに。

《アシナガ》の移動速度は幸いなことに、２１２号から続いている大型徘徊者の中ではかなり遅い方だった。極端に長い脚やふらつく胴体によって〈核〉を狙い撃つことが極めて困難になっている一方、歩幅を大きくするとバランスが崩れてしまうためか、一歩ごとの移動距離は決して大きくはなく、かつその頻度もそれほど高くはない。お陰で、ユーゴが見張り櫓に到着した時点でも《アシナガ》の身体はまだ〈石英の森〉の奥にあり、繭まではかなりの距離が残されていた。

到着したユーゴは、見張り櫓から下り、待ち構えていたロブからの説明を聞き終えると、短くわかった、とだけ言った。

「お前の腕は信用してるし、お前で無理なら世界中の誰でも無理だと思ってるが、条件はかなり厳しい。念のため、予備の連弩も持っていってくれ」

無言で頷くと、ユーゴはひと月前にメイリーンが再生した真新しい連弩と予備の矢、六本を背負った。抱えて持っていく連弩には既に六本の矢がセットされているから、十二回が挑戦の上限になる。もちろんさらに予備の矢を持っていくこともできるが、いったん《アシナガ》と邂逅（かいこう）したあと、連弩に矢をセットする余裕があるとはとても思えなかった。

「全部撃ち終えたら、結果はどうあれ一目散に逃げろ。これは命令だ。変な色気は出すなよ」

わかった、と再びユーゴが短く応える。

「全て撃つ前に片をつける」

にこりともせずに言うユーゴの肩を、ロブは頼りにしてるぜ、と言いつつ力強く叩いた。

「いつでも出られるよ」

コウガと自分のぶん、ふたつのベルを収めた小さな背嚢を背負ったリンディが言った。

囮役用の真っ赤なベストはコウガともども既に着用済みだ。震え出しそうになる身体を、背嚢のショルダーストラップを握りしめて押さえ込む。

「気をつけてね」

見送りたいと言って一緒に見張り櫓を下りたメイリーンが、リンディを見つめて言った。

「うん。メイリーンも」

ん、と頷いたメイリーンが、両手を広げてリンディの身体をぎゅっと抱きしめた。

「大丈夫。ちゃんと帰ってくるよ」

リンディの言葉にメイリーンは、わかってる、と小さく、自分に言い聞かせるように言った。

「――よし。行こう」

ユーゴが言うと、頼むぞ、とロブが力強く声を掛ける。

「砕片持った連中が来たら、俺もすぐ馬で後を追う。繭まではまっすぐ進んでくれ。お前らがそこに着くまでには追いつけると思うから――なんだ？」

ロブの眉間に皺が寄ったときにはもう、リンディも気がついていた。空気を切り裂くような、甲高く鋭い音。それが立て続けに、ひとつ、ふたつ、みっつ――そこまでをリンディが認識した次の瞬間、遥か彼方、〈石英の森〉の奥で轟音が響き、一拍遅れて激しく震える空気がその場にいた全員の身体を打った。

誰も、何も口にしなかった。ただ全員が、根拠のない同じ予感を抱いていた。それほど似ていたのだ。メイリーンが再生した過去の兵器によって213号が一撃で砕かれた、あの瞬間と。

その予感を裏付けたのは、息を切らせ、見張り櫓から転げそうな勢いで現れたリューダエルナだった。

「大変だよみんな！」

リンディが初めて聞くほどの大声で、リューダエルナは叫んだ。

「砕けちまったよ《アシナガ》が、なんだかわかんないけどいきなり！」

そんな、と呟いたメイリーンの顔は真っ青だった。

「再生兵器はもうないはずなのに――どうして」

メイリーンが漏らしたその問いに答えられる者は、その場にはひとりもいなかった。

第二章　探究者たち

6

町守のひとり、トランディールは地べたにへたり込み、ぜえぜえと苦しげな呼吸を繰り返しながらロブに報告した。

「ダルゴナのやつらだ」

「馬鹿な」

最初に反応したのは、驚愕（きょうがく）の表情を浮かべたリューダエルナだった。

「そんなはずないよ、アタシはちゃんと話したし、やつらだってわかったはずだ。再生兵器を使うとどんなことになるかも、やつらがウィンズテイルに手を出すのがどんなに危ないことかも。そもそも運営議会は一部の跳ねっ返りを除けば良く言って保守的、有り体に言えば自己保身しか考えてないような連中の集まりだよ、しかもその跳ねっ返りが勝手なことしでかして痛い目見たばかりだってのに、ひと月やそこらでまたのこのこやってくるはずが」

「来ちまったもんはしょうがねえだろ」

早口でまくし立てられるリューダエルナの言葉を、幾らか呼吸の落ち着いたトランディールが遮った。

「来るはずがねえも何も、実際にでっかい船が来てんだよコラルー川に！　それがなんかいきなりぶっ放したんだよ。そんなことできたりやったりするやつら、ダルゴナ以外にいねえだろうが」

「落ち着けトランディール。リューダもだ」

いつにないほど低く厳しい声で、ロブが言った。その言葉がトランディールはもとより、さらに反駁しようとしていたリューダエルナの口をも閉じさせる。

「とにかく状況の確認が先だ。ダルゴナの警備艦らしい船が来たんだな。警備隊の姿は見たか」

「見てねえ。てか、俺が見たときには甲板の上には誰もいなかった。今どうなってるかはわからねえけど」

リンディが渡したコップの水を飲み干し、幾らか落ち着きを取り戻したトランディールが答えた。

ロブの指示で、見張り台にはリューダエルナに代わってユーゴが上がっていた。リンディとコウガは万一のときにすぐに動けるよう、囮役の服装を身に着けたまま地上で待機している。見送りに来ていたメイリーンもそのまま残っていた。

「町の方は誰が指揮してる」

「ジョーイだ。ヘルガ＝エルガから連絡があったっつってた。俺はジョーイから言われて、最初はガンディットの倉庫に行ったんだけど――」

　その途中でトランディールは街の東側、コラルー川付近の住人が何人も逃げ出してくるところに遭遇した。最初は徘徊者から逃げているのかと思ったトランディールだったが、それにしては様子がおかしいし、そもそも《アシナガ》についてはまだ一部の町守にしか知らされていない。不審に思ったトランディールは住人のひとりを捕まえて話を聞き、そこでコラルー川に巨大な船が接岸しつつあることを知ったのだった。

　トランディールは迷うことなくコラルー川に走った。他の町の住人と同様、トランディールもひと月前にウィンズテイルを蹂躙したダルゴナ警備隊のことを忘れてはいない。

「そこで警備艦が何かを発射するのを見たのか？」

　ロブの問いに、黙って話を聞いていたリンディは息を呑んだ。隣で同じように息を殺し身体を強張らせているメイリーンの手を、ぎゅっと強く握りしめる。

「発射を見たってのは正確じゃねえ。俺に見えたのはいきなりなんかが破裂するみたいな音がしたあと、空に向けて煙が噴き上がったってとこだけだ。ただその音が、前にダルゴナのやつらが来て時計塔を吹っ飛ばしやがったときに聞いた、なんてんだ、発射音ってのか？　あれとそっくりだったんだ」

「音は何回聞いた？」

「はっきりとは覚えてねえけど――たぶん、二回か三回」

間違いなくそれは、リンディたちが耳にしたのと同じものだろう。

「再生兵器だと思うか？」

ロブが、リンディとメイリーンを見て続けた。

「メイリーンはあれから武器を再生してないし、円屋根の下に持ち込まれたものは使っちまったか〈石英〉にされたはずだ。だがもしかしたら、イブスランが再生兵器の幾らかを警備艦に持ち込んでたのかもしれん。仮にそうだとしたら、今ダルゴナの手元にどれだけ残ってるかが問題になる」

血の気の引いた顔で、メイリーンはわかりません、と小声で言って首を横に振った。

「あれを再生したときのこと、わたし、ほとんど覚えてなくて――」

「……そうだな、悪いことを聞いた。すまん」

「違うと思う」

申し訳なさそうに頭を下げたロブの言葉を遮って、リンディは声を上げた。

「きっと、再生兵器じゃない」

「なんでだ。理由はあるのか？」

「トランディールさんが、警備艦から発射されたって言ったから」

それを聞いたときに感じた違和感を、リンディは必死になって整理しながら説明する。

「警備隊が使ってた再生兵器は、確かに連弩より遠くから徘徊者を砕けてたけど、それでも警備隊の人たちは徘徊者を見てから撃ってたんだ。だから」

「コラルー川から円屋根のあたりまでじゃ、いくら再生兵器でも遠過ぎるってことか」

うん、とリンディは頷いた。

「もし再生兵器がそんな遠くから撃てるんだったら、警備隊はわざわざウィンズテイルを出て、円屋根まで行かなくてよかったはずなんだ。船から〈石英の森〉の徘徊者を砕けるなら、そうした方がずっと安全なんだから」

「――確かにそうだな」

頷いたロブの眉間には、だがいっそう深い皺が刻まれていた。

「だとしたら、厄介だな」

「どうして？　再生兵器じゃないのなら――」

そこまで言って、リンディもロブの懸念に気がついた。そうだ、とロブが苦虫を噛み潰したような顔で続ける。

「やつらは再生兵器以外の、何キロも離れた場所から徘徊者を砕ける武器を持ってるってことだ。そして再生兵器じゃないのなら、そいつがどれだけあって、あとどれだけ撃てるのかも見当がつかん。その武器が目標にしてるのが徘徊者だけなのかどうかってこともな」

血の気が引く。

前回、ダルゴナ警備隊は結果としてウィンズテイルの町をほぼ素通りしたが、今回やってきた者が何を考え、どう行動するかはわからない。町には五千人近い住人がおり、その多くは高齢だ。遠距離から徘徊者を砕きうる武器を持ったものが制圧しようと思えば、難なくそれを成し遂げることができるだろう。

住人の中にはニーモティカもいる。肉体的には十二歳の少女でしかない、ニーモティカも。

「ロブ――」

訴えかけるようなリンディの声に応えるように、戻るぞ、とロブがきっぱり言った。

ユーゴとリューダエルナ、それにコウガは見張り櫓に残り、円屋根と繭の監視を続けることになった。やってきた警備艦らしい船の意図がわからない以上、徘徊者に対する警戒を解くことはできないからだ。

リンディに入り込もうとしていた人間のものとは異なる感覚は退き、惹起（じゃっき）されていた動物的と言っていい恐怖も耐えられる程度にまで薄れている。《アシナガ》は砕かれ、それに続く徘徊者はまだ出現していないと考えてよさそうだった。だが、《這いずり》から《アシナガ》の登場まではひと月ほど開いていた一方、213号と《這いずり》の出現は僅か数時間以内の出来事だったのだ。徘徊者の出現が何をトリガーにしているか未だ明らかになっていない以上、いつ次の徘徊者が出現してもおかしくはない。

トランディールは先行して町に戻った。ジョーイのことだから既に状況は把握し、住人の避難を進めているだろうが、ロブたちの動きを知らせる必要があるためだ。

そしてロブとリンディ、メイリーンの姿は再び馬の背にあった。もっとも今回は道がいいこともあって、快適とは言いがたいが揺れはそれほどひどくない。

ロブとしてはできれば子どもふたりは見張り櫓に残しておきたかったのだろうが、リンディは頑として同行を主張し、ロブもそれを呑んだ。連弩を扱う訓練こそ受けていないものの、町守の中で一番動けるのがリンディであることは間違いなかったからだ。

メイリーンの同行もまた、本人の強い希望だった。

「わたしが砕片の近くにいれば」

メイリーンはロブの目をまっすぐ見て言った。

「新しく連弩や矢を再生することができます。もし必要なら、それ以外のものも」

〝それ以外のもの〟が何を指しているかをメイリーンは言わず、ロブも聞かなかった。

ただ黙って頷いただけだ。

中央通りを最短距離で南へ下り、ウィンズテイルの中心である円形広場に入った。いつもなら人で賑わっているはずの時間なのに、人影どころか話し声すら聞こえない。広場をぐるりと取り囲んで立つ露店はどれも品物が並べられたままとなっていて、取るものも取り敢えず避難したことが察せられた。

円形広場から川見通りに入って東に進み、町並みがほぼ終わろうとするところでロブは馬を止めた。ここからさらに東、放棄されたかつての耕作地を抜けた先にコラルー川があり、少し北に行ったところにダルゴナとの間を運行している輸送船の船着場がある。南側にも船着場はあるが、そちらは川で漁をする小型漁船用で小さいため、トランディールが言ったような大型の警備艦が停泊するとしたらそこしか考えられなかった。

「《アシナガ》を砕いたのに満足して帰ってくれてりゃいいが」

望み薄なのは百も承知で呟いたロブの言葉は、直後に予想通り裏切られた。

古い建物の陰を抜けた途端目に入ったのは、鈍く光る大型船が船着場に接岸している姿だった。リンディが知っている漁船とも、月に一度ウィンズテイルを訪れる輸送船とも全く異なる、黒に近い濃い灰色の船。甲板上に人の姿はなく、中央には歪な家のようなもの、その前後には伏せたお椀のようなものや斜めになった丸い柱状の構造物が幾つか設置されていた。

全長は百メートル前後というところだろう。単純な大きさだけならば、輸送船の方がひと回りか二回りは大きい。だが、接岸した暗い巨大な船は、背筋が寒くなるほどの威圧感を放っていた。

「前のと違うな」

ロブがぼそりと言った。

「形が違うし、甲板の上にあんなもん載ってなかった。全体の雰囲気はなんとなく似てるが」

「ダルゴナのじゃないのかな」

わからん、と首を振ったロブが船着場に向けて歩き始めた。町の外はまばらに生える低木樹と地を這うような草が幾らかあるだけ、身体はどうやっても隠せない。あの船が陸上を監視していたなら、すぐに見つかってしまうだろう。

「ダルゴナより南にも、幾つか町があるのは確かだ。だがこんなでかい船を作れる町、ダルゴナ以外にあるとも思えん」

「じゃあやっぱり」

「ダルゴナだとしても、それはそれでわけがわからん。リューダの話を聞いた上で、いったい何しに来たんだ。《アシナガ》を砕きにか。まさかな」

ダルゴナからウィンズテイルまでは、流れを遡ってくる形になることもあって輸送船だと二日ほどかかる。この大型艦の速度まではわからないが、徘徊者が姿を現してから出発したのでは間に合わないのは確かだった。

「──リンディ！」

黒い大型艦に釘付け（くぎづ）けになっていたリンディの袖を引いて、メイリーンが押し殺した声で言った。

「見てあそこ──船着場の上！」

大型艦の威容の前で、それは今にも押し潰されてしまいそうなほど小さな姿だった。纏（まと）っているのは明るい灰色の、少しオーバーサイズのワンピース。そして見間違えようのない、きつい寝癖のようにうねっているプラチナブロンド。

「ニー！」

ニーモティカは腕組みをしたまま、まっすぐに甲板を見上げていた。口をへの字に曲げているだろうその表情が、リンディにはありありと想像できる。

「なんで」

「先に行け、リンディ」

ロブが言った。

「無理したせいか足が思うように動かん。時不知さまをひとりにするな」

わかったと言うが早いか、リンディは全力で走り出した。

7

「ニー！」

　まばらに生える低木の間を一気に駆け抜けたリンディは、船着場の中央で仁王立ちし、腕組みして黒い大型艦を睨みつけているニーモティカに駆け寄った。

「思ったより早かったねリンディ。ロブたちはどうした」

「早かったねじゃないよニー！」

　ロブたちはもうすぐ来るけど、と付け足しつつリンディは言った。

「なんでひとりでこんなとこにいるの、相手が誰かもなに考えてるのかもわかんないのに。危な過ぎるよ」

「わざわざ遠くから来てくれたってのに、出迎えひとりいないんじゃ失礼だろ」

「だけど！」

「そんなに心配しなくても大丈夫さ」

　視線は大型艦に向けたまま、口の端を不敵に曲げてニーモティカが言った。

「大体の見当はついてる。リューダが折衝してなお——いや、折衝したからこそ出向いてくるような連中なんざ、他にいやしない」

「——どういうこと？」

まるでリンディの問いに呼応するかのように、大型艦に動きがあった。鉄塊がぶつかり合うような重々しい音が響き、それまで一枚の壁のように見えていた側面の一部が手前に押し出され始めた。押し出された側面壁は止まることなく、ゆっくりと、しかしスムースな動きでリンディたちに向けて倒れ込んでくる。

「あれって」

「タラップだよ。全く待たせやがって——いや、もしかしたら」

ちらとリンディと、ようやく船着場の端まで辿り着いたロブとメイリーンを見やってニーモティカは呟いた。

「こっちが揃うのを待ってたのかもしれないね。さて」

側面壁の内側に用意されていた収納式の階段が、水平を越えるのと同時に少しずつ、船着場に向けて伸ばされ始める。タラップが接地したのはそれから数分後、ロブたちがリンディと合流するのとほぼ同時だった。

「時不知さま、やつらをご存知なんですか」

足が痛むのか顔を顰めつつ尋ねたロブに、あたしの予想が合ってりゃね、とニーモティカは答えた。

「けど、あたしが説明するより本人の口から聞いた方が早そうだ。——ほら、お出ましだよ」

ニーモティカの言葉に三人が顔を上げる。視線の先、解放された大型艦の側面壁の内側から、黒に近い墨色の上下を纏った人物がひとり、落ち着いた足取りで姿を現した。

男性だった。ウィンズテイルでは見られない年齢層——おそらくは三十代、もしかしたら二十代後半かもしれない。頭髪はリンディと同じで黒一色だったが、鳥の巣のように絡み合っているさまからはどことなくニーモティカと似た印象を受ける。服の上からでも痩せているとわかる体格で、猫背のせいで背丈はわかりにくいがリンディよりは高く、ロブほどではないだろう。膚は濃いめのブラウン——リンディのようなベージュ系の膚と同じく、ウィンズテイルやダルゴナではあまり見ない系統だった。遠目で見てもわかるほど目鼻立ちがくっきりしているが、視線が足元に落ちているせいで表情はよくわからない。

急ぐことも焦る様子もなく、男性は粛々と、どこか疲れた、居心地悪そうにさえ思える様子でタラップを下りてくる。その姿は、大型艦の周囲を圧倒する威容と釣り合っているとは言いがたく、どこかちぐはぐな印象をリンディに与えた。

たっぷり時間をかけてようやく船着場に辿りついた男性は、安堵の表情を浮かべて言った。

「まだちょっと揺れてる感じがしますが——ああ、でも安定してるってのは本当にいいですねえ」

　深く長く息を吐き、男性は顔を上げて四人を見回した。

「お迎えどうも。デハイア・ローグガーウィンです」

「ニーモティカ・セブンディートールドだ」

　これはこれは、とデハイアと名乗った男の唇が笑みの形を作った。

「名高い時不知の魔女自らお出迎えいただけるとは。これは幸先がいい。ではそちらは？」

「ロバート・ヴォウモンド。町守のリーダーを務めてる」

　ロブが一歩足を踏み出し、ニーモティカに並んで言った。

「町と住人を護るのが仕事だ。徘徊者やそれ以外の、俺たちに敵意を持った連中からな」

「どうも。覚えておきましょう」

　口元に笑みを浮かべたままロブが言外に込めた意図をさらりと受け流し、デハイアは言った。

「このふたりは町守のメンバーだ。見ての通り俺の足が悪いから、補助を頼んでる。他のメンバーはいま、避難誘導で忙しいんでな」

「避難誘導――徘徊者ですか？」

　しらばっくれているのか本当にわかっていないのか。世間話でもしているかのように平然と、デハイアは尋ねてくる。

「もしそうなら、やめてもらっても大丈夫だと思いますよ。少なくとも今しばらくは」

「あんたらが砕いたからか？」

ニーモティカの言葉に、デハイアは目を輝かせ、おっ、と小さく声を上げた。

「うまくいきましたか、それはめでたい。で、どんな感じだったか教えてもらってもいいですか。遠距離なのと〈石英〉の柱が邪魔なのとで、結果の観測が思うようにできなかったんですよ」

「それはあとでこいつらに聞け。あたしは見たわけじゃないからな」

「是非そうさせていただきましょう」

心底嬉しそうな笑顔になって、デハイアが言った。

「結果の収集と分析は次のステップのためには欠かすことができませんからね。私も報告義務がありますし」

「こっちも、徘徊者をどうやって砕いたかを教えてもらいたい。それと、あんたらが何のためにやってきたのか、その目的も」

「それはもちろんお話ししますよ。相互理解はコミュニケーションの第一歩ですからね。

――ああ」

ロブに視線を移して、デハイアが続けた。

「心配されてるのかもしれませんが、私たちはこの町や住んでいる人たちに何かしようとは思っていません。ただ、協力はして欲しいと思っていますが」

「協力？」

ロブの言葉に、デハイアはにこやかに頷く。

「もちろんタダでとは言いません、ちゃんと対価は払います。それから、もし警戒されていたら本意ではないのでこれもお伝えしておきますが、徘徊者を砕いたのは私たちが徘徊者迎撃用に密かに製造させていた、遠距離誘導弾というものです。なんせ事前に試験するわけにもいかないので、正直うまく動作するか不安があったんですが――いや無事に機能したようで、本当に何よりでした」

「もしかして脅してるのか？　俺たちが協力を拒めば、そのなんとか弾を町に撃ち込むと？」

ロブの険しい表情に、デハイアは心底驚いた様子でまさか！　と声を上げた。

「そんなことしませんよ。そういうアプローチをしたところですぐにうまくいかなくなるのは明らかなんですから。そうじゃなく、ちゃんと話し合いを元にして協力していただくために、私がここにいるんですし」

それでも警戒を解かない様子のロブに、デハイアは大体ですね、と言葉を続ける。

「あの遠距離誘導弾、本当に虎の子で、残り数発しかないんですよ。誘導に使うセンサーや集積回路がですね、作り方はわかってても、現存の工業力では再現できないんです。だからあれは、世界中からかき集めた、辛うじて生きている部品の組み合わせで作ったものなんですよ。それでも遠距離から徘徊者を砕き得る、非常に貴重なものなのはわかりますよね？　そんなものを、徘徊者以外に使うなんてあり得ないでしょう」

「それはそうかもしれんが、だが」

朗らかなデハイアの説明に戸惑いを隠せないロブに、ニーモティカがまあ待て、と声を掛けた。

「信じがたいのはわかるが、こいつの言ってることは字面どおりに取っていい。ウィンズテイルを侵略するつもりがないってのも、あの武器を徘徊者以外には使わないってのも、本心だ」

「協力を求めている、ということもですよ？」

わが意を得たりと頷きながら、デハイアが付け足した。

「あの——時不知さま」

困惑を露(あらわ)にして、ロブが尋ねる。

「もしかして、この人とは以前から？」

ロブが言い終わる前に、ニーモティカはいや、と首を横に振った。

「初対面だよ、少なくともこのガワにはね」

ずいぶんな言い方ですねえとデハイアが苦笑したが、ニーモティカは気にする様子もなく続けた。

「だけど、こいつらのことはよく知ってる。こいつらがどこからやってきたかも、来ちまった以上、目的を達成するまでは帰ってくれないだろうってこともね」

「なんだかひどい言われようですが、最後に仰ったことはその通りです」

デハイアが大型艦へ振り向くと、自分が出てきた開口部に向けて手を振った。一拍置いて開口部の奥、大型艦の内部からだろう、大勢がいっせいに、歩調を合わせて進み始めた足音が聞こえてきた。

リンディの顔から血の気が引く。それはひと月前、ウィンズテイルの町中で、身を潜めた見張り櫓の傍で、そして〈石英の森〉の中で何度も聞いたのと同じものだった。

予感はすぐに裏付けられた。デハイアがゆっくり時間をかけて下りたタラップを、濃淡のある灰色の上下を纏いベレー帽を被った集団が、ぴったり揃った足音を高らかに鳴らしながら次々に下りてくる。

「ダルゴナ警備隊です。——安心してください、クオンゼィを妄信していた連中とは違いますから。規律はきっちり守ってくれます」

「前来た連中だって規律は守ってたぞ」

あからさまに皮肉な口調で、ニーモティカが言った。

「クオンゼィの指示にきっちり従って、ウィンズテイルを思うさま蹂躙していきやがった」

「あなたが言った通り私は侵略なんかしませんし、彼らにもさせませんよ。あなたたちがちゃんと協力さえしてくれれば、それでいいんです。ただ」

そこで初めて、デハイアの顔から笑みが消え、ひどく冷たい表情がそれに代わった。

「残念ながら私たちの予想では、時間的猶予はあまりありません。ですから、もしあなたたちが協力を拒むようなことになったら、私もプランBを取らざるを得なくなります」

でも、と続けたデハイアの顔は、再び柔和なものへと戻っている。

「可能な限り、そんなことはしたくありません。私はクオンゼィのように受け入れ不可能なリスクはとりませんし、素直に協力していただくのが誰にとっても一番いい方法なのは明らかだと思うんですよ」

ふたりが話している間も、警備隊員は続々とタラップを下って船着場に整列していった。少なく見ても五十人は超えている。しかもそれはあくまで、今下船してきた者だけだ。目の前の大型艦、デハイアの言葉を信じるならここから〈石英の森〉の徘徊者を砕く能力を持つ船の内部に、あとどれほどの人間がいるのかは想像もできなかった。

「なぜだ」

地面についた杖を握りしめ、ロブが言った。

「運営議会はリューダの報告を受け入れたはずだ。クオンゼイの行動は失敗だったと」

「それはその通りです。まあ、論理的に判断したというより、保身に走っただけなんですけどね。ダルゴナ運営議会は失われた文化文明の復活にも、再び人間の領域を広げることにも消極的ですから。彼らが一番大事にしているのは、自分たちが死ぬまで快適でいられるかどうかということなんですよ。お陰で折衝は比較的簡単に済んだんですが」

「折衝、って――」

得体のしれないものを見る目で、ロブがデハイアを見た。

「あんたはいったい」

「こいつはダルゴナから来たんじゃない」

ロブの問いに答えたのはニーモティカだった。

「ダルゴナはこいつに使われてるだけだ。こいつがやってきたのはダルゴナよりもっとずっと南――独立閉鎖研究都市、ノルヤナート。一連の顚末を聞いて巣穴から出てきた、影響力だけはある引きこもりどもだよ」

ひどい言い方ですねえ、とデハイアが笑った。

8

〈変異〉が発生したばかりのころ、徘徊者の侵略を目の当たりにした人々の多くは人間が築き蓄えてきた知識が徘徊者を呼び寄せる可能性を恐れる一方、文化文明や知識を完全に諦め捨て去ることもできず、図書館と名づけた廃屋に書籍や資料を詰め込み固く蓋をして背を向けた。そしてそのまま、百年以上の長きに亘ってただ朽ち果てていくのに任せ、やがてその存在自体をほとんど忘れ去ってしまっていた。

そうした行為を愚かだとか臆病だなどと言って非難するのは容易だろうが、公正だとは到底言えまい。彼ら彼女らは自分の知人友人や親兄弟が次々と半透明の無機物となっていくのを毎週毎日毎時間見せられ聞かせられ、いつ自分の、あるいは自分よりも大事な存在の番が回ってくるのかと毎分毎秒脅えていたのだ。そんな状況下で自分たち以外の何かを護り抜こうなど、どこか箍の外れた尋常ではない者でなければ口にすることはもちろん、思いつくことさえなかっただろう。

だが、そうした者たちはいた。数は決して多くはなかったが、それでも、ゼロではなかったのだ。

百十余年前、自分たちが二千年以上の時間をかけて創り育ててきた世界が奪われていくのを目の当たりにして、どんな手を使ってでもそれらを護り抜こうとした者たち。絵画、音楽、芸能、文芸などをはじめ、工芸品やそれを作り維持する技術、知識や技能などを失うまいと、なんとかして奪われまいと智恵を絞り尽力した者たち。

残念ながら彼ら彼女らの努力はその多くが水泡に帰した。徘徊者による文化文明の収奪は、それほど徹底した、激しいものだったのだ。

それでも、その攻勢を凌ぎ切った者たちも皆無ではなかった。

そのひとつが、コラルー川が流れ込む大海に浮かぶ島の上に、今もある。

それが、独立閉鎖研究都市・ノルヤナートだった。

「ノルヤナートが溜め込んでいるのは主に科学技術知識だ。あたしには理解もできなけりゃ想像もつかないような高度な科学理論から効率的なねじ山の切り方に至るまで、やつらは価値があると思ったものは何でも貪欲に集めて、護り続けてきたんだ」

公会堂の、一番大きな会議室。その演台に立って話す小さなニーモティカの姿を、リンディは最前列の席から見つめていた。

会議室には見張り櫓と繭の監視小屋、そして船着場の三ヶ所にそれぞれ配置された見張り役と連絡役を除く町守のほとんど全員、五十人ほどが集まり、しわぶきひとつつなくニーモティカの話に聞き入っている。平均年齢は六十代後半、ウィンズテイルの住人としてはまだまだ若い部類に入り、肉体労働も苦とせず、健康面でも大きな問題のない者がほとんどだった。

だが、だからと言って二十代や三十代のようなわけには当然いかない。しかも護る対象はおよそ五千人、自分たちよりさらに高齢で足腰も弱くなった者たちなのだ。いくらウィンズテイルを隅々まで知り尽くしているとは言っても、相手がよほど油断でもしていない限り、町守だけではダルゴナ警備隊に対抗するのは極めて困難だった。

そのダルゴナ警備隊のごく一部を整列させ、その気になれば自分がいつでも振るうことができる力を誇示した上で、デハイアはロブとニーモティカに町として彼らに協力するかどうかの決断を求めた。回答までに与えられた猶予は六時間。

「今ここで決める必要はありません。必要な人たちと、じっくり話し合ってからにして欲しいんです」

それがデハイアの出した条件だった。

「なるべく多くの人間が事態をちゃんと理解した上で合意した方が、そのあとの物事がスムースに動くはずなんです。まあ、我々の社会科学に関する知識は自然科学のそれほど充実しているとは言えないので、確からしさという点では些(いささ)か心許(こころもと)ないですが」

「期限までに結論が出せなかったらどうなる」

ニーモティカの問いに、その場合は残念ですが、とデハイアは申し訳なさそうに言った。

「強制力を発揮せざるを得なくなります。もちろんなるべくそうなることは避けたいと思っています。時間も手間も浪費されますし、協力の強制は潜在リスクに繋がりますから」

その会話から、既に三時間が経過していた。

最初の一時間、リンディとメイリーンは全ての町守の居場所を突き止めるために町中を走り回った。大型艦からの避難で住人たちのほとんどが移動してしまっていたためにメンバーを探し出すのは簡単ではなかったが、見つけた町守に他のメンバー探しを頼むなどして、なんとかロブから頼まれた時間内に全員の所在を摑むことに成功した。

ふたりが町中を奔走している間に、ロブとニーモティカはデハイアの提案について、どのように皆に伝えるかの検討を重ねていた。余計なパニックを抑え、不要な悪影響を避けるにはどうするべきか。提案を拒むという選択肢が現時点では存在しないことをふたりは嫌というほど理解していたし、それはリンディとメイリーンにも伝えられていた。

その結果が、町守全員に対するこの説明会だった。説明するのがリーダーであるロブではなくニーモティカなのは、その方が全員の納得が得られやすいと考えられたからだ。

「ノルヤナートは他の町と最小限の交流しか行わないし、表に出てくることも滅多にない。だが連中の溜め込んだ知識は、近隣の都市に大きな影響力を持ってるんだ。ダルゴナが工業力を維持し続けていられるのも、ノルヤナートの知識供与があるからこそだ。そしてノルヤナートはそれと引き換えに、必要に応じてそれぞれの町を利用する」

今回やってきたダルゴナ警備隊のようにだ、とニーモティカが言った。

「だがそれは、ノルヤナートにとっては自分たちの生存を維持するために必要だからやっているだけのことで、それ以上の意味はない。やつらは基本的に引きこもりで、実際この百年間、ひたすら知識を集め、護ることだけに専念してきた。より大きな目的を達成できるときがやってくるのを、ただひたすら待ち続けながら」

「その、より大きな目的ってのは——？」

「失われた文化文明の、つまりやつらの考える人間社会の復興だよ」

町守のひとりが発した問いに、ニーモティカが答えた。

「どうして今までやらなかったの？」

思い切って声を上げ、リンディが尋ねた。

「そんなにたくさんの知識を持っていたのなら、もっとずっと前から、全部は無理かもしれないけど、文化や文明を少しくらい取り戻せたんじゃないの？」

「やろうと思ったらできただろうね」

リンディの声を耳にして、幾らか表情を和らげたニーモティカが頷く。

「もちろん、既に失われた資源や技術も多いから、知識があるからといってなんでも再現できるわけじゃない。というより、ほとんどのものは容易には再現できないだろう。それでも、ひとつでもふたつでも現状で利用可能な過去の知識が開示されれば、あたしたちの生活は楽になったり、快適になったりしたかもしれないね」

「じゃあなんで」

「やらなかったのか。その理由はね」

リンディの言葉を受けて、ニーモティカが言った。

「利用される過去の知識が増え、活用される技術が多くなればなるほど、徘徊者によって奪われるリスクが高くなるからだよ。ノルヤナートの最終目的は過去に人間が有していた文化文明を可能な限り取り戻すことで、そのためには知識はもちろん、それを支える人間も必要以上に失うことはできない。だからやつらは百年かけて、人口の維持に有用でありながら徘徊者が積極的に収奪を試みない程度、現れたとしても撃退できる程度の徘徊者で済むと思われる知識や技術のレベルを探り、その開示水準を維持し続けてきたんだ。もちろん――」

一瞬躊躇ってから、ニーモティカが続ける。

「管理してたのは知識や技術の開示だけじゃない。黒錐門の近くに、徘徊者の侵攻を阻止するための防衛拠点都市を築いたのも、自分たちが伝え活用されている知識や技術が奪われないようにするための手段のひとつさ」

町の名を、ニーモティカは言わなかった。だがリンディはもちろん、その場にいた誰もが、初めて知ったその事実に息を呑む。

「それは――」

会議室に落ちた沈黙を破ったのは、リューダエルナだった。

「ノルヤナートは自分たちを護らせるためにアタシたちをここに置いた、ってことなのかい？」

「それは違う」

ニーモティカは即答した。

「誤解をさせてしまったのなら謝るが、ノルヤナートが護ろうとしているのは今人間が所有している文化文明や技術、そして生きている人間であって、ノルヤナート自体じゃない。やつらがあたしたちをある意味捨て石のように使っているのは事実だが、それはそうすることが本来の目的を達成するのに最も効率がいいからであって、それ以上の意味はないんだ。――そんなことを言われても理解も納得もできないだろうが。あたしは――」

ニーモティカは小さく息を吐き、口の端を曲げて続けた。

「ずっと以前、ノルヤナートに行ったことがある。だからわかる。やつらの倫理観はあたしたちと全く違う。やつらはなんの悪意もなく、目的達成のために必要ならばなんであっても捨て石にする。自分たち自身でさえもだ」

「自分たち自身も、ってどういうことだい」

訝しげな声が幾つか上がる。ざわついた会議室が静まるのを待ってから、ニーモティカは再び口を開いた。

「まず知っといて欲しいのは、ノルヤナートの生活が、ダルゴナはもちろんあたしたちよりももっとずっと質素だってことだ。自分たちが集めて溜め込んだ技術も知識も、ノルヤナートは自分たちのためには使わない。使っちまったら、そのぶん徘徊者出現のリスクを高めることになるからね。だからやつらは、本当にぎりぎりの生活をしている。ただただ、技術と知識を受け継いでいくことだけを目的にして」

「でも、贅沢してないからって、自分たちを捨て石にしてるってことにはならないでしょう?」

尋ねたのはヘルガ=エルガだった。どこかおっとりした口調が会議室の空気を和らげてくれたことを、リンディは自身の安堵と共に感じる。それはニーモティカも同じだったようで、そうだね、と頷いた口元が少しだけ緩んでいた。

「捨て石という言い方より、もしかしたら道具と言った方がいいかもしれないね。ノルヤナートの人間はね、自分たち自身を知識を失わないための入れ物として使ってるんだよ」

「入れ物って――もしかして」

声を上げたのは、今までリンディの隣に座り、黙ってニーモティカの話を聞いていたメイリーンだった。その顔から血の気が失せているのを目にして、リンディはメイリーンが考えたことを理解する。

そしてその予想が正しいことを、リンディはああ、と頷いたニーモティカの曇った表情で知った。

「ノルヤナートには、ウィンズテイルにあるような本や資料の類いは一切ない。やつらは全ての知識を手分けして自分たちの頭の中に仕舞い込み、それを記憶保存機體に転写することで失われることがないようにしてるんだ。そしてその記憶保存機體を代々受け継いで、知識が散逸したり陳腐化したりすることを防いでいる」

わかるかい、とニーモティカが続けた。

「やつらは、自分たち自身を人間の文化文明、知識や技術を保存するための器としか考えず、その通りに使い続けてきてるんだよ。一切の疑問も持たず、迷いも躊躇いもなく。実際今回やってきたノルヤナートのやつは、あたしのことをちゃんと知ってた。何十年か前にあたし、つまり異界紋を刻まれて年をとらなくなった女と会ったって記憶も、やつらは受け継いできてるのさ」

会議室がざわめきで満ちる。普通じゃない、おかしいという声があちこちで上がる。その中で唇を噛んで俯いてしまったメイリーンの手を、リンディは黙って握ることしかできなかった。

「そういう連中なんだよノルヤナートは。そしてそんな、百年間後生大事に受け継いできた知識を抱えて引きこもってた連中が、あのダルゴナ警備隊を思い通りに動かしてまで、巣穴から這い出てこんな北の果てまでやってきたんだ。並大抵のことじゃないってのはわかるだろう？」

「何のためにやつらは来たんですか、時不知さま。やつらの目的は」

質問したのはトランディールだったが、尋ねたかったのはリンディも同じだったし、その場にいた全ての町守も答を知りたいと思っていただろう。ニーモティカは会議室に集まった五十人を見回し、ゆっくりと答えた。

「ノルヤナートの宿願を叶(かな)えるためさ」

「宿願――」

リンディの呟きに、そうだよ、とニーモティカは頷く。

「かつてあたしたちが持っていた、文化や文明を可能な限り取り戻す。ひと月前にここで起きた騒ぎを聞きつけ、散々調べて考え尽くした末に、やつらは自分たちの宿願を、今、この町でなら叶えられるかもしれないと考えたんだ」

そして、とニーモティカはどこか苦々しげな様子で付け加えた。

「それを成し遂げるためなら、やつらは一切の事情を考慮しないし手段も選ばない。たとえば仮に、あたしの髪の毛がどうしても必要だってことになって、あたしが絶対にうんと言わなかったら――やつらはどんな手を使ってでも必ずあたしを丸坊主にして、望みのものを手に入れるだろう。それを可能にするために、あのでかい船で大勢のダルゴナ警備隊を引き連れてきたんだよ。つまりやつらは」

小さく息を吐いて、ニーモティカは最後の言葉をみんなに告げた。

「何があっても最後には、必ず自分たちの意志を押し通す、ってことなんだ。そんな連中が今、あたしたちに協力を求めてるんだよ」

誰も、何も言わなかった。

息苦しくなるほどの沈黙が会議室を支配する中、リンディは握りしめたメイリーンの手のひらの熱だけを感じていた。

9

警備隊員がリンディたちの元を訪れたのは、そろそろ陽も落ちようかという時刻のことだった。

御足労いただきたい、と発せられた言葉こそ丁寧なものだったが、応対したリンディを見下ろす表情からは、従う以外の回答など想定もしていないことが伝わってくる。リンディは夕飯の支度を切り上げ、ニーモティカとメイリーン、そしてロブと共にデハイアが構築したという駐留拠点に向かった。

案内された先は、町の北方、住人たちが寄りつかない居住放棄区域のほぼ中央に建つ、三階建ての建物だった。かつては小さなホテルとして利用されていたものだ。デハイアは放棄されて久しいこの元ホテルを接収し、荷物を運び込んで自分たちのウィンズティルにおける拠点として利用することにしたらしかった。

四人が招き入れられたのは、かつては会議や小規模なパーティが行われたのだろうこぢんまりとした広間だった。天井は高く壁や柱の装飾も凝っているが、全体に埃っぽい。部屋の中央に大きなテーブル、その周りには適当に見繕って運んできたとわかる、古さ以外は全く共通点のない椅子が並べられていた。室内にあるのはそれだけで、それ以外には武器はもちろん、道具や家具の類いすら見当たらない。

四人は促されるまま、テーブルの長辺に並んで腰を下ろした。リンディとメイリーンが中央、ふたりを挟む形で左がニーモティカ、右がロブという順。奇妙な並びだったが、そうして欲しいとデハイアから求められたためだ。

そのデハイアは、反対側の中央に腰を下ろし、にこやかではあるものの何を考えているのかよくわからない表情で、リンディとメイリーンのふたりを交互に眺めている。メイリーンは俯いて手元ばかり見ているし、リンディも居心地が悪くて仕方がなかった。

デハイアの隣には、猫背気味で、目を引く髪形をした女性が座っていた。濃いブラウンの髪はかなり短く、切ったというよりは子どもが悪戯で適当にはさみを入れ、途中で飽きて放り出したかのようだ。ウィンズテイルでは頭髪に頓着しない住人も少なくない（そもそも手を入れるべき毛髪がない者も珍しくない）が、それでもここまで雑な髪形を見た経験はリンディにもない。黒に近い灰色の、コートのような形状の不思議な服から覗く手足は白く細く、ただリンディとメイリーンを無遠慮に見つめてくるやぶにらみ気味の黒い目だけが力強い。

「彼女はララミィ・トッガァコワ」

デハイアに紹介された女性は僅かに顎を引き、どうも、とだけ短く言った。

「私のチームメンバーで、とても優秀です。彼女は異界関連知識の探究者なんですよ」

「異界関連知識？　徘徊者や黒錐門に詳しいってことか？」

訝しげなロブの声に、説明した方がいいですね、とデハイアは言った。

「彼女が受け継いでいるのは、過去、主に異界からの侵略が開始された百十余年前に行われた、徘徊者や黒錐門はもちろん、異界についての調査研究情報です。成果の多くは徘徊者によって奪われていますが、過去の科学者たちは侵略に対抗するため、異界とその事物について様々に探求を試みていたんですね。ララミィは受け継いだそうした知識をベースに、新たな情報や知見を入手して異界についての謎を解き明かそうとしているんです」

「チームメンバーってことは、あんたの専門もそうなのかい？」

ニーモティカの問いに、デハイアはいえいえ、と大袈裟に首を横に振る。

「私はノルヤナートの中でもちょっと変わり種で、役割はノルヤナートや関連する組織を最適な形で動かすことなんです。ですので受け継いでいる知識もラミィのような科学技術を主としたものではなく、コミュニケーション能力も含めた組織・社会運営のためのものです。ただ、残念なことに」

にっ、とデハイアが笑顔を作ってみせた。

「そうした知識は自然科学のように一般性があるものではないため、そこに弱みがあることは自覚しています。気になる点がありましたら、いつでもご指摘いただけると嬉しいです。——それから彼が」

デハイアは四人が部屋に招き入れられて以来ひと言も話さないどころか、身動きすらせず扉の真横に立ったままの男性を示した。

ひと目でダルゴナ警備隊員だとわかる灰色の制服とベレー帽。鍛え上げられた肉体の持ち主なのは、リンディの目にも明らかだった。東洋系のようで、彫りの浅さだけでなく年格好もどことなくユーゴに似ている。唯一違うのは、視線の方向どころか開いているのかどうかすらわからないほどの細い目だった。

「アバルト・ウォンダルディア。元々ダルゴナ警備隊の大隊長だった人です。実力はあるのにクオンゼィの野心に反対したために遠ざけられていたそうで、そこを見込んで今回派遣隊の指揮をお願いしました」

リンディたちの視線を受けたアバルトが、無言のまま一礼する。表情が全く読めず、アバルトが現状をどう考えているのかは見当もつかなかった。

「こっちも自己紹介した方がいいか？」

皮肉っぽく問うたニーモティカに、デハイアはいえいえ、と首を横に振った。

「〝時不知の魔女〟ニーモティカ・セブンディートールド、町守のリーダー、ロバート・ヴォウモンド。お目にかかるずっと前から、私たちはあなたたちのことをよく知っています」

そして、とデハイアの視線がリンディとメイリーンに移る。ふたりは蛇に睨まれでもしたかのように、思わず身体を硬くした。

「〝再生〟の異界紋を持つメイリーン・パストジーンと、時不知の魔女の養子であり、〝繋がり〟の異界紋の持ち主、リンドー・オトゥハシー・セブンディートールド」

リンディとメイリーンは息を呑んだ。発音が難しいですね、と顔を顰めるデハイア以上に、ニーモティカは渋い表情を浮かべて言った。

「そこまで知ってるのか」

もちろん、とデハイアがにこやかな笑みを浮かべる。

「我々はよほどのことがない限りノルヤナートの外に出ることはありませんが、この世界で何が起きているのかを知るため、様々な情報入手の手を伸ばしているんです。だからすぐにわかりましたよ、船着場でお目にかかったときに」

「何をさせるつもりなんだ」

リンディとメイリーンをかばうように身を乗り出して、ロブが言った。

「わざわざ呼び出したからには、この子たちの力が目的なんだろう。だがこのふたりはな、特別な力は持ってるかもしれんが、それ以前に俺が護るべきウィンズテイルの住人なんだ。危険な目に遭わせるわけにはいかん」

「最初にお目にかかったときにも言いましたが、受け入れ不可能なリスクをとるつもりはありません。つまりですね、どうしてもとらざるを得ないもの以外、リスクはとらないということです」

「そんな言い方で誤魔化すつもりなんじゃないだろうな」

「そんなわけないでしょう」

ロブの詰問口調にも怯(ひる)むことなく、デハイアは笑みを浮かべたまま応えた。

「リスクをとる場合も、大小拘わらず必ず事前にご説明します。ですからどうぞご安心を」

「安心できるわけないだろ」

ニーモティカが吐き捨てるように言った。

「大体お前ら、躊躇なく徘徊者を吹っ飛ばしたじゃないか。あれがさらに徘徊者を呼び寄せる危険性があるってこと、わかってないとは言わないだろうな」

　もちろんです、とデハイアは真顔になって頷いた。

「ですがあれは、とらざるを得ないリスクでした。あなたたちだけでは砕くことが困難な形態の徘徊者が現れることは予想していましたから」

「予想してた？」

　ニーモティカの問いに、ええ、とデハイアは頷く。

「ノルヤナートには、過去の徘徊者の形態や出現時期、砕かれた場合はその手段などを、可能な限り集め記憶している者がいます。もちろん不完全なものですし、最近のものはノルヤナート近辺の情報しかありませんけどね。それでもパターンは読み取れますし、予測もできます」

「砕けば砕くほどより頻繁に、より大型化した徘徊者が現れるというくらいのことなら、俺たちだって知ってるぞ」

「それも間違ってませんが——大型化というだけでは事象を正確に言い表していない、というのが重要なところなんです」

　ロブの言葉に首を横に振りつつ、デハイアは言った。

「これまでは大型化することで砕かれにくくなるから、たまたまその方向に変化していたに過ぎないんですよ。再生兵器の出現で大型化では意味がないとなれば、〈核〉が狙われにくい形態に変化する。そして繭に封印されたとなれば、封印されにくいと思われる形状を作り出す」

さらりと言われたデハイアの言葉に表情を硬くしたのは、リンディとメイリーンだけではなかった。

「繭のことまで知ってるのか」

ニーモティカの言葉に、もちろん、とデハイアは頷いた。

「情報収集と分析は、私たちにとって呼吸をするのにも等しい行為ですよ。私たちはウィンズテイルで起きた出来事の全貌を、おおよそ十日後には把握していました。だからこそこれが得がたい機会であると同時に大きな危険の始まりであると判断して、やってきたんです。どちらにしても我々の力が必要であると考えて」

「得がたい機会だけど、同時に大きな危険の始まり――」

デハイアが言った言葉を、リンディは思わず繰り返していた。

徘徊者を砕けば、それもより複雑で高度な手法で退ければ、それは次の、さらに対処が困難な徘徊者を招き寄せてしまう。今回《這いずり》は、この百年間、ただの一度も使われたことがなかったと思われる方法で封じられた。それがどんな影響を及ぼすか考え、その可能性を恐れていたのはリンディだけではないだろう。

だが、ウィンズテイルの町守はそうした潜在的な危険に対し、わかってはいても充分に備えることはできなかった。そして《アシナガ》の出現によって危機が現実のものとなったとき、ウィンズテイルだけでは対処できないことを、デハイアは自分たちの実力を行使してみせることで示したのだ。

メイリーンがリンディの手を握る。冷たく震えている手を、リンディは精一杯の力で握り返した。

デハイアはリンディに視線を移し、正面から両目をじっと見つめ、頷いた。

「そうです。徘徊者が繭で封じられたと知ったとき、私たちはこれが大きく、かつ新しい危機の始まりになると考えました。しかし同時に、私たちが百年以上待ち続けた機会である可能性も高い。だからこそ私は重い腰を上げてノルヤナートを出てダルゴナ運営議会を動かし、虎の子の遠距離誘導弾を装備した防衛艦を稼動させたんです。そして、《アシナガ》と君たちが呼んでいた徘徊者の出現は、私たちの予想が正しかったことを示していると言えるでしょう」

デハイアはニーモティカとロブに視線を送り、ふたりが黙ったままであることを確かめると再びリンディに向き直って続けた。

「次に現れる徘徊者がどんなものかはわかりません。虎の子の遠距離誘導弾はまだ数発残っていますが、それが次も通じるという保証もない。むしろ、通じないと思っていた方がいいでしょう。そして、その時までにどれだけ猶予があるかはわかりません——それほど長くはないのは確かでしょうが」

「じゃあ……どう、するんですか。どうすれば、いいんですか」

身体が強張り、うまく声が出せなかった。だが、つっかえつっかえ言ったリンディの問いをデハイアはひとつひとつ頷きながら聞いたあと、知りたいですか？　と聞いた。

「——はい」

リンディの手を、メイリーンが握り返してくる。ふたりは揃って頷いた。その様子に、デハイアが目を細める。

「協力してもらいたいんですよ。君たちふたりに。この先やってくる徘徊者の全てを倒し、世界を再び私たちの文化文明で満たす、その具体的な方法を明らかにする必要があるんです。君たちふたりの異界紋が持つ力には、それを実現できるだけの可能性があると私は考えています」

デハイアの言葉に、リンディは呼吸を忘れた。

それとほとんど同じ内容の言葉、ひと月前に聞かされて以来忘れられずにいる言葉が、今まさに語りかけられているかのように耳の奥に響く。

〝きみとメイリーンが失われてしまったら、世界を元に戻す術は永遠に失われてしまう〟

皐月の残滓はあのとき、確かにそう言った。

〝きみたちふたりが鍵なんだ〟

そう言われても、どうしたらいいのかはわからないままだった。やらなければならないと、それが自分たちの役割なのだと思っても、何から手を付けたらいいのかすら突き止められず、ただ途方に暮れているだけだった。

それが。

「僕とメイリーンが協力すれば――」

「そうしたら」

思わずこぼれたリンディの言葉に続けて、思い詰めたような声でメイリーンが続けた。

「わかるんですか。どうやったらわたしたちが、この世界を元に戻すことができるのか」

「残念ながら、必ずわかるとは言えません。でも、突き止められるように全力を尽くすことは約束します。そうでなければそもそも、私たちも百年以上引きこもって研究を続けてきた意味がなくなってしまうんですから」

「僕たちは何をすれば――」

勢い込んで言ったリンディの言葉を、ちょっと待て、とロブが遮った。

「この子たちの責任感につけ込んで、勝手なことしようとしてるんじゃないだろうな」

「そんなわけないでしょう」

　詰め寄るロブの表情に苦笑いを浮かべ、デハイアが言った。

「《アシナガ》が出現し、私たちがそれを砕いたことで、より対処困難な危機がやってくるのはほぼ確実だと言っていいでしょう。それに備えること以上に優先順位が高いことがあると思いますか？」

　ご覧の通り、とデハイアは部屋を示して続ける。

「私たちはウィンズテイルの、より黒錐門の近くに拠点を築いたわけです。それはつまり、より強力な徘徊者が出現したら、みなさんより先に私たちが危機に陥るということですよ。それだけの覚悟を持って、私たちはここにやってきたんです」

「やります」

　きっぱりと、リンディが言った。

「リンディ！」

　ニーモティカとロブがいっせいにリンディを見たが、リンディはデハイアをまっすぐ見つめて続ける。

「僕らがデハイアさんに協力しなかったら、次に来る徘徊者にみんな〈石英〉にされてしまうかもしれない。そうでしょう」

「その可能性が高い、というのが私たちの予想です」

「世界を元に戻すこともできますか」

「全力を尽くします」

メイリーンの問いに、デハイアは真顔で答えた。その視線を受け止めて、わかりました、とメイリーンが頷く。

「わたしも、協力します」

「ありがとう、ふたりとも」

それまでの、どこか韜晦（とうかい）めいたのとは違う生真面目な口調で、デハイアが言った。

10

「もう続けられませんか。わかりました、ではメイリーンさんは休憩してください。テントの中に仮眠用のベッドを用意していますので、自由に使っていただいて結構です。水や食べ物も用意してありますから、必要なら遠慮せず摂（と）ってください。ちなみに中に警備隊員がひとりいますが、彼には記録をお願いしているだけなので、気にしなくて大丈夫です。何か依頼したいことがあれば頼んでもらっても構いません、できるかどうかはわかりませんが。ああそうだ、回復に要する時間も調べますので、定期的に状況を確認させてもらいたいと思っています。三十分ごとにその時点の疲労度を、今を十、万全の状態をゼロとしてどのくらいかを質問しますので回答してください。主観で構いませんが、回答の質は極力一貫するようにしてください。本当は医学的な検査を行いたいところですが、残念ながら許可されなかったので」

初対面の時にはほとんど言葉を発しなかったラミィが、驚くほどの饒舌さで言った。

デハイアが最初に求めたのは、異界紋の能力を詳しく調べることだった。調査は翌朝早い時間から開始され既に三時間ほどが経過しているが、その間中ラミィは、昨日とは別人のようにひたすら喋(しゃべ)り続けている。

調査が行われているのは、居住放棄区域の中にある北の広場だった。ウィンズテイルの人口が激減し、町の北半分が忌避されるようになって以来ただの広大な空き地となっていた広場には今、砕片が小山のように積み上げられ、調査作業用のテントが幾張も建てられている。

積み上げられている砕片はどれも、繭の近辺に放置されたままだった213号が残したものだった。町守を悩ませていた膨大な物量に、デハイアは大型艦に搭乗していたほぼ全てのダルゴナ警備隊員と、運んできた馬と荷車を投入することで対処した。この人海戦術によって、あと三日もあれば砕片は全て北の広場に移し終えられる見込みであるらしい。

「ああちょっと待って、待ってください。休憩はメイリーンさんだけです。メイリーンさんが休んでいる間、リンディさんには話を聞かせてもらいたいんですよ。リンディさんは体力的に問題ないんですよね？　でしたらお願いします、時間は有効に活用したいので」

示されたテントまでメイリーンを連れて行こうとしたリンディに、ララミィが言った。初日だからと心配して来てくれたロブが抗議の声を上げるより早く、すぐ戻ってきます、とリンディは応えた。朝からずっと砕片からの再生を続けていたメイリーンはすっかり疲労困憊(ひろうこんぱい)してしまっており、まっすぐ歩くことさえ怪しい状態だ。ここしばらく足の調子が思わしくないというロブひとりに任せておくわけにはいかない。

「ああはい、わかりました、メイリーンさんを送っていくということですね。わかりました、それならいいです。あ、もしリンディさんも休憩したいんだったら」

ララミィの言葉を、僕は大丈夫です、と遮った。

「心配しなくても、メイリーンを休ませたらすぐ戻ってきます」

「わかりました。わかりましたわかりました」

リンディとは目も合わせずにララミィが何度も言う。たぶんわかってもらえたのは僕がすぐ戻るということだけなんだろうな、とリンディはまだ半日経っていないとは思えないほどの疲労感を感じながら思った。僕がどうしてメイリーンを送るのかとか、どうして僕が苛々(いらいら)してるのかとかはきっとわかってないんだろう。

調査の指揮をララミィが執ると知らされたとき、デハイアからはコミュニケーション面での懸念も伝えられてはいた。

「ノルヤナートの探究者の多くは普段、自分たちの仕事に関係しないことはほとんど話さないんですよ。逆に仕事のことでは饒舌で多弁になりますが、全員がひとり一派のような存在で基本的に他者の意見を必要と考えていないもので、話を聞いたり相手の感じていることを察するのがかなり不得手なんです。不得手なだけでできないわけじゃないんですが、自分の発言が何より大事という者がほとんどなんですね。なので、もしかしたらおふたりには不快な思いをさせてしまうかもしれません。ただ、決してそれを意図してやっているわけではないので、その点だけはどうかご理解ください」

話を聞いたときには意味がよくわからなかったが、今はよくわかる。わかるのと許容できるのは全く別の問題だが、こちらが慣れるしかなさそうなことも既にリンディは察していた。

一方、ここまでに行われた再生実験の内容は事前にデハイアから説明されたものと正確に一致しており、こと調査についてはラミィが極めて誠実であることは実感していた。デハイアが、立案した計画から逸脱することは私以上に彼女自身が許さないのでそこは心配しなくて大丈夫ですよ、と言っていた通りだ。

「悪意はないんだろうが、あれでは信用しようという気にはとてもなれんな」

メイリーンを支えて歩くリンディと歩調を合わせ、ロブが小声で言った。

「そもそも俺は、自分たち自身を道具のように扱ってるってのが気になってんだ。リンディやメイリーンにも同じことを要求してくるんじゃないかって気がしてな」

そうだね、とリンディは素直に頷く。それが足の調子が悪いのを押してまで調査に付き添ってくれたロブが、最も懸念していることなのだろう。

「だから、ロブはメイリーンについてて欲しいんだ。僕はひとりでも大丈夫だから」

「わたしだって大丈夫」

ふらふらになりながら言ったメイリーンに、リンディはだめだよ、と優しく言った。

「三時間も立て続けで再生したんだから、何か食べて、それから少し寝た方がいい。だけど、寝てるメイリーンをひとりにはできないから――」

リンディの視線を受けて、ロブがわかったよ、と言った。

「でも、何かあったらすぐ呼べよ。声が届かないとこまで行くときは必ずその前に言え」

「うん」

頷きはしたものの、いつまでもロブに頼っていられないこともリンディはわかっていた。

直近の大きな課題だった213号の砕片の件がデハイアによって解消されつつあるとは言え、ダルゴナ警備隊の駐留によって不安に揺れる住人たちのケアや、進めていた繭の監視体制の整備、さらに可能性が増した新たな徘徊者にどう備えるかなど、町守のリーダーとしてロブが取り組まなければならない仕事は山積みになっていた。

ニーモティカも町守の相談役としてロブに協力しているのに加え、《アシナガ》の出現と大型艦が姿を現した際の避難行動によって足腰の機體に不具合が出てしまった住人が複数おり、その対応で多忙を極めている。保護者としていつでも付き添ってもらえるような状況ではとてもなかった。

町守の中でもリーダーシップをとれるような人間は決して多くない。貴重な人材であるロブやニーモティカの時間を、今の状況下で自分たちのためだけに割いてもらうわけにはいかなかった。少しずつでもいい、自分たちができることを増やしていき、ふたりの負担を減らしていかなければ。リンディは心のうちで固く決意していた。

メイリーンを送り届けたリンディが休憩用テントを出ると、そこにはデハイアとニーモティカが待っていた。

「ニー!? どうしたの、何かあったの」

「いえいえご心配なく」

ニーモティカが口を開くより先に、デハイアが顔の前で何度も大袈裟に手を振って言った。

「ちょっと様子を見にきたんですけど、ご一緒にどうですかと私がお誘いしたんです。どうですか、何か困ったことはありませんか」

もうすっかり見慣れた柔和な表情で、デハイアが続ける。隣のニーモティカはリンディの不安げな視線を受けると、大丈夫だなんでもない、と小さく首を振った。

「ララミィは優秀なんですが、ノルヤナート以外の方と仕事をするのは初めてなので心配になりまして」

「ありがとうございます。大丈夫です」

唐突なふたりの出現に不安を感じつつも、リンディはそう答えた。少なくともララミィから求められている作業は事前に聞かされていた通りだし、今のところ無茶なことも言われてはいない。会話が成立しているかどうか心許ないという点はあるが、それは言ったところでどうにもならないだろう。

しかしリンディの表情から察したのだろう、やり取りではご苦労をおかけしているようですね、とデハイアは頭を掻いた。

「本当なら私が間に入るべきなのですが、余裕がなくて申し訳ないです。今はとにかく、時間がありませんからね」

「そんなに早く、次の徘徊者が来そうなんですか」

リンディの問いにデハイアは、そうですねえ、と肯定とも否定とも言えない言葉を返した。

「時期について正確な予測を立てるのは困難ですが、《這いずり》から《アシナガ》までの期間が最長だと想定しておくべきでしょうね。最短でどれくらいになるかは想像もできませんが、仮に明日であっても私は驚きません」

リンディの顔色が変わったのにはっとしたデハイアが、ですので、と不自然なほど口調を明るくして続けた。

「私も、対策のキーになるだろうおふたりの異界紋について、なるべく迅速かつ詳細に理解しておきたくてですね。午後、ララミィがお話を伺うとのことでしたので」

こちらへ、とデハイアが、ララミィから指定されていたテントにふたりを先導する。

「私も同席させていただこうかと。ララミィは自分の調査と時間以外にはあまり興味がないもので、黙って報告が来るのを待っていると後回しにされかねないんですよ」

リンディはデハイアがララミィを非難しているのかと思ったが、ちらと見上げたデハイアの顔はむしろ楽しげだった。ノルヤナートの探究者たちの考え方もふたりの関係性も、リンディにはさっぱり理解できそうにない。

ララミィの方は事前に聞かされていたのかそれともそもそも関心がないのか、デハイアとニーモティカが姿を現してもちらと視線をやっただけで挨拶すらせず、リンディにテント内のテーブルに座るようにとだけ告げた。

テント自体は十二、三人は同時に入れそうな大きなものだったが、中央に武骨な折畳みテーブルとそれを囲む椅子がある他は、隅に梱包されたままの木箱が幾つか積んであるだけでがらん、としている。リンディの予想に反して警備隊員もおらず、四人はテーブルのそれぞれの辺にひとりずつ座った。リンディの向かいにラミィ、左右にニーモティカとデハイアという配置だ。

「確認ですがリンディさんの異界紋は先日まで全く機能していなかったということでいいですか。リンディさんの認識としては、ということですが」

リンディが腰を下ろした途端、前置きも何もなしにラミィが待ちかねたように早口で話し始めた。

「そうです。それまでもニーが定期的に調べてくれてましたけど、何も見つかってませんでした」

「ニー？　ニーとは？」

眉根に皺を刻んだラミィに、ニーモティカが横からあたしのことだよ、と言った。ラミィはニーモティカの方を見ることもせず、ああなるほど、と人さし指で右のこめかみを何度もノックしながら頷く。

「ニーモティカさんが調べたのは肉体的な変化ですか」

「肉体的変化と外部認識の変化だ」

ラランミィの視線はリンディに向けられたままだったが、答えたのはニーモティカだった。

「異界紋は肉体それ自体か本人の認知・認識のどちらか、あるいは両方に影響を及ぼすと考えられてたからな」

「でも今は、そうとは限らないのがわかっているわけですよね。メイリーンさんに与えられたのは、砕片からの再生能力だったわけですから。そしてその異界紋は、異界に呑まれた人間によって刻まれた――リンディさんはそう聞かされたんですよね？　あなたの母親である皐月を名乗る存在から、あなたの異界紋が異界と繋がったときに」

そうです、とリンディは頷いた。《這いずり》出現時の経験については既に、リンディだけでなく全員がデハイアから詳細にヒアリングを受けていた。内容は当然、ララミィにも共有されているのだろう。

「その時行われた会話から――会話と呼ぶのが正確かどうかはわかりませんが、ひとまず仮にそのように呼ぶことにして――異界紋についてこれまで知られていなかったことがわかりました。もちろん皐月の言葉を真とするならですが、現時点ではこれを疑う根拠がないため、真であるとして進めます。ああ当然その真正さの確認は必要ですし並行して進めますが、それは今は関係ないのでいったんおいておきましょう。ともかくこれまで異界紋はその名に反して、誰がなんの目的で人間に刻んでいるのかが明らかではなく、ノルヤナートでも意見が分かれていました。人間の技術でどうにかできるものではない一方、異界の利益に反すると思われる能力が与えられることがあり、しかし同時に人間の不利益になることも少なくない。第三者の存在を仮定する者もいましたが、それを裏付ける証拠はなくあくまで仮説に過ぎませんでした。ですが今回リンディさんの報告でわかったのは」

ララミィがいきなり自分の両頰をぱん、と高らかに手のひらで打った。驚いて目を丸くしたリンディに、興奮を抑えてるんです、とデハイアが囁く。

「異界紋は異界に呑まれた人間が、異界の力を利用して人間に刻んでいたということです。目的は世界を回復させること。だから異界紋が与える能力は、徘徊者の〈核〉に関する知識のように、異界の利益に反する場合が多かった。メイリーンさんの再生能力もそうですね。その一方、異界に呑まれた人間は分解されて元の状態を維持できないため、皐月のように事前に対策していた者たちだけが辛うじて人間的な行動をとることができる。異界紋が時に人間にとって不利益をもたらすことがあるのは、彼女らの思考や行動に制限がある、あるいは限界がある、もしくは異界の影響を拭いきれないなどの理由が想定されます。そう考えると、これまで矛盾すると思われていた異界紋の存在やその影響についても理解がしやすい」

ちょっといいかい、とニーモティカが口を挟んだ。

「あたしはリンディの言葉はそのまま信じてるんだけどさ、あんたたちもそのまま受け入れてるってのが正直違和感あるんだよ。あたしの知ってるノルヤナートの人間ってのは、話だけで何かを信用するなんてことはなかったんだけど」

口を噤んだラミィが、初めてニーモティカをちらと見た。

「――何か知ってたのかい、あんたたち」

ラミィの視線がデハイアに送られ、デハイアが頷く。途端にラミィは満面の笑みを浮かべ、再び自らの頬を両手のひらで打った。

「素晴らしい。素晴らしいです時不知の魔女。そうした対人洞察力は私たちにはないものなので、非常に感服します。それはともかくあなたの指摘は正しい。そうです、私たちは知っていました。百年以上受け継がれてきた断片的な記憶です。ただし極めて主観的な記憶があるだけでそれ以外の証拠が何もなかったため、長く仮説のひとつ、それもさほど有力ではないものでしかありませんでした。私たちは今回、リンディさんの証言がその仮説に見事に適合することに気づいたのです。もちろんこの仮説はノルヤナートしか知りません。にも拘わらずみなさんの経験や証言はこの仮説と見事に整合する。これが私たちがみなさんの証言を真実だと考えている背景です」

「断片的な記憶……百年以上前の?」

リンディの言葉に、そうです、と勢い込んでラミィが続けた。

「異界に侵略された世界で、研究者たちはなんとか徘徊者や異界の力を突き止めようとしました。その中に、〈石英〉と化した人間を元の状態に戻すために異界の力を利用できないかと考えた者がいたのです。詳細については長くなるので割愛しますが、そうですね、異界が人間の世界に干渉する力を横取りして自分たちのために働かせようとする試みだった、と考えてもらえればいいと思います。その最初のステップとして、彼女らは異界の力を自分たちの意思通りに利用する方法を探求し、その結果生まれたのが、人間の肉体に異界紋として刻み込むという手法だったんです」

リンディは思わず自分のうなじに手をやった。そこに黒々と刻まれている異界紋に。

「この試みはある程度成功しましたが、最後まで充分に制御はできなかったようです。研究者たち自身が異界に呑まれてしまう前に記憶されている成功例はふたつ。ひとつが異界に呑まれた存在の状態を人間にも理解可能にする〝繫がり〟の異界紋」

「それって」

息を呑んだリンディの表情に、ララミィが口元にいかにも楽しげな微笑を浮かべた。

「そうですよ、リンディさんのうなじに刻まれている異界紋です。この異界紋の力で異界に呑まれた存在の状況を把握し、本当なら元の姿に甦らせることが目的だったようですが、残念ながらその時点ではそこまでは達成できませんでした。そしてすぐに実現できる見込みがなかったため、同じく異界の力を利用して作り出された繭で〝繫がり〟の異界紋は包まれ、時間を超えることになったのです」

「じゃあ、僕は、やっぱり」

皐月の言葉が思いもかけず裏付けられたことに、リンディは言葉を詰まらせた。ララミィはそんなリンディの内心など知らず、そうですよ、とこともなげに続ける。

「現時点では正確な年数まではわかりませんが、百年以上繭の状態で停止していたのは間違いないでしょう。リンディさんが繭から解放されたとき、私たちはこれが過去の記憶と合致することに気づき、それ以来ウィンズテイルに注目していたんです。そして十年経ち、遂にもうひとつの、かつて切望されていた異界紋が現実のものになりました」

「それはつまり――メイリーンの」

「〝再生〟の異界紋です」

ララミィがリンディの言葉に続けて言った。

「異界に呑まれたあともなお、彼女たちはずっと世界を元通りにしようと試み続けていたんですね。同じ探求者として感服します。こうして、私たちが受け継いできた記憶にある大きな流れがここで現実となったわけです」

「だからあたしたちの話を疑わなかったのか」

ぽつりとニーモティカが言った。

「もちろん無条件で信じたわけではありませんよ。当然検証はしましたが、現時点で信頼度は極めて高いと考えています」

だからこそ、とそれまで黙っていたデハイアが口を挟んだ。

「私たちは今が危機であると同時に、大きな機会でもあると認識したんです。世界を元の姿に取り戻すため、異界に呑まれつつも百年以上を費やした先人たちの努力が遂に実ったわけですから。私たちは一刻も早く、この実った果実をどう使えば良いのか突き止めねばなりません」

改めて、自分たちの肩に乗せられたものの重さを感じる。息が詰まるような苦しさを堪(こら)え、リンディはわかりました、と乾いた声で言った。

「話が途中だったので、あともうひとつ」

沈鬱になった空気に無頓着に、ラランミィが何も変わらない口調で言った。

「私は先ほど、成功例はふたつ、と言いました。ひとつはリンディさんの異界紋です。そしてもうひとつは、リンディさんの母親である皐月の同僚、ミユードバード・セブンディートールドによって行われた——」

そのとき、ララミィの視線が初めてニーモティカに向けられた。

「〝不老〟の異界紋です。記憶によればこちらはミユードバードの個人的な目的から生み出されたもののようですので優先順位は低いのですが、是非この機会に調査させていただきたいと思っています」

大きく見開かれた目で見つめられたニーモティカは、ララミィを見返すばかりで何も言わなかった。なんの感情も読み取れないその表情を目にしたリンディの胸が、万力で締め上げられたかのように痛んだ。

11

異界紋による再生能力の調査は、翌日以降も引き続き行われた。

毎朝決まった時間になると、ダルゴナ警備隊員がふたりの家を訪れて北の広場まで同行する。待ちかまえていたララミィからその日に行う調査の内容や目的の説明を受け、ふたりが同意するとララミィは嬉々として調査を遂行した。

意外だったのは、ララミィがふたり、特にメイリーンの体調にかなり配慮するということだった。メイリーンが何も言わなくても、ララミィは必要だと判断すれば予定外の休憩を宣言したし、時には調査内容やスケジュールを変更することも躊躇わなかった。

その一方ララミィは自分自身には恐ろしく無頓着で、駐留拠点には一切帰らず広場に張ったテントの一張に泊まり込み、就寝どころか飲食の時間すら惜しんで調査結果の分析や方針の立案を進めているらしい。定期的に様子を見に来るデハイアがあまりの惨状を目にして命じるまで、シャワーを浴びるどころか顔さえ洗っていない有り様だった。

調査自体は概ね同じことの繰り返しで、ただ再生しようとする対象だけが毎回異なっていた。まず何を再生するか告げられ、その後ふたりは別々に、再生対象に関する知識について質問を受けた。

その後、メイリーンがララミィの言う〝単独再生〟――独力での再生を試み、次に〝連携再生〟――リンディの異界紋に触れながらの再生を試みる、というのがお決まりの流れだった。初めは身の周りの生活用品だった再生対象は少しずつ馴染みのないものに変わっていき、今回は今もダルゴナで生産されているというライフル銃となっていた。

ふたりとも触れたことはもちろん見たこともないライフル銃は、単独再生でも連携再生でも当然のように失敗した。それを確認したところで、ララミィはふたりを自分が寝起きしているテントに招き、ここで休憩を挟むと告げた。

「最後にあとひとつ再生検証を行う必要があるんですが、その前に予定通り休憩をとりましょう。おふたりのお陰で調査の進行は極めて順調です。結果の方も私が事前に想定していたパターンの中で、最も可能性が高いと考えていた通りの結果が出ていて、今後の展開にも大変期待が持てると言っていいでしょう。ちなみに最大の収穫は、単独再生の場合メイリーンさんが対象を知悉している必要があるという条件がほぼ明らかになったことですね」

テント内に所狭しと並べられた幾つもの再生品を前に意気揚々と話すララミィの言葉に、リンディは思わずえっ、と声を上げてしまった。

「三日もかけてそれを確かめてたんですか？　メイリーンが知らないものは再生できないって、僕ら最初に言ったと思うんですけど」

リンディの言葉にラミィはなぜか嬉しそうに、はいはいはいはい、と手を叩きつつ何度も言った。

「それはもちろん聞いています。聞いていますが、そうですね、まずそのことについてお話ししますと、話を聞いただけではそれが事実かどうかわかりませんよね？　ああもちろんリンディさんたちを疑っているということではありません、そこは誤解しないでください。デハイアから私の話は誤解を招きやすいから注意するようにと言われていて、私にはなにが理由かを正確に理解できないのですが、ともかく何かを疑っているかのような言動には特に留意しろとのことでしたので。しかし疑うというのは私たちのようなものにとっては最も基本的な行動なんですよ。なのでこう、悪意とかそういうことではないんです、そういうふうに取られやすいと言われたのですが。ああ、話が逸れましたが今回のことについて言えばですね、私はお話を聞いた時点でメイリーンさんの再生を見たことすらなかったわけですから、まず最初の一歩として、聞いたお話がまさしく事実であるということを確かめる必要があったということです。自分自身で確かめてもいないことを真とするのは正しい態度ではありませんからね。これが最初の一歩です。しかしもちろんそれだけではありません」

ぱん、とまた大きな音を立ててラミィが両手を打ち鳴らす。

「一連の調査の主要な目的は、おふたりから聞いていた条件が現実のものであると確認したのち、メイリーンさんが単独再生のために〝知っている〟というのはどういうことかを明らかにすることでした。メイリーンさんもリンディさんも単独再生のためには対象を〝知っている〟必要があると仰っていましたが、それがどういう状態か、どういう条件を満たせば〝知っている〟と言えるのか、正確に把握する必要があると私は考えたわけです。つまりですね、〝知っている〟と言うことは簡単ですが、その実その内容には様々なレベルがあるということですね。たとえばですね、リンディさん、あなたは水を知っていますね？」

いきなり尋ねられて泡を食ったものの、リンディはなんとか頷くことができた。

「水というのはどういうものですか？」

「それは、ええと、冷たくて、透明な液体で、飲むことができるものです。料理にも使うし、身体やものを洗うのにも使います。それから温めるとお湯になって、沸騰すると湯気になります」

素晴らしい！　とララミィが感に堪えない様子で言った。一瞬リンディはからかわれているのではと思ったが、ララミィの表情を見る限りそんなことはなさそうだ。ララミィはいっそう熱っぽく話を続けた。

「確かにそれは水の特徴を言い表しています。観察される特徴、用途、さらに状態変化まで。メイリーンさんも同じですか？　何か付け足すことは？」

突然話を振られたメイリーンはえっあっと詰まりながらも、なんとか言葉を発した。

「ええと……うんと冷やすと氷になります。それから、空から雨として降ってきたりします。寒いときは雪だったり、雹やあられの時もありますけど」

「素晴らしい！　素晴らしいです。他にはどうです、何か思いつきますか？」

勢いよくラミィが詰め寄ってくる。反射的に身体を引いたメイリーンをリンディがかばうと、さすがのラミィも気づいたようであっと失礼、と身体を引いた。

「あの……あとは、特に」

リンディの背中に半分隠れたメイリーンが言うと、ラミィはなるほどなるほど、と大きく頷いた。

「おふたりは水について、一般的には充分知っていると言えるでしょう。ですがその一方で、水がどのようなものからできているかまではご存知ない。そうですね？」

「どのようなものから、って……」

リンディは困惑しつつ答えた。

「水は水じゃないんですか。分けられませんよね」

「人間の目ではそうなんですが、実際にはそうじゃないんです。水は水素と酸素というていたんです」

二種類の気体、気体はわかりますよね、つまり空気のようなものですね、それからでき

ているんです」

「空気を混ぜると水ができるんですか？」

メイリーンの問いにララミィは、混ぜるだけではダメなんですが、と言ってから少し

考え込んだ。

「――そうですね、化学反応の話もしたいところですが、話がどんどん長くなるのでそ

れはまたの機会にしましょう。ともかくポイントはですね、おふたりは水がどういうも

のかは実体験として知っているけれど、その化学的な構成まではご存知なかったという

ことです。ですが初日の単独再生実験で――」

あっ、とメイリーンが小さく声を上げた。

「水を再生しました」

でしょう、とララミィが微笑む。

「つまりメイリーンさんは、少なくとも化学的な知識がなくても砕片からの単独再生が

可能だということがわかったわけです。つまり対象の化学的構成は〝知っている〟の条

件には含まれていない。ではどこまで〝知って〟いればいいのか――この数日はそれを

特定するため、おふたりに様々なものを再生していただいたわけです」

「だから再生する前に、色々質問されたんですか」

リンディの問いに、その通りです、と答えたラミィは満足げに微笑んだ。

「なかなか大変でしたよ、おふたりの知識を想定して、それに合致する再生対象を決定するのは。でも苦労した甲斐はありました。結論を言うとですね、単独再生のためにメイリーンさんは、少なくともふたつのことを知っている必要があります。ひとつが外見、姿ですね。そしてもうひとつが機能、働きです。もちろん他の要素が隠れている可能性はまだあります。自分では意識しなくても、実際には知識として持っている場合はありますからね。しかし少なくともこのふたつの要素のどちらかに関する知識がない場合は、メイリーンさんは対象を再生できない。ただし、これは単独再生に限っての場合です」

よほど楽しいのか、ラミィは満面の笑みを浮かべて話を続ける。

「連携再生の場合はこの限りではありません。つまり、メイリーンさんが知らなくてもリンディさんがこのふたつの要素を知っており、かつメイリーンさんがリンディさんの異界紋に触れている状態であれば、対象の再生に成功するんです。ただもう少し検証が必要なのは、単独再生を成功させるためにはメイリーンさんはかなり詳細に機能を把握している必要があるんですが、連携再生の場合はリンディさんが概要レベルの知識しかなくても大丈夫なようなんですね。この点についてはこちらのヒアリング方法に問題があるのかもしれませんし、今後さらに検証を続けることになりますが、ともかくですね、リンディさんがレベルはともかくふたつの要素を知っていれば、メイリーンさんはその知識を異界紋を通じて利用できるようなんですね。繭の連携再生も、おそらくこのメカニズムで成されたと考えていいと思います」

「でも、僕はあのとき繭については知りませんでしたよ。それに、今は繭について知ってると思いますけど、何度やってみても新しい繭は再生できてないんです」

「その点については認識しています」

　ラミィは一瞬で真顔に戻った。

「ですので繭についてはさらなる検証が必要だと考えています。今のところ私は、繭の再生自体に何らかの制限がかけられているのではと疑っています。たとえば再生できるのはひとつだけ、あるいは徘徊者が現れたときでなければ再生できない、などですね」

「じゃあ、予め準備しておくことはできないっていうことですか？」

　落胆を隠せずに尋ねたメイリーンに、いやいやいやいや、とラミィが何度も首を横に振る。

「それはまだわかりません。制限があるかもしれないというのは現時点の私の、仮説にもならない印象でしかありません。もちろん、繭の再生は徘徊者の侵略を阻む、世界回復のための重要なキーですから、いずれは制限なり条件なりを明らかにし、それを回避する方法を見つけ出す必要があります。ですが一足飛びにそれを行うのは困難ですから、まずはひとつずつ、できることとできないことを明らかにしていきましょう」

では、と両手を打ち合わせ、ラミィが席を立った。

「そろそろ休憩を終えて、本日最後の再生調査を行いましょう。おふたりには少し抵抗があるかもしれないと聞いていますが、今お話ししたことを確認するためですので、是非お願いいたします」


二十分後、メイリーンの目の前には再生兵器——かつてクオンゼィが携帯型地対空誘導弾と呼び、徘徊者213号を一撃で砕いてみせた、暗いカーキ色をした円筒形の物体が横たわっていた。

ガンディットの記憶保存機體がない今、再生兵器についての細かな知識をメイリーンは有していない。前回再生させられたときは忘我状態だったため、メイリーンが有しているのはロブが《這いずり》に対抗するために使ったときの記憶だけだった。

だがその僅かな記憶だけを元にして、メイリーンは再生兵器の単独再生に成功したのだ。

しゃがみ込んでいたメイリーンが、後ろで見守っていたリンディを振り返った。その瞳が不安に揺れている。リンディは何も言えず、ただ黙ったまま隣にしゃがみ、小さく震えるメイリーンの手を固く握りしめた。

「素晴らしい、本当に素晴らしいですね」

両頰を軽く叩いたララミィが、ふたりの胸の内などお構いなしに明るい声で言った。

「この再生兵器はノルヤナートに送って、研究対象として利用する予定です。残っている者たちも手ぐすね引いて待っていますのでね、きっと喜んでくれることでしょう」

「――使わないんですか」

メイリーンの問いに、もちろんですよ、とララミィが即答する。

「再生自体は検証のためですし、実用性という意味では《這いずり》にさえ通用しなかったわけですからね。まず間違いなく、次に現れる徘徊者にも無力でしょう。何にせよ、過去の兵器を幾ら再生しても問題は解決できません――それでなんとかなるのなら、そもそも世界はこんな状況になっていませんからね。私たちが見つけ出すべきなのは、異界に武器や暴力で対抗する以外の方法です」

ララミィたちは、クオンゼィとは違うやり方で世界を取り戻そうとしている。そう感じたふたりは、ほっと息をついた。

「これで、第一段階の検証は終了です。お陰さまでスケジュールも結果も期待通りに終わりました。次はいよいよ可能性検証です」

「可能性検証？」

聞き慣れない言葉に振り向いたリンディが尋ねると、ララミィは熱のこもった目で再生兵器を見つめながらええ、と頷いた。

「単独再生、連携再生のために必要な条件はかなりの程度わかってきました。引き続きその詳細は確認しつつ、次は並行して、その条件を満たせば何でもできるのか、あるいは限界があるのかを確かめます。それが確認できたら、実現可能かつ有効な、異界や徘徊者への対抗手段の検討に入ることになります」

ララミィの言葉はリンディにとって、希望の光を示したもののように聞こえた。このままララミィに一所懸命に協力すれば、本当にわかるかもしれない。自分たちに与えられた力で、世界を元の姿に戻すやり方が。自分たちに課せられた使命を果たすことができる、その方法が。

12

念のため確認ですが、とララミィは言った。

「再生しようとしていない、あるいは再生できなければいいと思っている、ということはありませんよね？」

両手を地面について俯いたメイリーンが、黙ったまま首を左右に振る。

「メイリーンはそんなことしません！」

メイリーンの肩を抱いていたリンディが食ってかかると、ララミィはわかってますわかってます、と至って軽い調子で言った。

「念のため、あくまで念のためですよ。残念ながらメイリーンさんが何を考えているかまでは外見から判別できませんから、面倒でも手間でも都度お聞きするしか方法がないのはおわかりいただけるでしょう？」

「確かにそうかもしれませんけど」

反駁しようとしたリンディだったが、それ以上言葉を続けることはできなかった。リンディやメイリーンが反発を覚えそれを露にしても、ラミィは高圧的になることもなく一方的に命じることもせず、常に対話を続けて整然と説明してくる。普通の人間のようにうんざりすることもなく、必要とあらば繰り返し懇切丁寧に現在自分たちが置かれている状況やこの先訪れると予想されている危機を説き、じゃによってこうすることが必要あるいは重要もしくは欠かせないのだと言われてしまうと、リンディはその度に感情だけで動いている自分の幼さを指摘されたように感じて萎縮してしまうのだった。

「もし私が責めているように聞こえたのだとしたらそれは誤解です。私は事象を正確に確認したいだけですから。さてそれでは単独再生実験が終わりましたので、次は一連のシーケンスの最後、リンディさんの異界紋に触れての連携再生をお願いします。再生対象物についてはリンディさん、理解されていますね？」

「――人間、です」

「概念としての〝人間〟ではダメですよ」

リンディの答に、ララミィは即座に言った。

「それでは前回のシーケンスと同じになってしまいます。今回は具体的な個人の再生が目的です。感情的な抵抗があることを考慮するようにとデハイアから指摘されていますが、これはあくまで可能性検証の一環として行っているのですから、そうした個人的な事情は棚上げにしてください。そうでなければ先に進むことができません。もちろん私もそうでないケースを選べればいいとは思いますが、残念ながら〈石英〉化され、かつあなたがよく知る人物はひとりしかいませんから、他に選択肢はないのです。わかりますね？」

わかりました、とリンディが頷く。顔には苦痛に耐えるような表情が浮かんでいた。

「イブスラン・ゼントルティ。ダルゴナ運営議会技術部門メンバーの一員、メイリーンさんと共にダルゴナからやってきた彼ですよ、彼。しっかり彼のことを再生するという意志をもって、再生を試みてくださいね。いいですか」

リンディがどうしても口にできなかった名前を、ララミィはあっさりと告げた。視界の端でメイリーンが俯き、暗い視線が地面に落ちたのが見える。

どう言葉をかければいいのかまるでわからず、リンディにできたのはただ黙ってメイリーンの手を取ることだけだった。自分の幼さ、無力さを噛みしめながら、リンディはララミィに促されるまま、メイリーンと共に用意された砕片の前に進む。その隣にはメイリーンが単独再生を試み、なんの反応も引き起こせなかった砕片がそのまま置かれていた。その隣も、その隣もまたそうだった。北の広場に整然と並べられた今日の再生実験用の砕片は、半分以上が実験開始前の状態のままだ。

　では始めてください、と言われたメイリーンが左手をリンディのうなじに、右手を砕片へと触れた。ちらと見たその顔には疲労の色が濃く浮いていたが、メイリーンは無言のまま瞼(まぶた)を閉じる。声を掛けたかったが何と言ったらいいかわからず、結局リンディもそのまま目を瞑(つぶ)った。

　イブスランの姿を思い浮かべる。ダルゴナ運営議会の指示を受け、機體についてニーモティカに教えを乞うためと言って、メイリーンと共にウィンズテイルにやってきた男。痩せぎすで背が高く、下がり眉と焦げ茶の縮れ髪が印象的で、あっという間にニーモティカの技術を習得してしまった。だがその一方で——。

　それ以上のことは考えたくなかったが、どうやっても無理だった。一度ひも解かれてしまった記憶の束を留めておくことはできず、あっという間にリンディの脳裏を駆け抜けていく。

　ガンディットから強引に記憶保存機體を排出させたこと、それを無理やりメイリーンに飲ませて過去の兵器を再生させたこと。最初からそれが目的でリンディたちに近づき、そうして手に入れた再生兵器を使って、やってきたクオンゼィ率いるダルゴナ警備隊と共にウィンズテイルを蹂躙し、現れるだろう徘徊者の全てを砕こうと〈石英の森〉の奥、円屋根に向かったものの叶わず、《這いずり》によって〈石英〉と化されたこと。その過程でメイリーンやニーモティカ、ウィンズテイルの住人たちに対して行われたこと、そうして現れた《這いずり》の姿——。

溢れ出る記憶を懸命に押しとどめ、リンディはイブスランひとりのことだけを思い描こうとした。だがイブスラン個人のことだけ考えようとしても、次から次へと湧き上がってくる不安は止まらなかった。もし再生できたらどうなるんだろう、イブスランが再び目の前に現れたらどうしたらいいんだろう、いやそもそも再生されたイブスランは、〈石英〉にされたイブスランと同じ人間なのだろうか——そうした考えから、リンディは必死になって目を逸らし続けた。

恐ろしく長く感じられた時間が過ぎたころ、ラミィがもういいですよ、とそれまでと何も変わらない口調で告げた。

瞼を開いたリンディが最初に捉えたのは、疲労困憊して肩を落とすメイリーンの姿と、その前に鎮座している、数分前と何も変わらない状態の砕片だった。

翌日、リンディとメイリーン、そして同行を求められたニーモティカは、ダルゴナ警備隊員の案内で駐留拠点に向かった。招き入れられたのは最初にラミィらを紹介されたのと同じ会議室だったが、室内の様相は前回から一変していた。

　中央部分にテーブルがあり、椅子が周囲を囲んでいる点は変わらない。だが囲んでいる椅子の数は倍以上に増えていた。壁際には木箱が積み上げられており、床の空いている部分にも所狭しと様々な物品が置かれたままになっている。よく見るとその大半はメイリーンとリンディが再生した品物のようで、それぞれの表面には何か書き記した紙片が幾つも貼り付けられていた。

　前回はがらんと感じた室内だったが、そんな雰囲気は微塵も残っていない。唯一埃っぽさだけはそのままだったが、それ以上に雑然さと得体のしれない熱気が充満していた。

　テーブルを囲む椅子には先客がいた。前回と同じ位置にデハイアとラミィが座っているのに加え、ことさら背の高い椅子にはロブが腰を下ろしていた。ロブが敢えてそうした椅子を選んでいることに気づいたリンディの胸が詰まる。足の調子が悪いせいで、曲げるのが辛くなってしまっているのだ。

「御足労いただき恐縮です」

　立ち上がったデハイアが三人を迎えた。警備隊員は室内に入ることなく扉を閉めたため、この場にいるのは六人だけだ。

「ラミィから現状確認フェーズが終わったとの報告がありましたのでね。次のステップに進む前に、みなさんにきちんとお話をさせていただこうかと」

せずに言った。


「そいつは助かるよ」

デハイアに促されるまま腰を下ろしたニーモティカが、皮肉っぽい口調を隠そうともせずに言った。

「これから何するつもりなのかってのは、是非詳しく教えて欲しいと思ってるんだよ。昨日この子らがさせられた調査なんかも、前もって聞いとくべきだったと後悔してるもんでね」

「それは大変よくわかります」

デハイアはニーモティカの言葉を、にこやかな笑顔で受け止めた。

「私も報告を聞いて、事前説明をもっと丁寧にするべきだったと考えましてね。つまり本日来ていただいたのは、その反省を生かす試みということです。というわけで」

ぱん、と軽く手を打ち鳴らしてデハイアが言った。

「まずはその、可能性検証の結果、わかったことを共有させていただきます。お話は私からさせていただきますが、細かな質問などあればラミィから回答してもらうようにしましょう。何かあれば適宜仰ってください。いいですか。では早速ですが、メイリーンさん、リンディさんの異界紋に関する私たちの仮説を述べます」

その宣言に続けてデハイアが述べたことの大枠は単独再生や連携再生が成功するための条件の説明で、前日にラミィがリンディたちに話したこととほぼ同じだった。それらの多くは経験としてリンディらが認識していたことと共通していたが、ララミィはさらに踏み込んだ精緻な検証も行っている。

〝知っている〟状態となる条件のほか、再生に要する時間は対象の大きさよりも構造の複雑さに依存すること、再生される物体の大きさは元になる砕片の大きさに制限されること（そのため明らかにサイズが合わない場合はたとえメイリーンやリンディが知っていても再生できない）、そして再生の前後でメイリーンの体重が減少していること（減少幅は概ね再生する品物の質量に比例していた。なおリンディには影響は見られなかった）などだ。特に最後のひとつは、再生一回で失われる体重の絶対量こそ数十グラム程度であるものの、メイリーンが無限に再生を続けられないことを意味していた。

「つまりクオンゼィやイブスランの計画は端から成立し得なかった、ってことか」

ニーモティカの言葉に、そのとおりですね、とデハイアは頷いた。

「実際にやってみて確かめる、というやり方が有効なときもありますが、こういうことがありますからメカニズムの詳細がわからないまま利用するのは危険だと言えますね。もちろんだから全てが明らかになるまで利用するなというわけではなく、未知の部分があるものを利用するのならば可能な限りの準備に加え、万が一のときの二の手三の手を用意しておくべきだ、ということですが」

さて、とデハイアはいったん言葉を切った。その顔からは拭い去ったように、それまでほとんどの時間張り付いていたにこやかな表情が消えている。

「ここまでは言わば認識のすり合わせ、再確認でした。重要なのはここからです。お話ししたいことはふたつあります。いいですか」

四人をひとりひとりゆっくりと見回し、デハイアは続けた。

「まずひとつ目です。単独でも連携でも、動物の再生は成功していません。これはララミィも条件を変えて何度も実験を重ね、真であることを確かめています。この原因について当初ララミィは、そもそも再生は無機物に限られており、生命どころか有機物は再生できないのではないかという仮説を立てていましたが、実際に試していただいたところ衣服や木製の家具は問題なく再生されたため、この説は否定されました。では、衣服や家具の元になった植物はどうかと試してみると、メイリーンさんが目にしたことがあるものに限られてはいたものの、問題なく単独再生できる。つまり有機物は無論、生命も再生できないわけではなかったのです。さらに検証を続けた結果わかったのは、昆虫、魚類や爬虫類までは単独再生が可能だけれど、鳥類や哺乳類など、いわゆる恒温動物は不可能だ、ということです」

不思議じゃありませんか？　とデハイアは真顔で問うた。

「なぜこうした制限があるのかについて、私たちはひとつ仮説を立てました。ヒントになったのは、リンディさんが皐月から送られた言葉です」

「僕が？」

思わず声を上げたリンディに、ええ、とデハイアは頷いた。

「〝異界に呑まれた人間は分解され、人間という形ではなくなる〟〝いったん分解された人間は自然に元の形に戻ることはない〟。だから皐月は自分を一部だけでも再生可能とするために、リンディさんという外部の指標を用意していたということでした」

「つまり、分解されたものは再生できない、ってことかい？　だがそれなら、モノや植物、虫やなんかが再生できるのはおかしいってことにならないかい？　徘徊者に接触されたもんは、それが何であってもただの半透明の〈石英〉になっちまうんだよ。原形なんか留めない、ただの無機物の塊だ。そこに人間とそれ以外で違いがあるようには見えないんだけどね」

ニーモティカの言葉を否定することなく、デハイアは仰る通りです、と応えた。

「肉体についてはその通りですね。ですから私たちは、分解されるのは精神、人間を人間たらしめているものではないかという仮説を立てました。鳥類や哺乳類と、魚や虫の類いを分けているのも精神、言わば心の有無だと考えれば、同じ生命でも再生できるものとできないものがあることの説明がつきます」

「その仮説がどうやっても証明できないってのはいったん横においとくとして」

ニーモティカが渋い顔で言った。

「だとしたら、結局人間は再生できない、ってことになるんじゃないのか。皐月みたいに事前に準備でもしてありゃ別なんだろうけど」

「その可能性はもちろんあります。ですが、我々には二点、引っかかっていることがありましてね」

ニーモティカの言葉に、それまで表情が消えていたデハイアの顔に満足げな笑みが戻ってきた。

「なんだい？」

「まず一点目は、皐月がリンディさんとメイリーンさんに告げた、ふたりがいれば世界を元に戻せる、という言葉と矛盾しているように思えることです。〝取り戻せる〟ではなく〝元に戻せる〟のなら、動物や人間の再生ができないのはおかしいでしょう」

「それは言葉の綾（あや）ってやつじゃないのか？」

ニーモティカは明らかに納得していない、という表情で言った。

「ほとんどの人間は、あんたたちほど厳密に言葉の使い分けはしないんじゃないかと思うよ」

「皐月は我々と同じ研究者でした。言葉は厳密に使ったはずです。だからこそ、我々は彼女のもうひとつの言葉にも引っかかっているのです」

これが二点目です、とデハイアは指を二本立てて続けた。

「皐月は〝異界に呑まれた人間は〟分解され、元の形に戻ることはない、と言いました」

「そりゃつまり、〈石英〉にされた者、って意味だろ？　違うのかい？」

ニーモティカの問いにそうかもしれません、とデハイアは応えたが、不敵な表情はそうは思っていないことを告げていた。

「ですがそれなら、〝徘徊者に〟呑まれ、あるいは存在を奪われたもの、もしくはもっと直接的に〈石英〉にされたもの、と言うでしょう。敢えて〝異界に〟呑まれたという言葉を使ったのには意味がある。私たちはそう考えました」

「――どういう意味ですか」

尋ねたのはリンディだった。告げられた言葉に託された意味を、リンディは理解できずに見過ごしていたのかもしれない。デハイアがその可能性を示していることに気づいたリンディの顔からは血の気が引いていた。

そんなリンディに微笑んで見せ、デハイアは続ける。

「徘徊者によって〈石英〉にされた時点では、まだ〝異界に呑まれ〟てはいない。〝異界に呑まれ〟るのはさらに先の段階、たとえば徘徊者が黒錐門の内に還り、精神も含めた全ての要素が異界に持ち去られてしまった時点を指すのではないか。それが我々の考えです」

　自分の言った言葉が伝わるようにだろう、デハイアはいったん言葉を切って三人の顔を見回した。

「つまり」

　ニーモティカが、眉間に皺を寄せて言った。

「徘徊者が黒錐門の内に還るまでの間なら、徘徊者に〈石英〉にされても精神はまだ分解されていないから、元の形に戻す——つまり再生することもできる。そう言いたいのかい」

「さすがですね」

　満面の笑みを浮かべ、デハイアが頷く。

「でも、イブスランさんは再生できませんでした」

　考えるより先に、リンディは口を挟んでいた。

「ダルゴナから来た人たちを〈石英〉にした《這いずり》は繭に封印されているから、黒錐門の内には還ってないのに」

「いいところに気づきましたね」

　期待通りの反応を得たとでも言うように、満足げにデハイアは言った。

「確かに彼は〝異界に呑まれ〟ていないのに、再生できませんでした。しかし、そもそも彼の再生実験に使った〈石英〉は213号を破砕して得られたもので、彼を〈石英〉

にした《這いずり》のものではありません。213号が破砕されたとき、イブスランはまだ〈石英〉にされていなかったのですから、その砕片から彼が再生されたとしたらむしろそちらの方が驚きです」

つまり、とリンディの目を見つめ、デハイアが続ける。

「異界に還る前の徘徊者を倒して砕片を入手することができれば、その徘徊者によって〈石英〉にされた者は再生可能――これが、皐月の言葉と現状確認フェーズの結果から我々が立てた仮説です。もちろん再生するためには、メイリーンさんとリンディさんの力が必要なわけですが」

「それは――」

それが本当なら、万一〈石英〉にされた者がいたとしても、その徘徊者が黒錐門に還るまでならば救出できるチャンスがある、ということになる。これまで徘徊者に奪われてきたものからすれば極めて僅かでしかないのは確かだが、それでもゼロでなくなることの意味はリンディにもわかった。

「重要性はおわかりいただけたようですね」

三人に浮かんだ表情を見回したデハイアが言った。

「しかし今のところ、この仮説に直接的な根拠はひとつもありません。そこでこれからは可能性検証フェーズとして、この仮説が正しいかどうかを確認するための実験を行っていくことになります」

「実験って、また、何かを再生するんですか」

恐る恐る尋ねたメイリーンに、ええ、とデハイアが頷く。

「まずは〝異界に呑まれ〟る前の状態の、鳥類以上の動物の再生を試そうと思います。残念ながらそれほど選択肢がないのですが……いや、実験の詳細については長くなりそうですし、いずれにせよすぐに着手できるものでもないので、そちらはのちほど。その前に、初めにお話しすると言った、ふたつ目の重要な点について触れておきましょう。リンディさんの異界紋の能力についてです」

「僕の？」

声を上げたリンディをまっすぐ見つめ、デハイアは説明を続ける。

「砕片からの再生に当たって、外見と機能についての知識が必要であることはわかっています。ただし、単独再生の場合はメイリーンさんにかなり詳細な知識がなければ成功しませんが、連携再生ではリンディさんに概要レベルの知識さえあれば再生できる。実際、連携再生された機體の制御盤は問題なく動作しています」

「それはでも、僕も少し使ったことがありますし」

「でも、それがどうやって動いているかは知らないでしょう？　機體やその制御盤については、ノルヤナートにもほとんど知識が残っておらず、その内部についてはほとんどわからない状態なんですよ。にも拘わらず、リンディさんとメイリーンさん、おふたりによる連携再生では制御盤さえも再生できる」

「次は機體でも再生させてみようってのかい？」

横から挟まれたニーモティカの言葉を、デハイアはそうですね、と笑って受け取った。

「いずれそれも、余裕があれば試してみたいと思ってはいます。ですがまず試みていただきたいのは、このあとの実験調査の進め方自体を大きく変えられるかもしれないものなんですよ」

「――なんですか」

リンディの胸に不吉な予感がよぎったのは、デハイアの顔があまりに楽しげだったからかもしれない。内側から溢れ出ているのだろう感情を抑え切れないまま、デハイアはゆっくりと答えた。

「異界紋です」

13

「これは大変、大変に興味深い結果です」

ラミィが満面の笑みを浮かべ、何度も自分の両頬を叩きながら言った。

「デハイアは残念がるでしょうが、いや、これは本当に面白い」

ラランィが間近に顔を寄せて一心に見つめているのは、地面に置かれたままの、小さな球形の物体だった。その一方でメイリーンは自分が再生したそれを直視することができずに目を逸らし、リンディもまた、目こそ逸らしはしなかったが吐き気を抑えるので必死だった。

そこにあったのは、肉塊としか呼べないものだった。

直径三十センチほどのそれはまるで、人間の皮膚を張り付けて覆った球のように見える。目を凝らせばその表面には毛穴もあれば細い産毛も生えており、何ヶ所かでは血管すら透けていた。青みがかっているのが見た目だけではないのなら、実際その中には血液すら通っているのだろう。

色素の薄い白い皮膚には縫い目も切れ目も何もなかった。ララミィが慎重に手に取って全周を確認したが、目や耳のような感覚器はもちろん、関節のようなものも見当たらない。内部に骨格があるのかどうかは見た目ではわからないが、ララミィが向きを変えても回転させてみても全体の形状は変わらなかった。

その表面には黒々と、異界紋がひとつ、刻まれていた。

赤ん坊の手のひらほどの大きさの、ほとんど円のように見える二十四角形。その内側にはぽってりと太った、身体を丸めた胎児を思わせる勾玉模様が描かれている。リンディ自身、そしてニーモティカのものと同じ紋様だ。

「皮膚から判断して、これはニーモティカさんに刻まれた異界紋のようですね。合っていますか」

「――はい」

嗄れた声で、リンディはなんとか答えることができた。

「体温があり、脈動を感じます。ということは、この小さな塊の中に循環器系が揃っているということでしょうか。しかし鼻も口も排泄器官もありませんから、呼吸器系や消化器系はないかもしれませんね。だとしたらあまり長持ちしないかもしれません、血流だけあっても酸素も栄養も取り込めないわけですから。神経系がどうなっているかは外見からではわかりませんが、目や耳といった感覚器がありませんし、このサイズでは脳が含まれているとは考えにくいですね」

ひとしきり肉塊を観察して満足したのか、ラミィはそれが壊れやすい巨大な宝石か何かのように、そっと地面に下ろした。頬がいつになく紅潮し、鼻息も荒くなっている。

「メイリーンさんとリンディさんの異界紋の機能を判断する上では、大変、大変に有益な結果が得られたと言えるでしょう。人間を含む動物は再生できないものの、機能と形状さえわかっていれば任意の砕片から異界紋ですら再生できるということが判明したわけですから」

素晴らしい！　と叫ぶやラミィは再び自分の両頰を高らかに打った。

「ですが一方、デハイアにとっては大変残念なことに、彼が考えていた異界紋を複製して砕片から再生できる手段を増やすというのは難しそうだということになりますね。リンディさんにせよメイリーンさんにせよ、異界紋の機能の利用にはご本人の意志が抜きがたく関わっているようですから。つまり、脳が含まれていなければ活用のしようがない……ああ、もしかしたらデハイアはこの肉塊を誰か他の人間に移植することも考えているのかもしれませんね」

「移植って……どういうことですか」

テンション高く喋り続けるラミィのお陰か、リンディはようやく吐き気が収まってきた。

「私が今言った移植というのは、簡単に言うと人間の身体の一部を他の人間に移し替えるということですね。つまり、まあたとえばですが、この肉塊から異界紋が刻まれた皮膚を剥がして、他の人間に張り付けるというようなことです」

ラミィがこんなふうに、と皮膚を剥がし自分の身体に張り付ける真似(まね)をしてみせた。

その仕草が想起させる内容に、収まったはずの吐き気が再び甦ってくる。

「とは言え、私たちの今の医療技術では他人の皮膚を移植するのは不可能なんですよ。ダルゴナなどの技術が残っている町であれば自家移植、つまり自分の膚を移植する——ああつまりですね、たとえばひどいやけどをした膚を他の健康な膚で置き換える、みたいなことですが、そうしたことは不可能ではないんです。しかし他人の皮膚は、移植したところで何日かすると脱落してしまうんですよ。ですので、この異界紋はニーモティカさんには移植できる可能性がありますが――それもまあ、興味はありますが、やってもあまり益はないでしょうね。……とは言え」

　ようやく落ち着いたのか、肉塊は目に入らないようにしつつも顔を上げたメイリーンに向かって、ララミィは言った。

「他の異界紋では異なる結果になるかもしれません、あまり可能性は高くないとは思いますが。ともあれあと二回、再生検証をお願いいたします」

　ララミィの予想の通り、結果は同じだった。三十分後、三人の前には膚の色と刻まれた異界紋が異なる三つの肉塊が並んでいた。


　それまでの実験で、メイリーンの再生は砕片に対してしか機能しないことはわかっていた。それでも検証のためにとララミィに説得され、ふたりは初め再生した肉塊、その後馬やララミィを対象にして異界紋の再生を試みたが、それらは予想通りなんの反応も見せずに終わった。

　だが、実験はそれで終わりではなかった。昼の休憩を終え、指定されたテントに向かったふたりを待っていたのはララミィとデハイア、それにロブとウィンズテイル唯一の医師、ドクター・エレアノア・ノブルーシュカだった。

ロブだけならともかく、ドクター・ノブルーシュカまでがいることに困惑するふたりに、ララミィはこれから説明しますからご心配なく、と言った。

「これからおふたりに試みていただく再生は、若干のリスクはある一方、成功した場合の利益は極めて大きいものです。もちろん再生に失敗したとしても事実が明らかになるわけですから、実験としては非常に意味があるものになります。むしろ行わないことの方がリスクが高いとさえ言えるでしょう」

「なんの話ですか？　それに、どうしてドクター・ノブルーシュカまでいるんですか？」

そうですねえ、とララミィが一瞬迷った様子を見せた。

「――先に何をやっていただくかをお伝えしましょう。ロブさんの、徘徊者によって一部を奪われた足の再生を試みていただきたいんですよ。それもできたら、メイリーンさんの異界紋も含めて」

ララミィの言ったことが理解できるまで、しばらく時間がかかった。

「でも――でも」

やっとのことでリンディが言葉を口にする。

「メイリーンは砕片からしか再生できないって、それは実験でわかってるじゃないですか。異界紋だって」

　もちろんそれは承知です、とラミィがリンディを遮った。

「確かにロブさんの左足は砕片ではありません。しかし通常の肉体でもなければ〈石英〉でもない。徘徊者によって要素を一部だけ奪われた、非常に希有な状態になっています。こうしたケースはこれまでに類例がありません。〈石英〉に似た無機物のように見えますが、ロブさんの肉体の一部であるのも確かなんです。そうでなければ変質していない足先が機能するはずがありませんからね。つまりロブさんの左足は今、幾つかの意味を重複して有しているように見えます。――これは、私が砕片の特徴だと考えているものと同じなんです」

「砕片の特徴？」

　ええ、と頷いてラミィが続ける。

「砕片は形も色も様々な塊ですが、メイリーンさんの異界紋が作用するとそこから様々なものが再生される。この砕片はこれにしかならない、ということがありません。つまり、様々なものに変容する可能性が重複している物質だと言えるわけです。ロブさんの左足の一部は砕片でこそありませんが、徘徊者によって砕片に似た状態になっている可能性がある。このわたしの推論を確かめるためには、再生を試みるのが一番早く、確実なのです」

「でも」

不安を表に出して言ったのはメイリーンだったが、リンディも気持ちは一緒だった。再生が失敗すれば何も変わらないままで終わるし、異界紋のことはおいておくにしても、成功してロブの足が元通りになればそれ自体はいいことだ。だが、もし予想もしないことが起きてしまったら。

「ご不安になられるのはわかります。ですが、何もしないのもよくないんですよ。それをおふたりに説明していただくために、ドクター・エレアノア・ノブルーシュカに来ていただいたんです」

「それって、どういう——」

リンディの問いに小さく息を吐いて、痩せた白衣の老女は口の端を曲げ、ぶっきらぼうに言った。

「今のままなら、あとひと月かそこらでロブは左足を失うことになる」

見せておやり、とドクター・ノブルーシュカに言われ、ロブが渋々といったていでズボンの左裾をまくり上げた。露になったのはふくらはぎの下半分までだったが、リンディが以前見たのと同じ、灰色っぽい半透明の塊になっている。変わっていないのなら、上は太もものあたりまでが同じ状態のはずだった。

「もしかして、半透明になった場所が広がってるの……?」

リンディの僅かに震える声で発せられた問いに、ロブはいや、と首を横に振ると靴を脱ぎ、次いで靴下を下ろした。

「問題なのはこっちの方なんだ。どうも調子が悪いとは思ってたんだが」

メイリーンが息を吞む。むき出しになった左足先は、膚が濃淡のある灰色に変色し、まるで萎びて縮んでしまったようだった。医療知識のないリンディにも、それが尋常な状態でないことははっきりとわかる。

「半透明になってる部位の様子は変わってない。だがそこがいったいどんな状態になってるのかについちゃ、正直なにもわからないんだ」

ふたりに説明しながら、ドクター・ノブルーシュカがロブの左足の甲に触れた。

「鈍くなってるにしても感覚はあるし、変質してない足先はちゃんと機能してたから、血流や神経は繫がってるらしい、って判断してたんだけどね。でもどうやら、人間の足としては充分に機能してないようなんだよ」

ドクター・ノブルーシュカの眉間に深い皺が刻まれる。

「温めたり色々やってみたんだけどね、流れる血の量は足りてないままだ。そのせいで左足先の体温も極端に低くなってて、かなり危険な状態になってる。つまり――」

「そっから先は俺が言うよ、ドクター・ノブルーシュカ」

ロブが疲れた顔で遮った。

「このままいくと、俺の足先は腐って落ちる。普通ならそうなったとしても、時不知さまに機體を使ってもらえばまた歩けるようにはなるだろう。だが足がこんなになっちまってるせいで、機體が適用できるかどうかわからねえ——っていうより、何が起きるかわからねえから迂闊に使えないって話なんだ。つまりだな」

ロブが左足の太もも——変質してしまっているあたりをぽん、と叩いて続けた。

「このあたりから切断するしかねえって話なんだよ、どっちにしても。で、どうせ切るなら、って言われてな」

ロブの視線がラミィに向けられた。

「失敗しても成功しても、わかることがあるって話だ。それに、もしメイリーンの異界紋をここに複製できたら、俺がメイリーンの負担を軽くしてやれるかもしれん」

「全く予想外の結果になる可能性もゼロではありません。しかし、これまでの実験結果から、その可能性は高くないと考えています」

ラミィが続けて言った。

「再生を試みなければ、ロブさんの左足は切断するしかありません。再生に失敗してもその結果は変わりません。ですがうまくいけば、ロブさんは足を失わずに済み、最良のケースならば我々は世界を再生する手段をもうひとつ手に入れられる」

どうですか、と問われたリンディとメイリーンに、選択肢はないも同然だった。

「やってくれますね」

ララミィの言葉に背中を押されるようにして、リンディとメイリーンはロブの元へと進んだ。ララミィが目を輝かせ、ドクター・ノブルーシュカが眉間に深い皺を刻んでその様子を見守る。

「ズボン脱がなくても大丈夫か？」

緊張を隠せないふたりに、ロブがことさらおどけたような調子で声を掛けた。メイリーンが強張った顔でなんとか唇を笑みの形にして、大丈夫です、と小さく応える。

「そんなに緊張しなくていい、どんな結果になったっておまえらのせいじゃないし、気にすんな。どうせ切り落とすことになる足なんだからよ」

足の痛みがないわけではないだろうに、ロブはいつもと変わらない口調でふたりに言った。リンディはなにを言ったらいいのかわからず、できたのはただ、黙ってメイリーンの隣にしゃがみ込むことだけだった。

「力を貸して、リンディ」

メイリーンの囁き声に、黙って頷く。リンディのうなじに、メイリーンの左手が触れた。無事なロブの右足をまっすぐに見つめながら、それと対になる左足を思い描く。何度か見たはずの、痩せて骨張った、しかしいつも力強かった足を。

「異界紋もお願いしますよ」

期待と興奮が隠しきれない声で、ラミィが言った。リンディは僅かに顎を引き、わかっていることを伝える。ロブの左足にメイリーンと同じ異界紋が刻印されている状態――そんなものはなかったことを知っているから想像するのは難しかったが、それでも懸命に脳裏に描こうと試みる。

「――やります」

メイリーンが瞳を閉じて右手を伸ばし、ロブの左足の硬質化した個所に触れた。ふたりで再生を試みるときはリンディも目を閉じることが多かったが、今回はロブの足から目を離せなかった。

軽い眩暈に襲われると同時に、再生が始まったことを直感する。

息を殺した四人が見つめる中、ロブの硬質化した足が細かく震え始めた。ララミィが自分の両頬を鷲摑みにし、身体を乗り出してきているのが気配でわかる。だがリンディはそれどころではなかった。

痛みも苦しさもないが、ただ急速に血の気が失われていくような感覚に襲われる。連携再生を行った際、いつも感じていたのと同じものだ。平衡感覚を失って倒れ込みそうになるのを、リンディは必死になって堪えた。

砕片以外がメイリーンの再生に反応したのは初めてだった。砕片ならこのあと表面にひびが入って砕け、内側から再生しようと思ったものが姿を現すことになる。だがロブの足は砕片ではない。いったいどうなってしまうのかという不安が、リンディの胸の内に満ちていく。

メイリーンの眉間には深い皺が刻まれていた。その表情は苦痛に耐え、必死に祈りを捧(ささ)げているかのようだ。

ぱきん、という甲高い音がテントの中に響いた。

メイリーンの白い手が触れているロブの硬質化した足の表面に、ひびが入っていた。砕片と同じだ、とリンディが期待と恐れを同時に抱いた次の瞬間には、ひびは湖に張った氷が限界を迎えたときのように、あっという間に硬質化部分の全体へと広がっていく。

メイリーンは微動だにしないまま、ただ眉間の皺だけがいっそう深くなっていた。ひびは硬質化部分の全てを覆うと、一瞬ごとに密度を増していく。ロブの足の半透明だった部分は、あっという間に濃い灰色としか見えなくなっていた。

限界を迎えるまでに要した時間は、十秒にも満たなかった。

ロブの足が砕けるのを、リンディは目にした。

粉砕はメイリーンが触れていた部分から始まり、直後に硬質化部分の全域に達していた。寸前までロブの足だったものが粉塵と化して四散し、リンディの全身に吹きつける。

リンディは反射的に目を瞑り、顔を背けた。

一拍ののち、おお！　というラミィの声がリンディの耳朶(じだ)を打つ。瞼を開いて最初に目に入ったのは、すぐ隣で地面に座り込んでいるメイリーンだった。茫然とした様子でロブを見つめているメイリーンの視線を、リンディも追った。

あった。ロブの左足が。

まくり上げられたズボンの下で、骨と皮だけしかないかのように細くなってはいたが、それは少なくとも見た目は人間の、普通の足だった。

「どうですかロブさん、ドクター・ノブルーシュカ」

最初に口を開いたのはラミィだった。ドクター・ノブルーシュカはその言葉ではっとしたかのようにしゃがみ込み、ロブの左足に触れる。何度も場所を変え、触れ、さすり、押した。

「触診では問題なさそうに思える」

次いで左足先を両手で包み込むようにして保持し、全ての指を使って慎重に状態を確かめる。

「計ったわけじゃないが、体温が上がってるのは間違いない。血流も回復してるようだ。──自分ではどうだい」

「なんかちょっとこう……ジンジンします」

ドクター・ノブルーシュカの問いに、ロブが戸惑いを隠せない表情で答えた。

「それは血が足りなかったところに流れ込んでるせいだろう。ジンジンするってことは、感触はあるんだね」

　ありますとロブが頷くと、ドクター・ノブルーシュカは再生された部分にもう一度慎重に触れた。

「ずいぶん細くなって、筋肉も必要最小限が辛うじてついてる、ってだけに思える。しかしそれ以外は問題なさそうだ。これは……」

　ふう、と溜息をひとつつき、立ち上がった。

「驚いたね。私じゃどうしようもなかったロブの足を、あんたたちふたりが救ってくれたみたいだよ」

「本当、ですか」

　ああ、とドクター・ノブルーシュカに頷かれたリンディの身体から力が抜け、思わずメイリーンの隣にへたり込んだ。胸の内が安堵でいっぱいになる。ロブの身におかしなことを起こさずに済んだ。ロブが足を失わずに済んだ。

「よかった……」

　メイリーンが胸の奥底から深く息を吐き、小さな声で呟いた。本当によかった、とリンディも遅れてきた充足感と共に思った。メイリーンと僕の異界紋で、ロブを助けることができた。異界紋を刻印されて、この力があって、本当によかった……。

「ありがとう、ふたりとも」

ロブの声にふたりは顔を上げ、うん、と頷いた。

「足の再生は成功ですね」

ふうむ、と唸りながらララミィが言った。興味深げだが、頬を叩く様子はない。

「ただ、元の通りにはなっていない。それに予想の範囲内ではありますが、やはり異界紋の転写はできなかったようですね」

何度も頷きながら、ララミィはいつものようにひとりで話し続けた。

「本件については対照物が用意できないため追加実験ができないのが残念ですが、それでも充分な結果が得られたと言えます。メイリーンさんの異界紋は、一部を徘徊者に奪われただけの完全に〈石英〉化していない肉体を再生することができる。もちろん同じケースはそうそうないでしょうが、重要なポイントはメイリーンさんが人間を、一部分ではありますが再生できたということです。無論これだけでは証明になりませんが、人間の再生についての事前検証としては充分だと言えるでしょう。――いかがですか、デハイア?」

それまで一言も発せず、黙って一連の実験を見つめていたデハイアが、いいでしょう、と低い声で言った。

「申請されていた実験を許可します。ただし、充分な安全措置を講じ、その内容について事前に私の承認を得ることが条件です」

デハイアが話した内容に不吉なものを感じ、それまで安堵で満たされていたリンディの胸の内が一瞬のうちに冷えきった。

「……実験？」

「そうです。次に行うのは、ふたつの目的を同時に達成するための実験です」

大きく両腕を広げ、ララミィが言った。

「そのために、《這いずり》を繭から解放します。これによって私たちはまず、機能する繭を再び手に入れられるかもしれません」

満面の笑みを浮かべたララミィが、何度も繰り返し自分の頰を叩く。

「《這いずり》を、解放、する……？」

「ちょっと待て、何言ってんだお前」

リンディとロブが同時に上げた声を気にする様子もなく、ララミィは中空を見つめ高らかに続けた。

「機能する繭は、徘徊者に対する、つまり世界を再び取り戻すための最強の武器となります。もちろんそれだけではなく、繭を再生する方法、あるいは我々の手で製造する方法さえ突き止められるかもしれません。とは言え、その可能性は正直それほど高くはないでしょう。より重要なのはふたつ目の目的、つまり《這いずり》を砕いて、その砕片を手に入れることなんです」

「《這いずり》を砕く?」

ラミィの言っていることが、リンディには理解できなかった。《這いずり》を砕いて砕片を手に入れる? 僕らが必死になってなんとか繭で封印した、あの《這いずり》を?

「《這いずり》の中には、〈石英〉にされたものの、まだ異界に呑まれていない状態の人間が存在しています。《這いずり》を砕いてその砕片を手に入れることができれば、そこから人間の、つまり〈石英〉にされたダルゴナ警備隊員たちの再生ができるはずなんですよ。おふたりは今、その可能性を示してくれたのです。これは非常に、非常に大きなチャンスだと言えます。私の仮説を証明する、何よりの機会なんですよ」

「馬鹿なことを言うんじゃない! お前ら、自分たちがなに言ってるかわかってんのか!」

ロブがラミィとデハイアに怒鳴るのが聞こえたが、その言葉はもう、リンディの耳には入らなかった。《這いずり》の異形の姿、その名の通り地を這い進み、無限にあるとさえ思える触手でダルゴナ警備隊の百人を次々に〈石英〉へと変えていった光景——忘れようがないあの時間の記憶が、リンディの脳裏を塗りつぶしていた。

第三章　甦る悪夢

14

「リンディ？」

不意に声を掛けられたリンディが驚いて顔を上げると、食堂の入り口にいたのは寝巻き姿のメイリーンだった。

「どうしたの、こんな夜中に」

「メイリーンこそ」

時計の針は間もなく夜の十一時を指そうとしていた。普段ならふたりとも、とっくにベッドで寝息をたてている時刻だ。電球がひとつだけ灯された食堂は薄暗く、風が時折窓を鳴らす以外、ほとんど物音もしなかった。

「今日は早めに寝て、ちゃんと体調を整えておくようにって言われてたのに」

「リンディだってそうでしょ」

悪戯っぽく笑ったメイリーンは、食堂に入ってくるとリンディの隣の椅子に腰を下ろした。食事の時、いつも座るのと同じ席だ。

「もしかしたら明日はたくさん仕事することになるかもしれないから、って言われてたじゃない」

「ロブからね」

昼間の気温が上がる季節になっても、ウィンズテイルの夜は冷え込むことが多い。そのせいか、隣に座ったメイリーンの体温がやけにはっきり感じられるような気がして、リンディは突然照れ臭くなった。それを誤魔化すように、もうずいぶんぬるくなってしまっていた湯冷ましを口に含む。

「デハイアさんは何もすることないから大丈夫だ、って言ってたよ」

「でも、あんまり信じてないでしょ」

くすくす笑うメイリーンが着ているのは、リンディと同じフランネルの上下だった。あちこちに繕いがあるライトグレイで染められた寝巻きはメイリーンには少し大きいようだったが、どういうわけかそれが却って似合っているように見える。僕が大きめなのを着るとやけに子どもっぽい感じになるのにな、とリンディは不思議な気がした。

「信じてないことはない……ことはないけど」

いつもと違う時間、いつもより暗い食堂でふたりきりだからだろうか。どういうわけかいつものように話せなくて、リンディはわざと少しおどけた口調で言った。

「そうなればいいな、とは思ってるよ。待ってるだけで済めば、それが一番楽ちんだからさ。——メイリーンはどう？」

「わたしは——」

リンディの問いに、メイリーンはなぜか口ごもった。そのまま視線がテーブルの上に落ちる。

「少しだけ、その——」

「心配？」

ぽつぽつと言ったメイリーンに向き直り、リンディは顔から笑みを消して尋ねた。

ん、とメイリーンが小さく頷く。

「どうなっちゃうんだろうって思ったら、なんだか眠れなくなっちゃって……」

そうだね、とリンディも素直に応えた。リンディも全く同じだった。ベッドの中で色々考えていたら目が冴えてしまって、気分転換しようと食堂に白湯を飲みにきたのだ。

「正直言うと、僕も心配で眠れなかったんだ。本当に《這いずり》が砕けるのかとか、砕けたとしても本当にウィンズテイルに影響がないのかとか、考え出したら次々気になりだしちゃって」

繭からの解放と破砕に関する計画は、既にラミィによって立案されデハイアによって承認済みだった。概要はふたりも聞かされているが、信頼できるかと問われれば何とも言えないというのが正直なところだ。

確かにきちんと考えられている手順のようには思える。だが相手は、百人近いダルゴナ警備隊員が為す術もなく取り込まれた《這いずり》なのだ。その異形の姿と力を目の当たりにしているリンディには、プラン通りにことが進むとはとても思えないのだった。

デハイアやラミィは、本当に頭がよく知識もあるのだろう。だが、徘徊者のことを知っているのと、実際に命を懸けて向き合うのとは全く別のことだ。

加えてあの日、《這いずり》を解放すると聞かされた日から、リンディは彼らと自分たちの間に根本的な違いがある気がしてならなくなっていた。言葉は通じるのに、大事にしているもの、譲れないもの、守らなければならないこと——そういった、ウィンズテイルの住人同士であれば確認するまでもないことですら、本当は違っているのではないか。たとえ同じ言葉を使っていたとしても、実際にはそれぞれが違うものを脳裏に浮かべながら喋っているのではないかという不安を、どうやっても拭い去ることができない。そんな彼らが作った計画に、ウィンズテイルの運命を委ねてしまって本当に大丈夫なのだろうか。

そんなリンディの話に頷きつつも、メイリーンの目は伏せられたままだった。

「——他にも、心配なことがあるの?」

リンディの問いに、メイリーンは気まずそうに頷いた。

「失敗するかも、っていうことだけじゃないの。うまくいったときのことも、心配になっちゃって」

「……うまくいったときのことも、心配？」

思わずおうむ返しに言ってしまったリンディに、メイリーンは慌てて違うの、と言い直した。

「うまくいって欲しいとは思ってるの、もちろん。無事に終わって欲しい、って。だけど、それでも、もし全部、ララミィさんが考えている通りになったら、って考えると――」

少しの間躊躇ってから、メイリーンがぽつりと言った。

「怖く、なっちゃって」

「ララミィさんが考えている通りになったら――」

メイリーンの言葉を繰り返してみて、リンディも気がついた。

そもそも《這いずり》を解放して砕くのは、その砕片を手に入れるためだ。そしてララミィの最終的な目的は、徘徊者に取り込まれて〈石英〉にされたものの、まだ異界に呑まれていない状態の人間を再生すること――それが可能であると証明すること、なのだ。

であるならば、何もかもがララミィの思惑通りに進んだ場合、当然メイリーンは人間の再生を求められることになる。そしてデハイアとラミィの推論が正しければ、その再生は今度こそ成功するだろう。だがその結果、砕片から再生されるだろう人物は——。

「——大丈夫だよ」

メイリーンに向き直って、リンディはきっぱりと言った。

「メイリーンのことは、僕が護るから。あんなやつら、たとえ再生されたとしても、絶対に、もう二度と、メイリーンに何かさせたりしないから」

約束する、と言ったリンディの言葉に、メイリーンが顔を上げた。その瞳が潤んでいるのが、薄暗い照明の中でもはっきりとわかる。

「——ごめんなさい」

「どうして謝るの。メイリーンが謝ることなんて何もないよ」

だけど、と言ったメイリーンの声は微かに震えていた。

「リンディに、いつも助けてもらうばかりで」

「そんなことないよ。この間僕が馬に酔ったときだって——」

「そんなことあるの」

リンディの言葉を遮って、メイリーンが言った。

「間違ってたわたしを、止めてくれた。許して、手伝わせてくれて、わたしに、何をしたらいいかちゃんとわかってなかったわたしに、たくさんのことを教えてくれて、居場所をくれたの。リンディが。すごく大きなことを、たくさんしてくれた。だからわたしも、せめてリンディの役に立ちたくて、それなのに」

「居場所をあげたりなんてしてないよ」

メイリーンの目から溢れそうになっていた光るものが、考えるより先にリンディにそう言わせていた。

「僕がいて欲しいと思ったんだ。メイリーンに、僕の――僕らの町に」

それに、と目を見開いているメイリーンを正面から見つめたまま、リンディは続けた。

「他のことだって全部、〝してもらった〟なんて思わなくていいんだ。どれも僕が自分でやりたいと思って勝手にやったことだし、どうしてやりたいと思ったかっていうと、つまりその――ええと」

何を伝えるのが一番いいのかわからず、リンディは口ごもった。それでもメイリーンの揺れる視線を励ますように、思い切って言葉を口にする。

「僕が、メイリーンと一緒にいると楽しいからなんだ。楽しくて、嬉しくなって、頑張ろうって思えるんだよ。だから、メイリーンに嫌な思いをさせたくないし、どこにも行って欲しくないって思うんだ」

リンディの言葉を聞いたメイリーンは、しばらくの間黙ったまま、じっとリンディの顔を見つめていた。青ざめていた頬に、ほんのりと血の気が戻ってくる。

「――ありがとう」

メイリーンが、小さな声で言った。

「わたしも――リンディと、一緒にいたい」

うん、とリンディも小さく頷いた。

「だから、わたしも、頑張るね」

「僕だって、もっともっと頑張るよ」

リンディの言葉に、やっとメイリーンの唇に笑みが戻った。

「負けないもん」

「競争だね」

ん、とメイリーンは頷いた。今度は笑顔で。

日付が変わるまで、ふたりはニーモティカを起こしてしまわないように小さな声で、これまでにあったいろんなことの話をして過ごした。半年にも満たない僅かな、けれど濃密な日々を振り返るように。自分たちが大切にしているもの、護るべきもの、決して奪われたくはないものを確かめるように。
そうして――運命の日が、やってきた。

15

翌日、ウィンズテイルの町に人の姿はほとんどなかった。

いつもなら売り手と買い手で賑わっているはずの中央広場に屋台は一台もなく、人間どころか猫の子一匹いない。中央通りにも川見通りにも誰ひとり歩いておらず、町の南方に広がる放牧地帯で草を食んでいるはずの牛や羊の姿さえ見られなかった。

町が一夜にして無人となったわけでは無論ない。住人たちのほとんどは牛や羊を畜舎に詰め込み、自宅の鍵をかけ窓や扉を濃灰色の布で覆い、地下室に身を潜めて息を殺している。

デハイアから住人に告知がなされたのは二日前のことだった。リンディたちが苦闘の末、なんとか繭に封じた徘徊者２１４号、通称《這いずり》を繭から解放した上で、ウィンズテイル町守の協力を得てダルゴナ警備隊がこれを砕く。期日は今より二日後。

敢えていったん封じた徘徊者を解放する理由は、繭の永続性がどれほどのものか不明であり、町の近傍にそれが存在し続けるのを許容することは潜在的な危険をただ未来に先送りしているのと同義であること、そうした状況を改善するには徘徊者を破砕する以外に手段がないこと、そしてそのためにはノルヤナートの知識とダルゴナの技術力によって復元された遠距離誘導弾がある今が最大の機会であること、と説明された。ノルヤナートもダルゴナ警備隊も未来永劫ウィンズテイルに駐留するつもりがない以上、この機会を逃せばウィンズテイルは今後不安と防衛上の大きな負担を抱え続けることになる。今抜本的な対処を行うことが最適なのだ、と。

告知文は過剰なほど丁寧な言葉で綴られていたものの内容も伝え方も極めて一方的で、議論の余地はもちろん、詳細を問うことさえ許さない雰囲気を纏いつかせていた。しかも文章だけでは真意が伝わらないとでも思ったのか、住人たちへの伝達を担ったのはロブどころかデハイアですらなく、武装したダルゴナ警備隊を従えた無表情を貫く指揮官、アバルト・ウォンダルディアだった。

言外にダルゴナ警備隊を従えていることを示したデハイアの通告に表立って反発するものはひとりもいなかった。できなかった、と言った方がいいかもしれない。こうしてララミィが立案し、デハイアによって承認された計画は、定められていた運命であるかのようにウィンズテイルに受け入れられたのだった。

告知においてデハイアは住人に、解放と破砕は何重にも安全策を講じた上で行うが、万が一の場合を考えて実施日は警備隊から連絡があるまで可能な限り安全と思われる場所に退避しているように、と告げていた。同時に開始時刻が昼の十二時であることも示されていたが、住人の多くは通告の日から外出を避け、中央広場近辺に住む者たちは知人友人を頼ってより南方にある家に移り、そうして前日の夜にはほとんど全ての者が地下室に身を隠した。

ウィンズテイルの住人で活動を続けている者はごく僅かだった。ロブやユーゴ、リンディとメイリーンをはじめとする数人の町守と、ニーモティカだけだ。それ以外の町守たち、トランディールやヘルガ＝エルガ、リューダエルナらはロブの指示に従って町の南方に配置され、万が一のときの避難指示など、住人対応を担うことになっていた。

「対応ったって、できることはほとんどないだろうけどな」

見張り櫓の前に集まったリンディたちに、ロブは渋い顔で言った。血流は回復したものの筋力が大きく落ちた左足では以前のようには歩けず、念のため杖もまだ持ち歩いている。だが苦痛はもうなくなり、顔色はずっと良くなっていた。

「《這いずり》はそれほど速くはなかったが、あの触手で狙われちゃ年寄りどもはどうしようもない。地下室に籠って、やつが気がつかないことを祈るので精一杯だろう」

「そんなことにならないように安全措置をとるからご安心を、とは言ってたね」

ニーモティカが鼻で笑って言った。

「もっとも、やつら徘徊者についちゃ知識はあっても経験不足だからね。あてにしていいんだか悪いんだかもわかりゃしない。だからこそ、こうしてあたしらが万が一に備えてんだろ」

そうですね、と応えたものの、ロブの表情は渋いままだった。

「ですが俺が役に立てないせいで、時不知さまに一番危ない仕事をお願いすることになってしまって――」

なに言ってんだい、とニーモティカは呵々大笑してロブの背中を平手で叩いた。

「曲がりなりにも繭の制御盤を使ったことがあるのは、あたしだけなんだからね。あんたの足が元通りだって、何もできやしないだろ。気にするこっちゃないよ」

ロブが黙って頭を下げた。

「ニーは大丈夫、もしものときは僕とコウガが必ず引きつけるから」

深紅のベストを纏ったリンディが、力強い声で言う。その隣には同じく赤いボディウエアを纏ったコウガが、行儀よく座れの姿勢で待機していた。

「気持ちはありがたいけど――リンディ、何度も聞いて悪いんだけど、本当に大丈夫なのかい」

ニーモティカが親の顔になって尋ねる。

「大丈夫だよ、コウガとの連携だってちゃんと練習してきたし――」

「そっちのことじゃない」

リンディに最後まで言わせず、ニーモティカが言った。

「《這いずり》のとき、徘徊者と自分の感覚がごっちゃになって自分がわからなくなりそうだった、って言ってたじゃないか。あたしには想像もつかないけど、まっとうな状況じゃないことくらいはわかる。あんた、本当は無理してるんじゃないのかい」

「してないよ、大丈夫」

顔に出ないようにと胸の内で祈りながら、リンディは答えた。

無理はしていないと、怖くはないと言えば嘘になる。《這いずり》と対峙したときに味わい、《アシナガ》の出現を感知したときに甦った本能的な恐怖、体全体が血の気を失って凍りついてしまったかのような感覚は、考えないようにしようと思っても、逆に正面から向き合おうとしても、決してリンディの内から消えてはくれなかった。徘徊者に自分の肉体を奪われて〈石英〉にされるかもしれないという可能性に加え、たとえ肉体が無事でも相手の世界に引きずり込まれて自分の心を、自分自身を失ってしまうかもしれないという拭いがたい恐怖。

怖くないわけがない。だけど、たとえそうだとしたって。

リンディは自分を心配そうに見つめるニーモティカの視線を受け止めて思う。

逃げるわけにはいかないんだ。みんなを護らなくちゃいけないんだ。

「《這いずり》との距離さえ充分にとれていれば、自分のことはちゃんとわかる」

自分に言い聞かせるように、力強くリンディは言った。

「だから、心配ない。大丈夫」

「それならいいけど――」

不安を消しきれない様子のニーモティカが言う。

「とにかく、絶対に、近づいたりするんじゃないよ。相手をよく観察して、距離をとって」

そうだぞ、とロブが言った。

「感覚のこともそうだが、それ以上に触手を警戒しなけりゃならん。百五十メートル前後は伸びる上、人間が走るのよりも速く動く。絶対に距離を詰められないようにするんだ」

ん、と頷いたリンディの顔が、さすがに緊張で強張る。

「囮をやるときは、百五十メートル以上の距離をとったまま、まっすぐにここに来るよ。そしたら」

「俺が必ず〈核〉を射貫く」

リンディの視線を受けたユーゴが深く頷き、応えた。

「砕片はもう見張り台に運んでもらってるから」

メイリーンが続ける。緊張のためか顔は普段より青ざめてはいるものの、声は震えることもなく、口調もしっかりしていた。

「替えの連弩や矢はもう作ってあるけど、必要なものができたらすぐ再生する。わたしひとりだからできるものは限られてるけど、一所懸命やるから」

そうだね、とニーモティカが全員の顔を見回して言った。

「心配事は幾らもあるけど、やるしかないんだ。メイリーンの言う通り、自分たちにできることを、一所懸命にやろう」

リンディとメイリーン、ユーゴが無言で頷く。

「――何もかもみんなに任せることになっちまって、本当にすまない」

顔を顰めて言うロブの背中を、なに言ってんだい、とニーモティカが平手で叩いた。

「あんたは町守のリーダー、つまりは指揮官だろ。計画立ててやつらと折衝して手配して、ってのをたった数日でやってのけて、しっかり自分の仕事はやってみせたじゃないか。こっから先は下っ端がやることだよ。どーんと大きく構えて、見張り櫓の上から見てりゃいいんだ。それに」

ニーモティカが見張り櫓の北方、防衛壁を越えた先に広がる〈石英の森〉へと振り向いた。

「やつらが、やつら自身が思ってるほど賢くて準備万端なんだとしたら、あたしらの出番はないはずだからね。楽できたらそれに越したことはないんだ、せいぜいそうなるように祈るとしようよ」

「大変興味深いことがわかりましたよ」

三日前、それまで通り警備隊員にエスコートされて北の広場を訪れたリンディとメイリーンに、ララミィは両頰を何度も叩きながら、目を光らせて言った。

「再生していただいた異界紋ですがね、リンディさんのものとメイリーンさんのものは一晩過ぎたころには死んでしまったんですよ。――いや、そもそもあれを生きているとか死んでいるとか言っていいのかどうかは議論がありますが、まあわかりやすく言うとそれまで見られていた生命活動のような動きがなくなったということですね。今は観察中ですが、経過としては人間を含む哺乳類が死亡したときに非常に似た過程を辿っているように見えます。ところがニーモティカさんの異界紋が刻まれた肉塊はですね、全く違う経過を辿ったんですよ！　非常に興味深い、探求する価値が高いと思われる結果です。現時点の優先順位としては高くないのが残念ですが、なんとかしてあの異界紋を他の人間に複製する方法を見つけたいですね。そうすれば我々も、記憶は受け継げても高度な思考力は失われてしまうという課題を避けられることになりますから」

リンディに言えたのはそうですか、だけだった。《這いずり》を解放すると宣言した翌日に、どうしてこれまでと同じように再生実験の話ができるのだろうか。

それまでエキセントリックなところはあるにせよ、子どもであるリンディやメイリーンにも丁寧に接し、こちらを尊重してくれていると感じていた相手が、急に言葉が通じるだけの、得体の知れない存在になってしまったかのようだった。

意を決して、解放実験の万が一の事態に備え、自分たちも町守として準備に入りたいのだと伝えると、ララミィは困惑顔になってうーん、と唸った。

「解放実験時の安全措置は立案して承認されましたし、そちらは警備隊だけで充分に可能です。おふたりが危険に身を晒すのにも、お時間を割かれるのにもあまり賛成できないのですが」

「でも」

リンディは食い下がった。

「警備隊の人たちは《這いずり》を見ていないし、実際に徘徊者を砕いたこともないでしょう。うまくいかなかったときになんとかできるかもしれないのは、ウィンズテイルの町守だけで」

リンディが喋るに従って、ララミィの眉間に刻まれた皺が深くなっていく。だがリンディに引き下がるつもりはなかった。ララミィたちにとってはウィンズテイルのこと、この町に住む住人たちのことは道具のひとつでしかない。それがわかってしまったからだ。

ララミィがリンディの言葉を遮ろうとしたその時、ひと足早く言葉を発したのは、それまで黙っていたメイリーンだった。

「わたしたちに町守としての準備をさせてもらえないのなら」

メイリーンはララミィの目を見て、きっぱりと言った。

「もうあなたの調査には協力しません」

ララミィは口を開いたまま、目を丸くして固まった。

「約束します。三日間だけです」

続けて言ったリンディの言葉に、ララミィの顔が歪(ゆが)んだ。しばらくの無言のあと、ようやくその口からわかりましたよ、という投げやりな言葉が発せられた。

「じゃあその三日間、私は異界紋の調査でもさせてもらいますよ。まあいいですけどね、いずれやりたかったことだから」

子どものような拗(す)ね顔(がお)で、ララミィはようやく折れたのだった。


ロブとユーゴ、それにメイリーンが見張り櫓を上っていくのを見送ったニーモティカとリンディは、コウガと共に町を抜け、そのまま北に続く道を進んだ。

大型艦がやってきて以来、朝から晩までララミィの再生実験に協力し続けてきたリンディにとっては久しぶりの防衛壁だった。繁茂が進んだ防衛壁は以前のように向こうが透けて見えることもなくなっており、通り抜けのための隠し扉を開くためには何本かの蔓を切断することが必要だった。町守見習いとなった日にニーモティカからプレゼントされた万能ナイフで蔓を切ると、リンディはニーモティカより先に扉をくぐり、そして息を呑んだ。

以前とは一変した光景がそこに広がっていた。

「こいつは……」

ニーモティカの口からも、思わず声が漏れた。

百年間、何体もの徘徊者がウィンズテイルへと向かったことで自然と生まれていた道には、一定間隔で幅二十メートルほどの塹壕(ざんごう)が築かれていた。掘り出された土は塹壕の先に土手として積み上げられている。ひとつやふたつではない、どれだけあるのかすぐには数えられないほどの数だった。

「よくもまあこんなに掘ったもんだよ」

ニーモティカは素直に感心した様子だった。

「小型の徘徊者なら脇によければ進めるだろうけど、《這いずり》や《アシナガ》みたいな徘徊者なら確かに足止めになるだろうね。防衛壁みたいに緑が繁茂するのを待つ必要もない。それに」

最初の塹壕の脇を通りすぎる。視線を感じてリンディが振り返ると、塹壕の底には銃火器らしい武器を抱えた警備隊員の姿があった。よく見ればひとりだけではなく、塹壕の両端と中央にそれぞれひとりずつが待機している。

「腹ばいで進む《這いずり》の〈核〉を狙うなら、これは確かに悪くない。先に触手に見つからなきゃ、っていう条件がつくにしてもね」

「いつの間にこんなに……」

　思わず漏らしたリンディの言葉に、あんたたちが調査につき合わされてる間だろうさ、とニーモティカが言った。

「人海戦術、ってやつだ。やたらに大勢の警備隊員を連れてきてたのも、こんだけ大規模な土木工事を考えてたんだとしたら合点はいくね。人目につかない居住放棄区域に拠点を構えたのも、何をしてるのかあたしたちに知られないようにしたかったんだろう」

「なんでそんな」

「やつらは最初っから《這いずり》を解放して、人間を吸収した直後の砕片も手に入れるつもりだった、ってことさ」

　苦々しげにニーモティカが言った。

「少なくともこれは、あたしらに通告してからやり終えられる仕事じゃない。全体のプランは、ウィンズテイルにやってくるより前に立て終えてたんだろう。あんたたちに再生実験をやらせてたのは、自分たちの仮説を確かめるのと同時に、時間稼ぎでもあったんだろうさ。全くあの狐どもめ」

「それって――それってつまり、僕らがいろんなものを再生できたから、できちゃったから、だからノルヤナートがこんな実験を」

息が苦しくなる。だがニーモティカは、リンディの言葉をそれは違う、と即座に否定した。

「あんたたちがこれまでの実験、特にロブの足の再生実験に成功しようが失敗しようが、やつらは遅かれ早かれ人間を吸収した徘徊者を砕いて、その砕片からの再生実験には着手したろうさ。そこから人間を再生できる可能性があるから実験するわけじゃない。やつらは、再生できるかできないかを確定させるために実験しようとしてるんだよ」

つまり、と続けるニーモティカの口の端がつり上がり、攻撃的な笑みを形作った。

「どうあっても、《這いずり》を砕くしかないってことだ。万が一繭を開放できなかったり、《這いずり》が砕けなかったりしたら、やつらは別の徘徊者に人間をわざと吸収させて、そいつを砕いて砕片を手に入れようなんて言い出しかねない」

《這いずり》はなんとかして砕くか、それが無理なら再度繭を使って封印を試みるしかない。それがリンディたちの考えだった。だが後者の選択肢は、ニーモティカの推論が正しいのなら、新たな被害者を生み出すことにつながりかねないということになる。

「多少話ができるようになったかと思ったけど、やっぱり変わらないね。探求のことしか頭にない、糞トンチキどもめ」

吐き捨てるようなニーモティカの言葉に、リンディは唇を噛みしめ、黙ったまま頷いた。

16

繭の周辺もまた、すっかり様相が変わってしまっていた。

かつて積み重なっていた２１３号の砕片は全て、ダルゴナ警備隊の手で北の広場に移され姿を消している。２１３号の侵攻および破砕によって周囲の〈石英〉の柱がほとんど砕かれていたため、砕片の消えた繭の周囲は、ぽっかりと開けたようになっていた。繭の見た目に変化はなく、悠然と高さ四メートルほどの卵のような姿を晒している。その周囲を、少なく見ても五十人以上の警備隊員たちが慌ただしく動き回っていた。

「解放実験は予定通り、正午から行います」

リンディとニーモティカを出迎えたダルゴナ警備隊指揮官、アバルト・ウォンダルディアが言った。声を聞いたのは初めてだったが、外見から想像するのよりずっと穏やかで落ち着いた声だった。

「デハイアたちの姿が見えないな」

「彼らは防衛艦――我々がウィンズテイルにやってくるために利用した大型艦のことですが、そちらで待機しています。艦橋最上部にある指揮所から、望遠鏡を通してですが、こちらの状況を把握しているはずです。〈石英の森〉が間に存在しているため全てが見えているわけではありませんが、判断に影響はないとのことでした」

「影響がないと言ったたって、あんな遠くからじゃ指揮のしようがないだろう。予定外のことが起きたらどうすんだ」

「現場の指揮は私に一任されています」

不信を隠さないニーモティカに、アバルトは平然と答えた。

「行うべきことは、想定される様々な事態への対応も含め、既に指示を受けています。また、どんな状況であっても即座に対応できる準備も、正午までには全て整え終えます。つまり」

そこで初めて、アバルトがリンディとコウガへと視線を移した。

「あなた方が危険に身を晒すような事態が生じる可能性は低いと考えます。とは言え、残念ながらゼロではありません。ですから」

すぐ近くで待機していた警備隊員に、アバルトは声を掛けた。小走りでやってきてお呼びですかと言った声は、ハスキーな女性のものだった。

「こちらはウィンズテイルの時不知の魔女、ニーモティカさんと、〝繋がり〟の異界紋の持ち主、リンディさんだ。護衛を頼む」

わかりましたと応えた女性隊員が、リンディとニーモティカに一礼する。

「何かご要望があれば彼女に伝えてください。――おふたりからのリクエストは、護衛任務と矛盾しない限り最優先で対応しろ。いいな」

はいっ、と短く応える女性隊員に、ニーモティカは渋い表情を浮かべた。

「あたしたちは護衛されるためにわざわざここまで来たわけじゃない。制御盤はどこだ」

「やはりどうあってもご自身で操作されるおつもりですか。操作方法を我々に教えていただければ、あなたを危険に晒さずに済むのですが」

アバルトの声は平板でなんの感情も感じられなかった。ニーモティカはふん、と鼻を鳴らすと口の端を曲げる。

「それはもう何度も断った。あんたらがあたしらの身を案じてるのか、ただ護衛の手間を減らしたいだけなのかは知らんが、繭の操作方法は誰にも教えるつもりはない。解放したあと、何に使われるかわかったもんじゃないからな」

わかりました、と特に落胆する様子もなくアバルトは頷いた。

「リンディさんはどうしますか。万一の時に《這いずり》を誘導するためであれば、繭から一定の距離をとって待機しておくのがよいかと思いますが」

「いえ、僕もニーと」

「いや」

リンディの言葉は、ニーモティカによって遮られた。

「アバルトの言う通りだ。制御盤の操作は繭からそれほど離れては行えない。そんなところにいたんじゃ、誘導する前に《這いずり》に襲われちまう可能性が高い。百五十メートルは離れてろ、ってロブにも言われたろ」

「だけど、それじゃニーが」

「大丈夫さ。というより、あたしとあんたは離れてた方がいいんだ」

ニーモティカが真摯な表情でリンディを見つめ、言った。

「何もかもがこいつらの計画通りに進んだとしたら、危険はない。でもあたしたちがここにいるのは、万一のときに備えてだろ？　そしてその万一が本当に起きちまったときには、あたしらがおんなじところにいちゃ却って危なくなるはずだ」

いいかい、とニーモティカが続ける。

「《這いずり》がどのくらいこっちのことを理解してるかはわからないけど、こっちが打つ手に対応し続けてることを考えたら、あたしたちが何者か、何ができるのかってことまで知られてるって前提でいた方がいい。それはわかるだろ？」

リンディが頷く。

「だとしたら、解放された《這いずり》は繭の制御盤を持ってるあたしか、繭を再生するために欠かせないあんたのどっちかを狙ってくる可能性が高いってことになる。もちろんそんなことは関係なく、いつも通り派手な色や音、動きに反応するだけの可能性もあるよ。でもどちらにせよ、あんたとあたしが一緒にいて同時にやられるようなことになったら、何もかも手詰まりになっちまう。そうならないためには、別々の場所でそれぞれの役目を果たした方がいいんだ」

わかるね？　と問われたリンディは、もう一度頷くことしかできなかった。

「話がまとまったようなら何よりです」

黙って話を聞いていたアバルトが言った。

「では、リンディさんは私と来てください。繭からは充分に離れていますし、指揮所がいいでしょう。徘徊者の移動速度が予想を超えている場合は、係留してある馬を利用することもできますから」

「わかりました。よろしくお願いします」

ニーモティィカさんはこちらへ、と先導する女性隊員の声にリンディが視線を送ると、振り返ったニーモティカがにっ、と笑顔を見せた。

「万々が一のときはあんたが頼りだ。頼むよリンディ」

うん、と胸の内に湧き上がる不安を抑え込んで、リンディは頷いた。

「気をつけて、ニー」

「あんたもね」

繭に向かっていくニーモティカの足取りには迷いはなかった。役割を託されたことに誇りと不安を感じつつ、リンディもまたコウガを伴い、アバルトと共に指揮所へと向かう。

アバルトが指揮所と呼んだのは、町守が繭の状態監視のために建築中だった二階建ての小屋だった。メイリーンが砕片から再生した建築資材で構築途中だったそれは、ダルゴナ警備隊が掘った塹壕と土手、さらに運んできたらしい〈石英〉の柱に囲まれていた。構造も大きく手が加えられたようで、監視用だろう小窓が壁面のあちこちに新設されている。二階部分にはテラスが追加され、数人の警備隊員が手分けして繭の監視と準備作業を行っていた。裏側に回ると、馬留めに係留された二頭の馬が、これから起きることも知らずにゆったりと飼い葉桶の中身を食んでいる。

状況がわかった方がいいでしょうとアバルトに言われたリンディは、双眼鏡を手渡され、元々宿泊用として準備してあった小さな部屋を使うように言われた。高さはないが、夜間でも繭の状態をすぐに確かめられるように方角を考慮して窓を設けてあったから、双眼鏡があれば繭の様子は確認できるだろう。いずれベッドを再生して配置しようとロブと話していた室内には、家具の類いは何もなく、ただ土がついたままのスコップなどの道具類だけがまとめて置かれていた。収納場所として使われていたらしく、埃っぽいばかりで人の気配はない。

「指揮は二階で執ります。この階からでは視界が限られるとは思いますが、リンディさんたちが活動せねばならない事態かどうかの判断には問題ないでしょう。迷うようでしたら上階にお出でください。それから先ほども言いましたが、必要だと思ったら裏に留めてある馬は自由に使ってもらって構いません。お話通りであれば、繭から現れる徘徊者の触手は人間の移動速度では避けられそうにありませんから」

わかりました、とリンディが応えると、アバルトはちらと腕時計に目をやった。

「あと二十分です。くれぐれも、先走らないようにだけお願いします。あなたが何もせずに済むようにするのが私たちの仕事です。まずはそれを完遂させる機会を与えてください」

リンディが頷いたのを確認して、アバルトは二階に上がった。その背を見送ったリンディは窓に向かって双眼鏡を覗き込む。ずっと付き従っていたコウガが、その足下で伏せの姿勢を取った。

ピントを合わせ、状況を確認する。地面には、繭を取り囲むように塹壕が掘られているようだった。少なくともリンディに見える範囲の塹壕は、この指揮所や〈石英の森〉の道に作られていたのよりも幅がずっと広い。こちらの位置が低いために深さまではわからないが、少なくとも底は全く見えず、かなり深く掘られているようだった。

掘り出された土は繭の西側に集められ、土手というより小山を形成していた。作業を終え引き上げていく警備隊員たちの多くが小山の背後に回り込んでいくことから、制御盤を使って繭を開放するための拠点はあの裏に設けられているのだろう。もしかして、と探してはみたが、残念ながらニーモティカの姿は見えなかった。

やがて、警備隊員たちの姿も消えた。全員が小山の後ろや指揮所に退避したり、塹壕に身を潜めているのだろう。行うべきことは既に指示を受けている、そうアバルトは言っていた。だがいったいどうやって、警備隊員は《這いずり》を砕くつもりなのだろうか。

リンディの胸に不安が膨らんでいく。自分たちすら道具として扱うことを躊躇わないノルヤナートは、警備隊員たちの安全を考慮しているのだろうか。

〝万が一繭を開放できなかったり、《這いずり》が砕けなかったりしたら〟ニーモティカの言葉が脳裏に甦る。〝やつらは別の徘徊者に人間をわざと吸収させて、そいつを砕いて砕片を手に入れようなんて言い出しかねない〟。警備隊員たちは、その時のために塹壕の中で待機させられているのかも——。

嫌な予感がリンディを支配しかけたその時、指揮所の二階から声が聞こえた。壁と床を挟んでいるために何を言っているかまではわからないが、アバルトの声であることはわかる。リンディは慌てて双眼鏡を繭に向けた。

倍率を最大にすると、繭の全貌は視界の八割ほどを占めた。レンズの質がそれほどよくないのか、間近で見れば繊維が絡み合ったように見えるはずの表面は、ぼんやりとした灰色の布地のようにしか見えない。

それまでリンディの足下に伏せていたコウガが、突然立ち上がった。

直後、繭の表面に黒い一本の線が走る。レンズの方向から考えると、繭の長径に沿っているように見えるそれは、あまりにもきれいな一直線だった。

息を呑むリンディの目の前で、最初の直線と直交するもう一本の線が走った。そして次の瞬間にはさらに、今度は二本の直線が交わる点を始点にした何本もの黒線がいっせいに繭の表面を走り、覆っていく。

繭自体は整然として、表面の震えさえ見せていなかった。全体が細かく振動する砕片からの再生とは明らかに違う現象だ。黒線はみるみるうちにその数を増やし、繭の表面は黒一色に染め上げられていく。異変を察知したのかそれともリンディの緊張を感じ取ったのか、コウガが低い声で唸った。

次の瞬間。リンディがまばたきをした、ほんの一瞬。その合間に、繭は姿を消していた。

本当に消えてなくなってしまったのか、透明に変化し見えなくなっただけなのか、あるいは視界から姿を消す大きさにまで瞬時に縮小したのか。再び繭を使うことはできるのか、もうできないのか。だがそうしたことを、リンディは全く考えられなかった。寸前まで繭の内側に封じられていたものに、意識の全てを奪われていたからだ。

双眼鏡のレンズが捉えていたのは、黒一色の巨大な球だった。全体としては真球のように見えるが、表面は無数のひびのように見える皺と細かい凹凸で覆われており、滑らかな球体とはとても言えない。まるで、羽化寸前の蛹を解体して露になった内容物のようだ——半ば反射的なその連想が、リンディの記憶を呼び起こす。

見えない手によって押し潰され、小さく丸められていく巨大な黒い異形の身体。生え伸びのたうつ、無数の触手。

まるでリンディの記憶が逆再生されるかのように、黒い球体が膨張を始める。それと同時に凹凸と見えていたものも次々に膨れ上がり球から分離し、元の形を取り戻していく。みるみる形状を変貌させていくその先に現れるだろう姿を、リンディは知っている。

《這いずり》。

本当に解放されてしまったのだ。あの異形の怪物が。

双眼鏡を動かし、ニーモティカの無事を確かめたいという衝動にリンディは必死で耐えた。見えるところに出てくるはずがない。ニーは間違いなく、何かあったらすぐにもう一度《這いずり》を封印できるよう、身を隠して待機しているはずだ。僕も自分の役割を果たさなくちゃいけない。警備隊が砕けなかったとき、あいつを見張り櫓まで誘導しなくちゃいけないんだ。しっかりしろ。見極めろ。

一秒ごとに、《這いずり》の身体は元の状態に近づいていく。無理やり丸められていた身体が解放され、平たくなって地面に這いつくばる。肩のあたりで強引に折り畳まれていた、手のひらを持たない二本の棒のような腕がずるずると伸び出してくる。胴体もまた、高さも幅も長さも目で見てわかるほどの速度で伸張を続けていた。まだ解放されてから五分も経っていないだろうに、いったいどういう仕組みなのか、その体軀は球体状に圧縮されていたときから既に倍ではきかないほどの大きさに膨れ上がっていた。

腕と腕の間、胴体の上部に当たる部分が急速に円筒形に盛り上がった。その表面にはうぞうぞと動き回る、大小無数の孔が開いている。徘徊者の感覚器とされる孔が集まった、あれは言わば頭だ。

《這いずり》がその頭を左右に捩じりながら持ち上げた。周囲の様子をうかがっているんだと思うと同時に、思い出さないようにしていた、だが決して忘れることはできない経験がリンディの脳裏に甦る。

あの孔が僕のことを捉えたとき、孔から発せられる虚無の視線が僕を貫いたとき――何かが僕の中に入ってきた。あの時はわからなかった、何か。でも今ならわかる。あれは徘徊者の視座、この世界に進出してきた異界の一部だったんだ。刻まれた異界紋を通じて、あいつは、あいつらは僕の中に――。

双眼鏡を放り出したいという衝動に、《這いずり》から視線を逸らしたいという本能的な恐怖に、リンディは必死で耐えた。うなじの異界紋が発熱しているかのように感じられる。今すぐ鏡を探して異界紋が発光していないか確かめたい。いやダメだ、そんなことしてる場合じゃない。ちゃんと目を開いて起こっていることを見ろ。

全身が震える。暑さと寒さを同時に感じる。もはや何が本当で何が錯覚なのかの判別はつかなくなっていた。リンディはただ必死になって軋むほどの強さで奥歯を嚙み、指が折れるのではないかと思うほどの力で双眼鏡を握りしめ、自分自身の肉体に意識を集中させた。再び低い声で唸ったコウガが、自分の身体をリンディの足に押し付けてくる。その声とズボン越しの感触が、呑み込まれそうになるリンディの意識を留めてくれた。

二本の腕が、胴体が伸張していく。既にその全貌は、双眼鏡の倍率を落とさなければレンズの中に収まらないほどだった。地面に投げ出された両腕の先や、胴体の後部は繭の周囲に掘られていた塹壕の中にまで入り込んでしまっている。思うように身体が動かせないことに気づいたのか、《這いずり》の頭部にある無数の孔が周囲の状況を確かめるかのように激しく動いた。

不意に、塹壕に落ち込んでいた先端を抜き出すように、両腕が大きく振り上げられた。その全体が細かく震えているのが見える。あの動きは見たことがある、とリンディの脳裏に甦った記憶の通りに、振り上げられた二本の腕はぐにゃり、と急角度で曲がると弧を描いて塹壕を越えた先の地面に深々と突き立てられた。

その表面が裂ける。

次の瞬間、腕の内側からは無数の、うねり絡み合う触手が爆発したかのような勢いで噴出した。

「ニー！」

堪え切れず、リンディの唇からは押し殺した悲鳴が漏れた。触手の届く範囲には、おそらく多数の警備隊員たちと一緒にニーモティカもいる。見つかってしまったら、あの触手に貫かれてしまったら――。

なぜ誰も何もしないんだ、どうしてもう一度繭で封印しないんだ。このままじゃニーが〈石英〉にされてしまう！

「コウガ！」

双眼鏡を放り出し、リンディは指揮所の出口に向かって走り出した。間髪入れずにコウガが付き従う。扉の脇で見張っていたらしい警備隊員が何か言うのが聞こえたが、何を言われようとリンディに止まる気はなかった。伸ばされる腕をかいくぐり、低い姿勢のまま一気に指揮所の外へと走り出る。あっという間に先行したコウガがたっぷり十メートルは先で足を止め身体を捻り、リンディの指示を待っている。《這いずり》の方へ、あいつの視界に捉えられる距離まで――リンディがハンドサインを出そうとしたその瞬間、まさに向かおうとしたその方向で何かが光るのが見え、続けてどん、という内臓を震わす轟音と共に大地が大きく揺れた。

考えるよりも早く動くことができたのは、身体が記憶していたからだろう。待ての指示を出すと同時にリンディは全力でコウガとの距離を詰め、最後は飛び込むような姿勢でコウガの身体を抱きかかえて地面に伏せた。

何が起きたのか考える余裕はなかった。思考が追いつくよりも先に爆発音が響き、〈石英〉の柱が粉砕されているらしい甲高い音が終わることなくそれに続く。コウガの身体を抱きしめるリンディの腕に力が込められる。途切れることなく続く爆発音、それに混じって響く空気を切り裂くような高音は、《這いずり》が触手を振り回している音なのか。

大気が埃と火薬の燃える匂いで満ちる。抱きしめたコウガの身体から、人間よりもずっと速い鼓動が感じられる。いったい何が起きているのか。いつまでこの状態は続くのか。

そう思うのと同時に、それまでとは違う、圧縮された空気が噴き出すような音がリンディの鼓膜を打った。聞いたことがある音だという認識に一瞬遅れて、かつて似た音を耳にした場面が脳裏に甦る。そうだその時も、《這いずり》が間近に迫っていたんだ、そしてその巨軀に向けて警備隊員たちが――。

最後まで思い出すことはできなかった。直後、それまでとは比較にならない轟音と共に、大地と大気とが激しく揺さぶられた。

17

「——さん、リンディさん」

意識を失っていたのはそれほど長い時間ではなかったらしい。名を呼ばれ身体を揺さぶられたリンディが瞼を開いて目にしたのは、糸のように細い目を見開いたアバルトの顔だった。

「あ、アバルトさん……？」

「気がつきましたか」

リンディが意識を取り戻したことを確認すると、アバルトの表情はいつも通り感情の読めないものへと戻った。

「僕は——あっ、コウガは」

名を呼ばれると同時にコウガがぬっ、と視界に入り込んでくる。そこでようやくリンディは、自分が地面に仰向けに横たわり、アバルトとコウガに見下ろされていることに気がついた。全身の筋肉は強張ってはいるが、痛みは感じられない。怪我(けが)はしていないようだ。

だが、身体を起こそうとしたリンディは軽い眩暈に襲われて一瞬平衡感覚を失った。

ふらつく身体を、咄嗟についた手でなんとか支える。リンディの体勢を見たコウガが、自分にもたれろとでも言わんばかりに、純白の身体を素早くリンディに押し付けた。

「無理はしないようにしてください。外傷はありませんが、隊員の中にも脳震盪のような症状を起こしている者が複数います。少し休めば治まるとは思いますが、油断は禁物です」

「あっ、あの、《這いずり》は、ニーは」

「大丈夫ですよ」

表情を一切変えずに、アバルトは言った。

「ニーモティカさんはもちろん、全員が無事です。打撲傷を負った者や骨折した者は何人かいますが、死んだり〈石英〉にされた者はいません。《這いずり》は破砕しました。計画通りです」

「砕いた……？　《這いずり》を……？」

「充分な準備期間がありましたからね」

アバルトの口調からは、計画が成功したという安堵や喜びの感情は何ひとつ感じ取れなかった。

「動けるようになったら、指揮所で休んでいてください。ノルヤナートのふたりが来たら、また仕事を頼まれるでしょうから。指揮所からは出ないように——これ以上の無断行動は控えてください。我々もこれから忙しくなりますので」

繭のあった場所を中心として、〈石英の森〉には213号のそれを遥かに上回る大量の砕片が積み上がっていた。大きさは指揮所と大差なさそうな巨大なものから手のひらに載せられるくらいの小さなものまで、形状は単純な方形や球状のものもあれば、智恵の輪のように捩じれ絡み合ったり空想上の怪物に見えるものまで、どれひとつとして同じものはない。表面に現れている色もこれがあの黒一色の《這いずり》が砕けて生じたものなのかと疑いたくなるほど、無数の原色がでたらめとしか言えない乱雑さで入り交じっていた。

無彩色の〈石英の森〉で、この一帯だけが極彩色によって彩られている。その周辺を、百人は優に超えているだろう警備隊員たちが動き回っていた。どこに隠していたのか数台の荷馬車が持ち込まれ、多くの警備隊員たちが次々に砕片を積み込んでいく。

繭があった場所には、巨大な穴がひとつ、開いていた。予め繭の周囲に掘られていた塹壕がまとまってひとつになったかのようだった。穴の直径は十五メートル前後、深さは十二、三メートルはありそうで、底には大量の砕片が積み上がっている。何人もの警備隊員がロープを伝って穴の底に下り、砕片をひとつひとつ確認して何かを探している。

「見つかりますかね、繭は」

指揮所からその様子を眺めたララミィが、さほど期待はしていないといった様子で言った。

「無理だろうな」

リンディの隣で、ニーモティカが応える。

「開放したあとは跡形もなく消失しちまったと思うよ。リンディの繭がそうだったからな」

「言わなかったの？」

リンディの問いに、ニーモティカは言ったさ、と唇を歪めて言った。

「だから《這いずり》の解放なんぞやめろと言ったんだけどね。聞きゃあしなかったよ」

「外部からの調査はやり尽くしていましたからね。それに、一度使用した繭の再利用が不可能とわかったことにも価値はあります。加えて言えば、あれだけのものが完全に消失するということはあり得ない。溶けたにせよ蒸発したにせよ、なんらかの痕跡は残っているでしょう。時間はかかるかもしれませんが、何かは見つかると思いますよ。少なくとも〈核〉は手に入るでしょうし」

まあともかく、とララミィがリンディに振り返って言った。

「そろそろメイリーンさんも到着するころです。あちらは警備隊員たちに任せて、私たちは私たちの仕事をしましょう」

《這いずり》の破砕は、デハイアらが計画していた通りに進行した。

繭から解放された《這いずり》が充分な大きさまで復元したところで、警備隊員は塹壕の中に仕掛けてあった火薬に点火。ひそかに掘り進められていた地中のトンネルが崩れ、一気に落盤を起こして《這いずり》を呑み込んだ。もちろんその程度では徘徊者にダメージを与えることはできないが、脚部を持たない《這いずり》は両腕を地上に突き刺し、自分の身体を引き上げるしかなくなった——つまり、地面に密着させていた〈核〉を、露にせざるを得なくなったのだ。待機していた警備隊員は這い上がってきた《這いずり》の胸部、〈核〉が確認できるや間髪を入れずに攻撃を行った。先日メイリーンが再生した、携帯型地対空誘導弾を用いて。

「是非ノルヤナートに持ち帰りたかったんですが」

無念そうな様子でララミィは言った。

「徘徊者の破砕を確実にするためだと言って、デハイアに持っていかれてしまいまして。余裕ができたらそのうち、もう一度メイリーンさんに再生していただきたいですね」

「絶対にやめてください」

反射的に発せられたリンディの言葉に、ララミィは真顔でなぜです？　と問い返した。

そのあまりにもまっすぐで率直な視線に、リンディはラミィがメイリーンの心情をわかろうとするどころか気にもしていないのだということを直感した。

言葉は通じているのに、会話が成り立たない。徘徊者とは違って言葉が通じる人間なのに。相手との間にある断絶にぞっとしたリンディにできたのは、再生兵器のことはメイリーンに言わず、再生も二度と頼まないで欲しいと繰り返し懇願することだけだった。

明らかにリンディの心情を理解していないまま、それでもしぶしぶラミィがその要請を受け入れたところで、メイリーンが見張り櫓から警備隊員と共に馬に乗って到着した。デハイアたちが乗ってきた馬車は砕片の回収に回されているため全員一緒には来られず、メイリーンだけが先行し、ロブやユーゴはあとから来るということだった。

「リンディ――無事で良かった」

メイリーンのほっとした表情に、リンディの胸も少しだけ軽くなる。足下でコウガが尻尾を振り甘え声を上げると、メイリーンはもちろんコウガのことも心配してたよ、とその純白の頭を撫(な)でた。

「来ていただいたばかりで恐縮ですが、さっそく再生調査を行いたいと思います。こんな、指揮所くらいしかない〈石英の森〉の中ではありますが」

ラミィが悪びれる様子もなく宣言した。

「もちろん《這いずり》の砕片は可能な限り早くウィンズテイルに運びますが、それが終わるのを悠長に待っているわけにはいきません。封印されていた徘徊者が解放され、しかも《アシナガ》同様すぐに砕かれたことに対し、異界がなんの対応もしないとも思えませんからね。遅かれ早かれ何らかの動き、我々の現在の攻撃手段に対抗しうる新たな徘徊者を生み出すものと考えておくべきでしょう」

ですから、とリンディとメイリーンを見下ろして続ける。

「今できることは今やっておかねばなりません。お疲れのこととは思いますが、これは人間が奪われた文化文明を取り戻し、未来を自分たちの手に取り戻し得る絶好の機会なんです。協力していただけますよね」

「ご協力のお伺いなんざ、どうせ口先だけだろうが」

ニーモティカが吐き捨てるように言った。

「必要だと自分たちが判断したなら、あたしらがどれだけ反対しようが懸念を示そうがお構いなしにやるんだろ。表向き丁寧にコミュニケートして物事をスムースに進めることは覚えても、お前らの本質は何も変わってない。選択肢を与えるつもりなんざ端から ないんだろうが」

「その点は否定しませんが、デハイアの仮説通り、やり取りを丁寧にする方が全体としての期間が圧縮されるのも事実でしたよ。それに、完全な賛同は得られないとしても、少なくともおふたりは私の考えや立場はご理解いただけているでしょうし」

ラミィの視線を受けても、リンディは何も言えなかった。再生実験を通じて、変わり者だと思っていたラミィたちのことも幾らかわかったような気になっていた。だがそれは単なる自分の考え違いだったのではないかという思いを、今のリンディはどうやっても拭えない。

ウィンズテイルに危険を呼び寄せることであっても、必要だと判断すればノルヤナートは今後も実行を躊躇うことはないだろう。自分たちの価値判断を第一とし、他者の思いや都合を無視して進むやり方は、本質的にクオンゼィと何も変わらないのかもしれない。

だがその一方でリンディは、ラミィやデハイアを完全に否定することもできなかった。今さら協力を拒否したところで、余計に危険になってしまった状況を放置するだけになってしまうということもある。だがそれ以上にリンディを縛りつけていたのは、ノルヤナートのふたりが世界を元の姿に戻すための方法に確実に接近しつつある、という実感だった。

異界紋によって能力を与えられていても、自分たちだけでは手がかりすら得られなかった。ふたりがいなければ、自分たちはただ能力を持て余し、いずれ対抗できない徘徊者に敗れていたかもしれない。認めたくはなかったが、それは確かな事実だった。

ずっと傍にいたコウガが、リンディの盾になろうというかのように、ラミィに向かって一歩前に進んだ。メイリーンがリンディの手を取り、わたしは大丈夫、と小声で囁く。その声が、リンディの背中を押してくれた。

「再生調査は、手伝います。価値があることなのは、僕らにもわかりますから」

その通りですよ、とララミィが満面の笑みと共に応えた。

「私たちはこれから、歴史上初めて〈石英〉化された人間を救う方法を手にできるかもしれません。その価値は、ウィンズテイルに暮らし、徘徊者と対峙するみなさんこそよくおわかりでしょう」

わかっています、とリンディが応えた。

「でも、ウィンズテイルの人たちに危険が及びそうなことは、やりません。メイリーンが嫌がるようなことも」

リンディはララミィの目をまっすぐに、射貫くような視線で見た。ララミィはその視線を平然と受け止め、そうですねえ、と言った。

「予定している調査計画でウィンズテイルに悪影響を与えるようなものはないと思いますよ。メイリーンさんが嫌がるようなことも」

とは言えまあ、と続けたララミィの顔に、わざとらしい作り笑いが浮かぶ。

「調査への賛同を得られたのは何よりです。では早速着手しましょう。ウィンズテイルへの危険を少しでも下げるためにもね」

こちらへ、とララミィが三人と一匹を招いた先には、荷車ほどの大きさの砕片が六つ、地面に並べて置かれていた。

「いきなり人間ではなく、最初は動物から始めましょう。記録によれば、円屋根に拠点を築いた警備隊は八頭の馬と三台の馬車を使っていたそうです。うち二頭は逃げ延びて今もこの町にいますから、《這いずり》に吸収されたのは六頭。その六頭を再生できるか、まずはそこからです」

まずは、とララミィが言い終えるより前に、メイリーンが六つ並んだ大きな砕片のひとつに歩み寄った。おおむねどれも直方体をしている砕片の表面は、偶然か再生を少しでも容易にしようと選んだものか、いずれも茶系統をベースに赤や黄色が混じりあった色彩で彩られていた。

馬についての知識であれば、メイリーンも充分に持っている。二ヶ月にならない期間とは言え、身近に存在し、何度か実際に乗ったこともあるのだ。つまり動物の再生が無機物と同様、形と機能や能力を知っているかどうかに依存するのであれば、メイリーンひとりで馬の再生ができるはずだった。

しゃがみ込んだメイリーンが、砕片に触れて目を閉じる。リンディはそのすぐ後ろに、何かあったときにすぐ動けるよう、重心を低くかかとを浮かせて立った。コウガとニーモティカはリンディのすぐ隣、ララミィはひとり距離をとり、全体を眺めている。

一分も経たないうちに、砕片が細かく震え始めた。メイリーンが触れている個所から全体にひびが走り、みるみるうちにその密度を増していく。これまでの例ではここまで進めば必ず成功していたが、今回は生き物、動物を甦らせようという試みだ。どうなるかは予想がつかない。

リンディの胸の鼓動が速くなり、息が詰まった。僅かに見えるメイリーンの横顔は、砕片の状況をわかっているのかいないのか、眉間に浅い皺が寄っているだけだった。

ぱきん、と砕片が割れる甲高い音が響いた。最初の一ヶ所が砕けた次の瞬間、ほぼ同時に砕片全体が粉々に砕けて飛んだ。砕片自体が大きめだったこともあり、砕けた破片は粉塵となって全周に広がった。コウガが激しく吠える。

「メイリーン！」

あまりに密度が濃い粉塵のために、視界がおぼろになる。考えるより先に身体が動き、リンディは粉塵の中に飛び込んでいた。一息で距離を詰め、赤茶色に染まる世界の中でメイリーンの身体を抱きしめると同時に、すぐ目の前から物理的な存在感を感じる。危ないと意識するよりも早く、リンディは抱きかかえたメイリーンごと、大きく後ろに跳び退（すさ）っていた。ふたりを護るように、入れ替わりでコウガが前に出て低い攻撃姿勢を取る。

「――素晴らしい！」

バランスを崩し、メイリーンと共に仰のけに倒れたリンディの目が、感に堪えない表情を浮かべ、繰り返し両頰を叩きながら駆け寄ってくるラミィの姿を捉える。

「ここまで期待通りにいくとは！　これは大変なメルクマールですよ」

ふたりとも大丈夫か、と駆け寄ってきたニーモティカに頷いてみせ、リンディはメイリーンと共に身体を起こした。視線の先——直前までメイリーンが触れていた砕片があった場所、コウガが低い姿勢を崩さず睨みつけている場所には、栗毛(くりげ)の馬が一頭、首を振り全身を震わせて、体中に付着した粉塵をなんとか払い落とそうとしている姿があった。

18

メイリーンの顔が青ざめているのは、再生に伴う疲労だけが理由ではないだろう。自分自身の顔からも血の気が失せていることを感じ、リンディはそう思った。

理屈の上ではふたりとも、砕片から馬が再生される可能性があることは理解していた。だが、いったんはこの世界から消え失せていた動物が無機物の中から現れ、目の前で確かに生きているという事実は、漠然と思っていたのよりもずっと、ふたりを激しく動揺させたのだった。

理由はわからなかった——というより、考えたくなかった。目の前に現れた馬はどう見ても正常で健康そうで、何もおかしなところはないように思える。それなのにリンディは、おそらくメイリーンも、その存在に半ば本能的な恐怖を感じていたのだ。

異変を察したニーモティカが大丈夫か？　と声を掛け、コウガが交互にふたりの足に自分の身を擦り付ける。だがリンディもメイリーンも何も言えず、青白い顔のまま黙って頷くのが精一杯だった。

ただひとり、ラミィだけが実験の結果を喜び受け入れ、問題がなければ他の砕片の再生も続けて行いたいのだが、と告げた。ふたりが一も二もなくそれを受け入れたのは、目の前で呼吸している再生された馬の姿を見ていることに耐えられなかったからだ。

休憩すら取らず、メイリーンは続けて残った五つの砕片に対する再生を試みた。初めのふたつは問題なく成功したが、どういうわけか三番目と最後の砕片では馬を再生することができなかった。リンディの異界紋を経由した連携再生でも結果は変わらず、結局再生できたのは全部で四頭のみとなった。

「お疲れさまでした。少し休憩を取りましょう」

満足げな表情を浮かべて、ラミィが言った。

再生された馬たちは、警備隊員たちの誘導におとなしく従い、今は馬留めに繋がれていた。身体やたてがみの毛色に微妙な差異はあるものの、身体の大きさや肉付きにはそれほど違いがあるようには見えない。以前からいた馬と交ざってしまったら、もうどれがどれなのか区別をつけることはできなくなってしまうだろう。

「こうなるとわかっていたなら、ウィンズテイルに連れてくる馬には事前に焼き印を捺(お)すなり、それぞれに違う蹄鉄(ていてつ)をつけておくなりするべきでしたね。馬に名を聞くことはできませんし、遺伝子や体組成を確認するような技術も失われて久しいですから、今からではどうやってもこれらの馬の由来について確証を得る方法はなさそうです」

一頭一頭の馬をじっくり観察し終えてから、ララミィが言った。

「とは言え、この四頭はやはり《這いずり》によって〈石英〉にされた馬である、という判断は下してもいいでしょうね。もちろんうるさいことを言えば、少なくとも連続性は途絶えているわけですから厳密に同一個体かと問われてイエスとは言いがたいのですが、私はいわゆるスワンプマンの思考実験には意味がないという立場でして、つまりこれらの馬は連続性があろうがなかろうが同一個体であると判断してもよいと思いますね」

「スワンプマン？」

耳慣れない言葉に反応したリンディの言葉を、それはまあ長くなりますので、とララミィは受け流した。

「確証を得る方法はない、さっき自分でそう言ったろう」

ニーモティカが不機嫌を隠そうともせずに言った。

「なんで同一個体だって断言できるんだ。確かに馬だが、〈石英〉にされたのとは全然違う、別の馬かもしれないだろ」

「断言はしていませんよ、直接の証拠はありませんからね。ですが間接的な状況証拠から、そう判断してもよいだろうと考えているんです」

「間接的な状況証拠ってのはなんだ。それにな、再生できなかったやつだってあっただろ。結果が安定せず、再生できたのだって本当に〈石英〉にされた馬かどうかがわからなけりゃ、このまま人間の再生を試みるなんてのは――」

「再生に失敗したケースについては、あれでいいんですよ。というより、あれこそが間接的な状況証拠であり、つまりは実に見事な成功だと言えるんです」

ニーモティカの言葉を遮って、ラミィが言った。

「実を言うとですね、三番目、あの砕片は《這いずり》のものじゃなくて213号の砕片だったんですよ、黙ってましたけどね。それから最後の砕片、あれは確かに《這いずり》のものです、《這いずり》のものなんですけど、実はですね」

ラミィの顔に、にんまりとした笑みが浮かぶ。初めて見るラミィのそんな表情に、リンディの背筋に怖気(おぞけ)が走った。

「私、さっき円屋根に拠点を築いた警備隊は八頭の馬を使ってたって言いましたね。あれね、嘘なんですよ。彼らが持ち込んだ馬は実は六頭だったんです。そのうち二頭は

〈石英〉化されることなく、今もウィンズテイルで暮らしている。そして今ここにいる、再生されたばかりの馬はちょうど四頭。合計六頭、ぴったりです」

つまりですね、と実に楽しそうにララミィが続ける。

「メイリーンさんもリンディさんも、その事実は知らなかった。にも拘わらず、再生は正しく《這いずり》の砕片からのみ、かつ〈石英〉化された数だけしか成功していない。ということはですね、動物、少なくとも馬のような人間から見ても意識があると思えるような高度な生物については、これまでのところ制限らしいものが見つかっていない道具類などの無機物とは違い、実際に〈石英〉化した徘徊者から得られた砕片から、〈石英〉化されたぶんしか再生できない、ということが証明されたと言えるわけですよ。ということはですね、私たちが手にした――」

大きく開いた両目を輝かせ、ララミィは続けた。

「人間を吸収した《這いずり》が生み出した砕片から、たとえば私やニーモティカさん、リンディさんやメイリーンさんを再生することはできそうにない、ということでもあるわけです。いや、もちろん無理だろうとは思いつつ、正直言うと少し期待はしていたんですがね。メイリーンさんやリンディさんが複数になれば実験はもちろん、今後異界に奪われた生命や文化文明を復元するのも効率化できたでしょうし、私が複数になれば昼番と夜番で手分けすれば身体に負担をかけないまま二十四時間研究を続けられることになったわけですからね、そういう観点では実に残念です。――が、まあそれはそれとして」

一瞬にして表情から笑みを消し、ラミィが三人をぐるり、と見回した。

「ともかくこれで、次の調査に取り掛かる準備ができました。いよいよ人間の再生です。おふたりの顔色もずいぶん良くなってきたように見えますが、対象の数も多いですからね、もう少し休憩を取りましょうか。私もここまでのところを念のため整理して、漏れがないか確かめておきたいので」

三十分後、三十分後にお願いしますと一方的に言い置くや、ラミィはリンディたちの答も聞かず、足早に指揮所に向かって去っていった。

半時ののちリンディとメイリーンが導かれたのは、《這いずり》の繭があった場所から少し離れた、こぢんまりした広場だった。自然にできたのではない、明らかに人の手によって〈石英〉の柱が取り除かれた場所だ。ラミィたちは最初から、この場で再生実験を行うことを想定して準備していたのだろう。

広場にはどれも概ね人間サイズの砕片が百、一列に十個ずつ、碁盤の目状に並べられていた。数が多いためか、並んでいる砕片は馬を再生したもののように色調までは揃えきれておらず、また形状も概ね直方体であると言えるだけで、かなりまちまちなものだった。

ふたりは碁盤の目のほぼ中央部分に置かれた白っぽい砕片を選び、その前に並んでしゃがみ込んだ。砕片の形状は人間の姿からはかけ離れていて、大きさの違う木箱を幾つか組み合わせ、融合させたようにしか見えない。

再生された馬を見たときの感情が甦る。本能的な恐怖、生理的な嫌悪感とでも言うべきもの。それが向けられている対象はたぶん馬じゃない、とリンディは思った。僕らが恐れているのは、僕らがやろうとしている行為自体だ。

無機物から人間を生み出すなどという、神か悪魔のような行為を行おうとしていることへの恐怖。自分たちが思い上がり、許されないことに手を染めようとしているという予感を、ふたりは打ち消すことができなかった。だが、そうした不安をどれだけ言葉を尽くして訴えても、ララミィや姿を見せたデハイアは根拠がないとして検討すらしなかった。ふたりの口から発せられたのは、問題の発生は考慮しており安全対策は既に充分とられているから心配はいらない、という言葉だけだ。

結局ララミィもデハイアも、自分たちがやるべきと考えていることをやめるつもりはないのだ。ニーモティカが言った通り、こちらが何と言おうとも。そして拒否したところで、と、リンディは並べられた百の砕片をぐるりと包囲している、砕片と同じほどの警備隊員たちの姿に視線をやった。安全対策のひとつだというデハイアの言葉には嘘はないかもしれない。だが、それだけが全てでもないだろう。

ニーモティカと遅れてきたロブ、ユーゴはコウガと共に、警備隊員たちの円の外からふたりを見守っている。万が一のときにもニーモティカからの安全を確保するためであると同時に、再生に手出しさせないためでも、三人と一匹を警備隊の間近においてふたりに圧力をかけるためでもあるのだろう。

選択肢はない。なかったのだ、ノルヤナートが最初にウィンズテイルに目をつけたときから。

「そろそろ始めてもらえますか」

ララミィが背後から声を掛けた。脅すつもりなど毛頭なさそうな、これまでと何も変わらない調子で。

うなだれた様子でメイリーンが砕片に両手を伸ばすのに、待って、とリンディは小声で言った。

「メイリーンだけにさせられないよ。僕も一緒にやる」

メイリーンの左手を取って、自分のうなじに触れさせる。でも、とメイリーンが言うのと、背後がざわつくのが同時だった。

「最初はわたしだけでやってみることになってるから――」

「そんなの知るもんか」

怒りを秘めた声でリンディは言った。

「うまくいっても失敗しても、どうせいろんなやり方を試させられるんだ。それなら最初はふたりでやったって構わないはずだよ。それにこんなこと、メイリーンひとりでなんてやらせられない」

「リンディ――」

やろう、と言ったリンディに頷いて、メイリーンは左手をリンディに委ねた。しゃがんだ姿勢のまま、右手を伸ばして砕片に触れ、静かに目を閉じる。

背後では、ラミィが何か言うのをデハイアとニーモティカが遮るのが聞こえた。指示された通りのやり方でなくても止めるつもりはないらしい。リンディの考え通り、最初の一回くらい好きにやらせても影響はないと考えたのだろう。

しゃがんだ姿勢のまま、リンディは砕片とメイリーンの俯いた顔を同時に視界に入れていた。何が起きるのかは見当もつかないが、何かあったときにすぐ動けるよう、一瞬も警戒を怠らないようにしなければならない。警備隊員が二百人で取り囲んでいるとしても、メイリーンの傍にいるのは自分だけなのだから。

イブスランの再生を試みたときと違い、今回ラミィはやり方を指示しなかった。ひとつひとつに大きな差のない道具とは違い、人間は馬以上にひとりひとりが異なる存在だ。動物としての身体の基本構造は同じだとしても、中身は何もかもがまるきり異なる。

〈石英〉化されてしまった警備隊員の数は百人に近い。それをどう再生すればいいのか
ラミィにも明確な指針はないのかもしれないし、最初はふたりに自由にやらせてみて、その結果で方針を決めるつもりなのかもしれない。

馬の再生を試みたとき、メイリーンは自分が知っている馬という生物を脳裏に思い描いていた、と言っていた。何度か乗せてもらったことがある馬と違い、警備隊がウィンズテイルに持ち込んで〈石英〉化されてしまった馬については何も知らなかったからだ。

それでもラミィは、〈石英〉化された馬が正しく再生されたと判断していた。

だとしたら、生き物としての人間、言わば人間の概念を思い描けばいいのだろうか。

リンディはもちろん、メイリーンも〈石英〉化されてしまったダルゴナ警備隊員たちのことはほとんど知らない。何人かの名を聞き姿も見はしたが、具体的なひとりの人間として認識するのは不可能だから——いや。

ふたりだけ、例外がある。

リンディの背筋に怖気が走る。そうだ。僕もメイリーンも、名も姿も人となりもよく知っているダルゴナの人間がふたりいる。ひとりはイブスラン。そしてクオンゼィ。

リンディの視線がメイリーンの横顔に向けられる。眉間に深い一本の皺が刻まれ、一心に何かを祈っているかのような表情。

その横顔を見た途端、イブスランに対する猛烈な拒否感がリンディを支配した。忘れ

がたい縮れた焦げ茶の頭髪、下がり眉のせいで一見気弱そうに見える目鼻立ち。だがその内実は、いかにも無害そうな見た目からはかけ離れたものだった。

メイリーンの異界紋を利用するために目的を隠して接近し、親しげに振る舞い、メイリーンの気持ちと感情を玩んだ男。メイリーンを口実にしてウィンズテイルを訪れ、本当の目的を隠してニーモティカから技術を盗み、その力でガンディットの機體を、遂にはニーモティカの記憶さえ奪い、メイリーンを再生兵器を生み出すための道具として利用しようとした男。

《這いずり》によって〈石英〉化された人間を再生するにしても、最後には全ての人間を甦らせることが目的であるにしても、よりにもよって最初にあんな男を、なんの準備もないままメイリーンに再生させるわけにはいかない。

メイリーンは自分がイブスランにされたことを知っている。自分を道具として扱うために、感情を玩ばれていたことを理解している。傷ついていないはずがない。《這いずり》が封印されてから、ウィンズテイルで暮らし始めた日々の中で、メイリーンはイブスランのことを一度だって口にしなかった。メイリーンの本当の気持ちはもちろんわからない、だけど。

ようやく笑ってくれるようになったメイリーンの前に、いきなり、過去の象徴であるイブスランが現れるなんて。

イブスランはダメだ、イブスランを甦らせるくらいならいっそのこと——リンディがそう思った途端、目の前の砕片がこれまでのどんな再生の時よりも細かく、そして激しく震え始めた。一秒の間もおかず、その表面に黒い一本の亀裂が走る。

再生が始まったのだ。

このまま続けていていいのか、本当に大丈夫なのか。迷うリンディの目の前で、亀裂は一瞬ごとに分岐し増え続け、砕片の表面を猛烈な勢いで覆っていった。生き物の再生に対する不安、イブスランの存在と行動への嫌悪、そうしてメイリーンが受けた深い傷を再び抉られてしまうのではないかという恐怖。その全てが綯い交ぜになって、リンディを支配し、全身を絡めとっていた。それ以上考えることも、動くこともできない。

その呪縛を解いたのは、メイリーンだった。

再生中はいつもずっと目を閉じているメイリーンが、突如として大きく両目を見開いた。その顔には見間違いようがない驚愕の色が、そして瞳には恐怖が浮かんでいた。

メイリーンの口が、今にも悲鳴を上げんばかりに大きく開かれる。

その姿が、リンディを突き動かした。何かを考えるより先に、リンディは身体を大きくのけ反らせる。少しでも砕片から距離をとるために。

その動きにつられて姿勢を崩したメイリーンの左手がリンディのうなじから、右手のひらが砕片から離れた。ふたりは姿勢を崩し、尻餅をつくようにして背後へと倒れ込む。

次の瞬間。

黒一色と見まごうばかりに細かな亀裂の入った砕片が砕け、全周に飛散した。至近距離から粉塵に襲いかかられたふたりは、反射的に顔を背け固く目を瞑る。

「おのれ――」

聞き覚えのある声が、間近で聞こえた。ずっと後ろで、何人もの人間が大声で何かを叫んでいるのが聞こえる。

「勘のいい小娘め。もう少しでお前も取り込んでやれたものを」

すぐさま身体を起こし、メイリーンの身体を抱きかかえて大きく後退ったのは、ほとんど本能的な反射だった。明らかな危険、命に迫る存在を、リンディは理屈ではなく膚で、全身で感じていた。

激しい吠え声と共に、純白の稲妻がリンディの視界を横切った。コウガは一瞬も止まることなくトップスピードのまま声の主へと突っ込み、だが次の瞬間大きく弾かれて跳んだ。

「小うるさい獣が！」

「コウガ！」

反射的に叫んだリンディの声に従って、全身を捻って着地したコウガがすぐさま大きくジャンプ、相手との距離をとる。コウガが作ってくれた僅かな猶予に、リンディもまた強引にメイリーンの身体を起こし、さらに後方へと退いた。

粉塵は既に、風に吹かれて消えている。

寸前まで人間大の砕片があったその場所で、ゆっくりと立ち上がる者がいた。

それは人間のように見えて、だが人間ではなかった。

身体のほとんどは、かつてロブの左足の一部がそうであったように、僅かに透けた鉱物様の物体からできていた。どう見ても無機物の塊で柔軟性など全くなさそうなのに、腕や足や胴体は人間と同じように曲がり、動いている。衣服のようなディテールはあるが、それは表面の微妙な凹凸だけで、実際にはひとつの塊であるようだった。

首の上には、〈石英〉を彫刻して作ったかのような頭が載っている。細かな部分は曖昧だったが、それでも見間違いようがなかった。

短い頭髪、太い眉、薄い唇。意志の強さを感じさせる通った鼻梁(びりょう)と角張った頑固そうな顎。

「そんな――」

ウィンズテイルを蹂躙した男が、変貌した姿でそこに立っていた。

第四章　ヒトガタ

19

二百名近いダルゴナ警備隊員が、地面に並べられた九十九の砕片を大きな円を描くようにして包囲している。円のすぐ内側にはノルヤナートのデハイアとラミィがおり、その隣にはニーモティカと、彼女を護るように寄り添うロブとユーゴの姿があった。

円の中心にほど近い場所には、しゃがみ込んだ姿勢でお互いを支え合っているリンディとメイリーンがいた。少し離れた場所にいるコウガは頭を下げた攻撃姿勢のまま警戒を緩めず、低い唸り声を上げ続けている。

円の中心で全ての視線を受け止めているのは、長身で筋肉質の、中高年の男――いや、男のように見えるものだった。

その身体は〈石英〉に似て、だがもっと透明度の低い、どう見ても鉱物としか思えない物体でできていた。人間を模した彫刻とでも言うのが一番近いだろうか。そしてリンディたちの視線を摑んで離さなかったのは、何よりもその半透明の容貌だった。

あまりにも似ていた。

百人のダルゴナ警備隊員を率いてウィンズテイルを蹂躙し、《這いずり》によって〈石英〉にされた男。

シュードルト・クオンゼィに。

「クオンゼィ――」

半透明の眼球が動き、視線がメイリーンからリンディへと移る。外見は明らかに無機物でありながら、視線から発せられる圧力は明らかに人間の――遠目で見ただけのリンディですら忘れられない、クオンゼィのものだった。

「おいの名を知っているのか、小僧。見た覚えはないが――だがどうやら、知、知ってはいい、いるようだな。どれ」

〈石英〉の彫刻としか思えないそれ、自らをクオンゼィと認めた相手は、ややぎこちなくはあるものの人間と変わりがない動きで腰を落とした。腕を伸ばし、自分を取り囲むように並べられている砕片のひとつに手を触れる。

砕片から再生を試みるときのメイリーンと似ている、とリンディが思った直後、クオンゼィが接触した砕片は一瞬でその場から消失していた。まるで、クオンゼィが触れていた手のひらから呑み込んでしまったかのように。

いや――かのように、ではない。

瞬時の出来事に反応こそできなかったが、相手の身体に生まれた変化をリンディは見落とさなかった。砕片に触れていた右腕を中心にして、体軀が二回りは膨れ上がっている。

取り込んだのだ、砕片を。

「そんな」

漏れ出たメイリーンの声は震えていた。だがリンディはメイリーンを振り返ることも、声を掛けることすらもできなかった。目の前で起きた出来事が、リンディの視線を鷲摑みにして放さない。

クオンゼィの胸が、盛り上がっていた。しかもその表面には明らかな人面——それも、ふたりがよく知っている人間の容貌が浮かび上がっていた。

半透明の胸に張りついた半透明の人面が、苦しげに歪んで口を開く。

「ああ、あああ、ああああああ」

ふたりがよく知っている、だが一度も聞いたことがない苦悶の声だった。リンディの腕に、息を呑んだメイリーンが力を込めてしがみつく。

「——イブスラン」

思わず漏らしたリンディの声に、胸部の顔面が眼球をぐりぐりと動かして反応した。

「なるほどこいつが知っていたか」

　膨れ上がったクオンゼィが言った。

「ウィンズテイルの魔女の養子。無能力の被刻印者――ふん、つまり再生の小娘の餌か」

「ああ、ああ、ああ」

　言葉に反応して声を上げたイブスランの顔を、クオンゼィは無造作に、胸元に止まったハエかなにかのように叩き潰した。

「言葉などいらん。知識だけ寄越(よこ)せ」

　クオンゼィの言葉に応えるように、胸に浮かんでいたイブスランの顔はみるみるうちにその容貌を曖昧にし、体内に呑まれるように消失した。

「シュードルト・クオンゼィですね。元ダルゴナ警備隊総司令の」

　声を掛けたのは、いつの間にか距離を詰めていたデハイアだった。口調はいつもの通りで、声からも緊張は一切感じられない。デハイアはそのまま自然な足取りでリンディとメイリーンの前に進み、クオンゼィの視線からふたりの姿を遮った。

「元？」

　ぎろりと目玉を動かして、クオンゼィがデハイアを見下ろす。膨れ上がったクオンゼィの半透明の体躯は分厚い胸板と二メートル近い身長を有し、その前で小柄なデハイアは子どものように小さく見えた。だがデハイアは全く怯む様子もなく、そうですよ、と平然と告げた。

「あなたは既に運営議会から罷免されています——それを知らないということは、つまり〈石英〉にされてからの記憶はない、ということですね。どういう仕組みかはともかくイブスラン・ゼントルティを取り込んでその知識を自分のものにしたようですが、それも〈石英〉化されるまでのもののようだ」

「貴様は誰だ。知らんな——いや、待て」

クオンゼィが無造作に目の前の砕片を蹴り上げ、中空に浮かせたそれを右手で摑んだ。直後に砕片は消失し、代わりにクオンゼィの体軀がさらに膨れ上がる。

「名まではわからんが、ノルヤナートの頭でっかちな引きこもりか。おれの部隊に間諜を送り込んでいたとはな」

「名前は教えていませんでしたからね。しかし、そんなことまでわかるんですか。たいしたものだ」

デハイアの言葉には素直な驚嘆の響きがあった。それに気を良くしたのかどうか、わかるさ、と応えたクオンゼィの半透明の唇に得意げな笑みが浮く。

「知りたがりのくせに、何も知らない貴様らに教えてやろう。徘徊者はな、人間だろうが事物だろうが、その対象を規定している全ての要素を吸収して自分の内部に蓄えるのだ、異界に持ち帰るためにな。徘徊者の中でおれたちは、ひとりの人間としての存在であると同時に、形を失い自他の境界が曖昧となった、他の人間や事物と半ば入り交じった存在となっていたのだ」

なるほど、とデハイアが大袈裟に頷きながら応じた。

「だからあなたのものではなくても、一緒に《這いずり》――徘徊者214号に吸収された隊員たちの知識や記憶を把握できているわけですか」

「そうだ。さすがに頭でっかちなだけはあるな。理解は早い」

「ではなぜ、少年のことや私のことを知るために新たに砕片を取り込んだんですか？」

「そんなこともわからないのか。不充分だからに決まっているだろう」

「不充分――つまり、ひとつの砕片に含まれる、元人間の知識や記憶は限られていると？」

デハイアの問いに、クオンゼィはふん、と鼻を鳴らした。穴が開いているようには見えないのに、仕草はもちろん鼻息すらも、人間のそれと全く違いがわからなかった。

「砕片ひとつひとつに、元になった徘徊者が奪い取った情報のうちどんなものが含まれているかは確定していない。どんな情報でも含まれうる、言わば可能性が重ね合わせられた状態になっているのだ。だがそこに外部から力が加えられると、その力によって導かれた情報だけが残り、それ以外の可能性は失われてしまう。ゆえに、小娘によっておれが再生された時点で、おれと、徘徊者の中でおれと交じり合ってはっきりと区別できなくなってしまった情報だけが残り、それ以外は失われた」

「だから、不足している知識や記憶を得るには、別の砕片を吸収しなければならない、ということですね。言わばインデックスだけを持っていて、情報自体は別媒体に保管されているとでも言える状態でしょうか。その上で外部の情報を追加で取り込めるということは、つまり」

「徘徊者の能力と、メイリーンさんの能力を併せ持っているということが言えますね、これは大変興味深い」

両頰を何度も叩きながら割り込んできたのは、デハイアのすぐ隣にまで進み出てきていたラミィだった。驚いたリンディが見上げたその横顔には、隠しようのない興奮の色が露になっている。

「馬の時は砕片からなんの問題もなく馬として再生されたのに、人間の場合はそうはならず、極めて強力な存在として再生された——いや、再生されたというのは正確ではありませんね。再構成された、と言うべきでしょうか。これがこの方、クオンゼィさんでしたか、に特有の現象なのか、人間を再生しようとしたら必ず起きることなのか、それは明らかにしなければなりませんね。幸い対照実験のための砕片はまだまだここにありますから、そうですね、たとえば最初は——」

「立てますか、リンディさん、メイリーンさん」

立て板に水のごとく、普段の声の倍近い大きさと早さでラミィが話し続けている間、デハイアが顔はクオンゼィに向けたまま、小声で言った。

「なんとか」

よろしい、とデハイアがいっそう声を潜めて続ける。

「ゆっくりと立ち上がって、いつでも走り出せる状態にしていてください。私が合図したら――」

「そんな面倒な対照実験などする必要はない」

ラミィの言葉を、クオンゼィが遮った。

「教えてやる、頭でっかちども。これはな、おれだからできたことだ。徘徊者に吸収された者の多くは、時間の経過と共に人格を維持し続けることができなくなり、変質し、やがては消失した。イブスランのようにな。だがおれは違う。おれは徘徊者の中でも自分を維持し、おれの中に入り込んでくる情報を取り込み、学び、そして機会が来るのを待った。小娘が外部から力を加えたとき、おれはそれを枠として利用した。徘徊者に奪われて一度失ったおれ自身を、もう一度新しく構成するための枠としてな」

「そうしてあなたは自分を再構成したわけですね」

デハイアが背中に回した手を動かした。リンディはメイリーンを支えつつ、じりじりと腰を上げる。いつでも走り出せるように。

「ひとつ質問してもいいですか」

デハイアの問いに、クオンゼィは鷹揚に頷き、なんだ、と応えた。

「あなたの目的は何ですか。クオンゼィは徘徊者に吸収されてもなお消失に耐えられたのは、あなたに強い意志、つまり目的があったからでしょう。それは何です？ もしかして徘徊者への復讐ですか？」

「復讐？ 馬鹿な」

クオンゼィが嘲笑する。

「おれの目的は何も変わらない。徘徊者の全てを倒し、異界からこの世界を取り戻すことだ」

「人間のために？」

「人間？ いや」

クオンゼィが半透明の右手を握りしめた。

「おれのためにだ。人間は弱い、脆過ぎる。おれはそれを学んだ、身をもってな。人間は異界や徘徊者にとって餌、素材に過ぎない。獲物が狩人を負かすこともあるかもしれん、だがそれはあくまで稀な例外だ。勝ち続けることはできない、獲物が獲物である以上」

「だがあなたは違うと？」

「同じだと思うか？」

にたりと笑ったクオンゼィに、デハイアはいいえ、とかぶりを振った。

「違うでしょうね。今のあなたは人間とはいえない。もちろん徘徊者でもない、徘徊者であれば必ずあるはずの〈核〉がありませんからね。そうですね、強いて言えばあなたは、徘徊者の力を取り込んだ人間もどき、あるいは人間を取り込んだ徘徊者もどき——要するに、人型のなにかだ」

そして、とデハイアがクオンゼィを正面から見据えて続ける。

「あなたにとって人間はもはや同族ではなく、獲物、素材でしかない。取り込んで叩き潰した、イブスラン・ゼントルティのように」

クオンゼィは応えなかった。ただ、醜悪な笑みでデハイアを見下ろしている。

それが答だった。

ふう、と大きく息を吐いたデハイアが声を張り上げる。

「現時刻をもって全ての実験を中止。対象物をヒトガタと命名、その排除を最優先とする。ウィンズテイルの住人は退避——行け、走れ！」

デハイアの声に押されたリンディは、メイリーンの手を取って身体を反転させ、走り出す。警備隊員が作る円陣の外、ニーモティカたちがいる方向に向かって。

「コウガ、来い！」

リンディの叫びにコウガが即座に反応する。しなやかな動きで身体を捻るや瞬時に人間を遥かに超えるトップスピードに達し、リンディとメイリーンに続いて殿を担った。

「警備隊、攻撃開始！　発煙筒準備！」

自分たちも別々の方向に走り出しながら、デハイアが叫ぶ。入れ替わりに距離を詰めた警備隊員たちが姿勢を低くし武器を構え、リンディやデハイアたちが攻撃範囲から出るや否や発砲を開始した。同士討ちを避けるため、全員が既に全高が三メートル近くにまで達したクオンゼィの胸部より上を狙っている。

何人かの警備隊員が、着火した発煙筒をクオンゼィの足下めがけて投擲する。正面から接近してきた発煙筒を、クオンゼィは無造作に摑み取った。次の瞬間にはもう、燻り煙を吐き始めていた発煙筒はどこにも存在していなかった。

生まれて初めて接する無数の発砲音に耳を聾されながら、リンディはメイリーンの手を取って必死で走った。だが同時に、背後で起きている出来事を、目には見えず背景音に微かに混じる音を耳が捉えているだけの光景を、明瞭ではなく霞に遮られているかのようにぼんやりとではあったが、確かに感じ取ってもいた。

直接目にしてはいないのに、わかる。目を瞑ったままでも自分の部屋にあるものが把握できるように、リンディには今まさに周囲で起きていることがわかった。

本能的な恐怖と共に思い出す、忘れようのない、忘れることなどできない感覚。

まだ遠い。あの時のように明瞭ではない。だけど、これは。

取り込み損なった発煙筒が、クオンゼィの足下でもうもうと煙をあげる。退避、と叫んだのはデハイアではなくアバルトの声だった。警備隊員が攻撃をやめ、波が退くように次々に後退していく。

空気を切り裂く、甲高い音が聞こえる。聞いたことがあると認識すると同時に、リンディの身体は大きく動いていた。

「伏せて!」

叫ぶと同時にメイリーンの腕を引き、コウガにハンドサインで指示を出す。細かく砕けた〈石英〉から護るためにメイリーンを横抱きに抱いて、滑り込むようにして地面に伏せた。

聞こえた音の数はふたつ。だが聞き間違いようがない。《アシナガ》が砕かれた直前に聞いたのと同じ音——遠距離誘導弾だ。残り少ないと言っていたそれを、デハイアは躊躇うことなく使用したのだ。クオンゼィを倒すために。

それはつまり、デハイアがクオンゼィをそれだけ危険な存在だと判断したということだった。

リンディはメイリーンの頭部を護るように抱きかかえた。リンディは遠距離誘導弾の威力を直接見てはいないが結果は知っている。これだけ至近距離で、あの巨大な《アシナガ》を砕いた攻撃が行われたら――。

だがいつまで経っても、《アシナガ》の破砕時に響き渡った爆発音は聞こえてこなかった。

まさか、と思ったときにはもう、背後で何が起きているのかはわかってしまっていた。

感じ取った光景を確認するため、リンディは顔を上げて振り返る。

クオンゼィの姿が大きく変形していた。

高く掲げた両腕の先から、十本の触手が中空に向かって伸びている。その先端は編み物かなにかのようにお互い絡み合いながら広がって、巨大なネットを形成していた。そのネットの中央からふたつの球状の〈石英〉が地面に落下し、粉々に砕けて消える。

それが直前まで遠距離誘導弾だったことは明らかだった。受け止めて吸収したのだ。

《這いずり》が再生兵器に対してやってみせたのと同じように。

「ほほう」

さらにひと回り体軀を膨張させた、かつてクオンゼィであったもの――ヒトガタの唇に、満足げな笑みが浮かぶのが見えた。

20

ヒトガタの体長は、既に三メートル半を優に超えていた。

再構成直後はクオンゼィそのものと見えたその体軀は、砕片や遠距離誘導弾を取り込んで増えた体積と質量に対応するためか、あるいはクオンゼィ自身の意思によるものか、触手以外にも大きな変貌を遂げていた。

足は変わらず二本、だがその太さは人間の足というより大木のようだった。胸部は樽状に膨れ上がっている。何より変わってしまったのは腕だった。もはや人間の腕の痕跡すらないそれは、巨大な蛸か烏賊の足のようだ。関節はなく自在に動くその先端からは左右それぞれ五本ずつの触手が伸び、中空でのたうっている。

変わっていないのは顔だけだった。頭だけが大きさも形状も変わらず、胴体の上に乗っている。できの悪い冗談か、悪夢の中の光景のようだった。

「なるほど、確かに砕片の中には徘徊者自体も含まれているからな」

ヒトガタが平然と、クオンゼィの声で言った。

距離をとってその巨体を取り囲んでいた人間たちは、寂として声もない。だがそれも無理はないだろう。ダルゴナ警備隊やノルヤナートの武装は今の水準からすれば充分に強力だ。しかし、そうした武器を躊躇なく投入してすら、ヒトガタには全く効果がなかったのだ。

しかも相手は人間と同じ意識と知識を有する一方、徘徊者の唯一の弱点である〈核〉を持たない。人間を獲物だと、素材だと認識していると明かした相手、倒すどころか足止めできるかすらわからない相手を前に、その場にいた者たちは何も考えられず、ただ凍りつくことしかできなかった。

「どれ」

二百人に近い多くが武装した人間に取り囲まれているにも拘わらず、ヒトガタは全く気にする様子もなく、無造作に長く伸びる触手で自分の周辺に置かれた砕片の幾つかに触れた。間髪入れずに砕片は消失し、さらに膨張し変形したヒトガタの一部と化していた。

「――こうか？」

ヒトガタの右腕の先から伸びていた触手がするすると引き込まれ、数十センチほどに見える長さに縮まった。関節のないぐねぐねと曲がる腕の先から伸びている五本の短い触手は、人間の指のできの悪いカリカチュアだった。

五本の触手の中央、人間で言えば手のひらに当たる部分が、不意に盛り上がる。ヒトガタの体内から何かが排出されてくる。短く太い、筒のようなもの。半透明の身体から突出する形で伸びてくる筒は、リンディたちが見守る前で濃い灰色へと変色していった。

「――もしかしてあれは」

ララミィが漏らした言葉に、デハイアがこれは、と応えた。

「想定した中で最悪の事態ですね」

デハイアが言い終わるより早く、灰色の筒——長距離誘導弾はヒトガタの手のひらから切り離されていた。五本の触手で筒を摑みあげ、ヒトガタがふん、と鼻を鳴らす。

「返すぞ」

直後、灰色の筒の一端に炎が生じ、何が起きたのかとリンディが理解するより先に、その姿は上空へと飛んで消えた。空気を切り裂く、甲高い音と共に。

数秒の沈黙の後、遥か南方から腹の底を揺さぶる音が伝わってきた。

「——当たったかな?」

にんまりと笑ったヒトガタが、再び両腕の触手を伸ばした。

「砕片を排除!」

デハイアが叫ぶ。

「少しでもいい、やつに取り込まれる数を減らすんだ!」

凍りついていた警備隊員たちは、すぐには動き出せなかった。デハイアの指示を聞いたアバルトが大声で叱咤し、高空に向かって銃を撃つ。その銃声が隊員たちの背中を押した。全員が恐怖を押し殺すために大声で叫びながら走り出し、地面に放置されたままの砕片に取りつく。人間サイズの砕片の重さは大人ひとりとほぼ同じな上、持ちやすいとは到底言えず、複数の警備隊員でひとつの砕片に取りつくと少しでもヒトガタから離そうと必死の形相で運び始めた。

だがそれも、ヒトガタから離れた外縁部付近だけのことだった。誰も、指揮官であるアバルトであってさえも、自分からヒトガタに近寄ろうとする者はいない。

ヒトガタはゆうゆうと触手を伸ばし、自身を囲んでいる砕片を取り込んでいく。ひとつ砕片を吸収するごとにその身体は変形し、膨れ上がっていった。

「やつにこれ以上吸収させるな！」

デハイアが叫んだ。

「時間を稼げ、腕だ、腕を狙うんだ」

アバルトが即座に指示、警備隊員たちの数名が砕片が取り除かれた場所まで進んで腰だめにした銃を乱射し始める。その数はみるみるうちに増えていった。ヒトガタには近づかず、距離をとってひたすら射撃を続ける。警備隊員の半数はアバルトの指示に従って指揮所に走り、銃器と銃弾をありったけ運んでくる。訓練された動きだった。

だが。

「コバエがうるさいな」

ヒトガタが悠然と言った。その全高は既に五メートルを超えている。膨れ上がった上半身を支えるためか、背中側から追加の足が二本生え、それに伴って胴体も前後に伸張し始めていた。２１２号に似ている、とリンディは思った。身体が半透明の〈石英〉に似た物質であること、〈核〉がないことを除けば、ヒトガタは徘徊者に恐ろしいほど似ていた。

「あれをこのまま放置できません」

ララミィが言った。

リンディはメイリーン、ニーモティカらと共にダルゴナ警備隊員に警護され、指揮所の後ろにまで後退していた。デハイアだけが指揮のため、警備隊の本隊と共に残っている。

「やつは徘徊者と同じように砕片を取り込むことができ、人間と敵対する意志を隠していません。想定していた中で最悪のケースのひとつです。我々はこれから計画に従って対処を試みますが、成功するかは不明です。ですから」

ララミィは五人を見回して続けた。

「みなさんは今のうちにウィンズテイルに戻り、可能な限り住人たちを避難させてください。人間としての知識と知能がある以上、地下室に籠っていても回避はできないでしょう。ここからの移動は馬を使ってください。徘徊者と同程度の移動速度であれば、馬には追いつけない可能性が高い」

早口で言い終えたララミィは急いで、と念を押すとヒトガタの方向に走り去った。だがリンディも他の四人も、すぐに動き出すことができなかった。

避難といってもどこへ、どうやって。

ウィンズテイルには五千人弱の住人がおり、しかも多くは七十代以上の老人だ。家畜のほとんどは羊や牛で人を乗せることはできないし、ありったけの漁船をかき集めたところで乗船できるのは百人にも満たないだろう。ダルゴナの大型艦が無事でそこに乗せてもらえるとしても、それだってせいぜい数百人がいいところだ。

命を選別しろと言うのか。できるわけがない。

「全員を助けるのならあいつを倒すしかない」

歯を食いしばるようにして、ロブが言った。

「だが〈核〉はなかった。徘徊者のようにはいかない」

「銃が役に立ってないんだ、連弩じゃ足りない。なんかないか、歯が立ちそうなやつ」

ユーゴに続いたニーモティカの言葉に声を上げたのは、メイリーンだった。

「わたしが――わたしが、昔の武器を再生したら」

青ざめた、だが決意を固めた表情のメイリーンに、ニーモティカはいや、と首を横に振った。

「そんなことはしなくていい。――いや違う、あんたの気持ちを考えて言ってるわけじゃない」

ニーモティカの表情は、いつになく真摯なものだった。

「遠距離誘導弾さえあいつは吸収して、再生してみせた。２１３号を砕いた再生兵器のことはやつだって知ってる。まず間違いなく通用しないし、その気になれば自分で再生することもできるだろう」

　メイリーンの顔から血の気が引いた。

「やつはまだ、自分が何をできるのかを全て把握はしてないんだろう。デハイアもそう考えてるからこそ、今のうちになんとかしようとしてるんだ。だが今のあたしたちの手持ちじゃ決め手がない。かといってこのままだらだらやってたら、やつに自分の力を試して気づかせるだけになっちまう」

　ニーモティカの言葉は、杞憂ではなかった。その通りの事態がヒトガタの周辺で始まろうとしている──指揮所によって視界を遮られた場所にいながら、リンディはそれを感じ取っていた。

　離れた場所にいるのに、直接見ることができないのに、ぼんやりとだが状況がわかる。ニーモティカたちの会話と同時に、指揮しているデハイアの姿が、必死の形相で状況を見つめ打開策を立案しようとしているラミィが、そして距離をとりつつも懸命にヒトガタの手を止めようとしている警備隊員たちの姿が感じ取れる。

　知りたいと思ったときにはもう、世界の任意の場所の状態を、明瞭でこそないものの把握できていた。

　間違いない。

徘徊者の視座だ。

《這いずり》と対峙したときほどの強烈さはまだなく、時間軸の移動や固定もできない。だがリンディは今の自分が、習わずとも学ばずとも世界のどんなところでも思いさえすれば把握できることを疑わなかった。自分の生来の感覚が上書きされているのがわかる。人間のものではない感覚と能力を、無理やり人間の五感と肉体に流し込まれ適合させられているかのような、拭いきれない違和感の入り交じった万能感。

「発想を変えよう」

頭を振ってニーモティカが話している。

「今すぐヒトガタを倒すのは無理だ。むかつくやつらだが、こと知識と思考についちゃノルヤナートの専売だ。やつらのために時間を稼ぐことを考えよう」

懸命にその内容に集中しようとしながらも、リンディは同時に世界の他の断面、なんの恐れも見せず包囲の中で悠然と立ち、一瞬ごとに膨れ上がっていくヒトガタの姿から意識を切り離せなかった。

「コバエの数が多いのなら」

それまで黙々と砕片を吸収していたヒトガタが、不意に言葉を発するのがわかる。全高は既に七、八メートルに達していた。頭部だけが最初と変わらない大きさを維持しているため、ぱっと見では首を失った歪なケンタウロスのようだ。

「こちらも数を増やすか」

再び触手を引き込んだ腕を、ヒトガタが地面に向けて差し伸べた。両腕の、人間ならば手のひらに当たる部位が膨らんでいく。遠距離誘導弾の比ではない、もっと大きなものが生み出されようとしている。その形には見覚えがあった。デハイアはもちろん、リンディも――いや、その場にいた誰もが。

地面に落ちたのは、ふたつの灰色の塊だった。その塊が、ふたつ同時に立ち上がる。それぞれが持つ、二本の足で。

人間だった。どう見ても。

だが同時に、人間ではなかった。二体の顔は全く同じで、その目はただの孔――徘徊者の感覚器と呼ばれているものと同じ、ただの黒い孔だった。視線のわからないその人間モドキが歩き出す。自分たちと同じ服装を纏っている、ダルゴナ警備隊員たちに向かって。

「撃て！　近寄らせるな！」

アバルトの指示で警備隊員たちがいっせいに狙いを変えて発砲する。だが何発もの銃弾が命中しているはずなのに、人間モドキはその一切を意に介さず、無言で警備隊員たちに向かって進んでいく。頭や胸に次々に穴は開いたが、なんのダメージも受けていないようだった。

警備隊員が二体をただの一秒も足止めできずにいる間にも、ヒトガタは新たな人間モドキを生み落としていく。ヒトガタの体軀はその分縮小しているのだろうが、その差はもはや認識できない程度だった。

「下がれ！　距離をとれ！」

アバルトの指示で警備隊員たちがいっせいに退却を開始する。規律はまだ維持されていたが、多くの者がほぼ限界にあるのは明らかだった。自分たちと同じ格好をした、判で捺したように同じ顔の、目の代わりに孔だけがある人間モドキ。一分ごとに増え続ける銃弾すら効かないそれらが、黙々と自分たちに向かってくる。全員が恐慌に陥る一歩手前だった。

ヒトガタの思惑は明らかだった。もし生み出されたのが徘徊者のような黒ずくめのゴーレムだったなら、警備隊員たちはここまで動揺しなかっただろう。かつて自分と肩を並べていた者たちが、共に働き言葉を交わし、もしかしたら友人であったかもしれない者たちが、個性をはぎ取られた揚げ句に甦らされ、ヒトガタという怪物に使役されているのだ。自己も個性も失ったかつての知己の姿を、自分もそうなりうるという可能性を目の当たりにして、なお冷静でいられる人間は決して多くはない。

ヒトガタは相手に影響を及ぼすことを計算して行動している。かつてクオンゼィが部下の名を敢えて呼び、近しさを演出して人心を掌握していたときのように、とリンディは思った。

やつは今、この状況を楽しんでいるのだ。徘徊者が食事か何かのように吸収していくのとは全く違う。ヒトガタは、己の力で人間を弄ぶことに悦びを感じている。

リンディの腹の底が、ヒトガタに対する怒りで熱くなる。

その怒りが、拡散しそうになる意識、世界のあらゆる場所に向かっていきそうになる視線を、リンディの内側に留めてくれた。

考えろ。考えろ。考えろ。

このままじゃダメだ、全員やられてしまう。ここにいる人間だけじゃなく、ウィンズテイルのみんなも、それ以外の町の人間も全て。

ヒトガタは意識だけじゃない、知識がある、だから生半可な罠(わな)は効かないだろう。僕らのことも、ウィンズテイルのことだってよく知ってるはずだ、だってヒトガタは最初にイブスランを取り込んで、その知識を──。

イブスラン。

その名が、リンディの記憶を呼び起こした。

あいつは、ガンディットさんの記憶機體を奪って、メイリーンに昔の武器を再生させて、でもそれだけでは満足しなくて、それで、それで──。

「ニー!」

不意に上げたリンディの声に、答のない話し合いを続けていた四人がいっせいにリンディを振り返った。

「どうしたリンディ、いきなり――」

リンディの目を見たニーモティカの言葉が途切れる。

「僕と一緒に来て欲しいんだ」

「――どこに」

リンディの気迫に押されつつ発せられたニーモティカの問いに、リンディはきっぱりと答えた。

「ヒトガタのところに」

「リンディ！」

「どうして!?」

ロブとメイリーンが悲鳴のような声を上げる。だがリンディはニーモティカの目を見つめたまま、続けた。

「僕とニーで、あいつを円屋根まで誘導する。そうすれば」

はっとした表情を浮かべたニーモティカが、リンディの腕を摑むや強く引く。思わずよろけたリンディのうなじが、四人の目前に露になった。

「光ってる」

目を見開いたメイリーンが言う。

「前に見たときよりは弱いけど、でも」

「そういうことかい」

ニーモティカの表情は、見ていて怖くなるほど張りつめたものだった。

「化け物に化け物をぶつけようってことか。でもね、こっちの思惑通りにことが運ぶかはわからないよ。なんせ相手は――」

「うまくいかないかもしれないのはわかってる」

リンディはきっぱりと言った。

「だけど、少なくとも時間は稼げる。そうすれば」

「いくらなんでも危険過ぎる、そんなことをやらせるわけには」

ロブの言葉を、ニーモティカが手を上げて止めた。

「どれほど危なかったとしても、他に道がないならやるしかない。そうじゃなきゃ時間の問題でどのみち全滅だ。だろ？」

「それはそうかもしれませんが、しかし」

「やろう」

口を挟んだのは、それまで黙っていたユーゴだった。

「道を拓くには進むしかない」

「ユーゴ――」

「僕だけじゃできないんだ。でも」

ユーゴの言葉に力を得たリンディが、ロブの言葉を遮って言った。

「《這いずり》のときみたいにみんなで力を合わせれば、きっとまた、乗り越えられると思う」

「わたしもやります」

きっぱりと言ったのは、メイリーンだった。

「やれることがあるなら、なんだって。逃げたりなんか、絶対にしません」

「あたしは言うまでもないね。てことは――」

全員の視線を受けてもしばらく無言で抵抗していたロブだったが、やがて大きく息を吐いて、わかりましたよ、と言った。

「やるぞ」

寸前まで浮かんでいた迷いの表情は、もうどこにもなかった。リーダーの顔になったロブの目が、四人を順に見回していく。

「ウィンズテイルを護る。そして、生き延びるんだ」

リンディは力強く頷いた。誰よりも自分自身を鼓舞するために。

21

「危険過ぎます」

話を聞いたデハイアは、開口一番そう言った。

「おふたりが、ではありません。いやもちろんおふたりも危険ですが、それ以上に世界全体が危険に晒される可能性が高い。ヒトガタは取り込んだ砕片を素材として、自分が知っているものを任意に生成できると考えるべきです。そんな相手の前に、ニーモティカさんが姿を現したら」

「あたしを吸収しようとするだろうね」

わかってるさ、とニーモティカが応える。

「イブスランは機體に転写したあたしの記憶をメイリーンに与えようとした。それがあれば再生できるものが増えるからだ。当然あいつもそれはわかっているだろう。あたしが近づくのを、ただ黙って見ているはずがない」

「それがわかってるのになぜ」

すぐ近くで爆発音が鳴り響き、三人は反射的に首を竦めた。皮肉な話だが、間近で続く爆音や振動のお陰で、リンディは拡散しそうな意識を辛うじて自分自身に留められている。

ヒトガタが生み出し続けている人間モドキの進行を、警備隊は爆薬で地面を吹き飛ばすことでなんとか阻んでいた。爆薬は人間モドキにも有効で、吹き飛ばされ身体の一部を欠損した人間モドキは進行をやめるか、這い進むだけになって速度を落としている。だがこの状況がいつまでも続かないのは明らかだった。

そもそも爆薬は《這いずり》を塹壕に引き込むために用意されたもので、残量は既にごく僅かとなっている。こちらにも砕片はあるから、ダイナマイトとデハイアが呼んだ爆薬や弾丸をメイリーンが再生すること自体は可能だが、ヒトガタが砕片を吸収して人間モドキを生成する速度は明らかにメイリーンよりも速い。競争したところで最初から勝ち目がないのは明らかだった。

ヒトガタは既に、再生実験用に用意されていた砕片のほとんどを取り込み終え、体軀をますます肥大化させていた。その気になれば百体前後の人間モドキを生み出せるはずだがヒトガタはなぜかそうはせず、散発的に人間モドキを生み出しけしかけるだけで、それ以外の武器の生成も、自分自身による攻撃も行おうとはしなかった。

「ヒトガタはいま、意図的に停滞状況を作り出しています」

デハイアが言った。

「圧倒的優位を楽しんでいることもあるでしょうが、それ以上にこちらに手札を少しでも出させて、それを学習することが最大の目的でしょう。ですからこちらも、クオンゼイヤイブスランが知っているはずのダイナマイトや銃火器だけを使って足止めし、機会を待っているんです。確かに苦しい状況ですが——」

「待ちの姿勢じゃ機会を摑める可能性がほとんどないってのは、あんただってわかってるだろ」

ニーモティカがデハイアの言葉を遮った。

「やつが隙を見せたり打つ手をしくじったりするより先に、こっちの手札がなくなる率の方がよっぽど高い。このままじゃ負け戦だ」

「ニーが自分から姿を見せることは想定してないと思うんです」

残響が鼓膜を揺らし続ける中、リンディはデハイアの目を正面から見据えて言った。

「意表をつけば、僕らが主導権を握れる。だけど、それができるのは今だけです。イブスランはニーの記憶を転写した記憶機體を飲み込んでたから、つまり、その記憶機體はもう」

再び爆発音が鳴り響き、三人の耳を聾する。粉塵が体全体にへばりつき、音が聞こえにくくなった。リンディは声を張り上げたい気持ちを抑え、ふたりにだけ聞こえるように続ける。

「あいつの中に、取り込まれてしまってる」

「やつはまだそれに気づいていない」

ニーモティカが低い声で続けた。

「クオンゼィは、イブスランが記憶機體を飲んだところは見ていないからな。だがそれだっていつまでもつかはわからない。イブスランの記憶から自分の中にあたしの記憶を保存した機體があることを知ったら、やつはこの状況を放棄するだろうし、囮としてのあたしの価値も終わる」

確かにその通りですが、とデハイアは苦悶の表情を浮かべた。

「リスクがあまりにも大き過ぎる。おふたりを目にしたら、ヒトガタはこれまで抑制していた人間モドキの大量生成や直接攻撃を始めるに決まっています。我々にそれを凌ぐだけの物量は既にありません。主導権を握る前に、おふたりが取り込まれてヒトガタが万能になってしまう可能性の方が高い」

「心配いらない」

それまで黙っていたユーゴが、短く言った。

「おれたちが対処する」

ユーゴの言葉に、メイリーンが決意を込めた瞳で頷く。

「やつが自分自身で動き回らなけりゃいけない状況を作り出す」

ニーモティカがきっぱりと言った。

「そうすりゃヒトガタじゃなく、こっちが状況をある程度コントロールできるようになる。もちろん何から何まであたしらの思い通りってわけにはいかないだろう。だけど、少なくともある程度の時間は稼げるはずだ」

だから、とリンディが続けて言った。

「その間に、考え出してください。この状況を、解決するための方法を」

「百年ため込んできた智恵だろ」

ニーモティカがにっと笑う。

「今使わなくてどうすんだい」

「私たちのために、時間を稼ぐと？」

驚きを露にした表情のデハイアに、ニーモティカがへっ、と苦笑した。

「みんなのため、人間のため、世界のためだ。そのためにあんたらの頭を使わせてもらいたいんだよ。あんたらのことは正直いけ好かないけど、それでもそのおつむの中身は、それを諦めずに必死で繋いで護ってきた人間の業は、信用できると思ってるんだよ」

デハイアの名を祈るような声で呼んだリンディに、わかりました、とデハイアが決意を込めた表情で頷いた。

「でも、ひとつだけ約束してください。絶対に、やつに取り込まれないと」

何当たり前のこと言ってんだい、とニーモティカが言った。

「そんなつもり、毛ほどもないね」

ニーモティカの隣で、リンディも力強く頷いた。

周辺に存在した砕片の大半を取り込んだヒトガタの全高は十メートルを優に超え、体軀は歪に膨れ上がっていた。度重なるダイナマイトの爆発で周囲の地面は醜く抉れ、周辺に立ち並んでいた〈石英〉の柱はほとんどが折れ、砕けて散っている。だがヒトガタの身体に目立った損傷はないままだ。

既に十分以上、警備隊による攻撃は行われていない。ヒトガタは未だ状況を静観しているが、デハイアがこれ以上の攻撃手段を持っていない、もしくは出すつもりがないのだと判断したら、今の見た目上の均衡を一気に崩しにくるだろう。

「急ごう、ニー」

ああ、とニーモティカが頷く。

「でもリンディ、あんた本当に大丈夫なのかい」

指揮所の裏手には、まだ四頭の馬が繋がれたままになっていた。どの馬にも頭絡や鞍（くら）が装着され、すぐにでも乗ることができる状態になっている。

「ロブから教えてもらったから」

うまいとは到底言えないが、駆け足までならなんとかさせられる。だが全力で走る馬に乗ったのは、ロブがリンディとメイリーンを一緒に乗せたあの一度だけだ。ヒトガタから逃れるため、あの速度まで出さなければならないとなったら——。不安がないと言えば嘘になる。

だが他に選択肢はない。人間の足では徘徊者より速く走ることすらできないのだ。ヒトガタの移動速度は未だ不明だが（それを知られないようにすることも敢えて同じところに留まっている理由のひとつだろう、というのがデハイアの推測だった）、少なくとも徘徊者と同等以上だと想定しておくべきなのは明らかだ。だとしたら、今の人間が持つ移動手段でそれを超えられるのは馬しかない。

踏み台を持ってきて、先にニーモティカを乗せ、リンディも続いた。スムースにとはいかなかったが、再生される前の記憶を引き継いでいるのか馬はおとなしく待っていてくれている。手綱を取った。今さら心臓が早鐘のように鳴る。

「ニー、僕に摑まって、なるべく強く」

ニーモティカがリンディの胴に腕を回し、身体を押し付けてきた。躊躇っていたらできなくなる。行くぞ。

手綱を緩めて馬の腹を蹴ると、馬は素直に歩き始めた。向かう先は北、〈石英の森〉の奥。そこに通じる、馬が全力で走ることができる場所は限られており、選択肢はない。たとえその中央にヒトガタが待ちかまえていたとしても。

必要なのは、充分な助走距離だ。ヒトガタの間近を通過するとき、馬が最高速度を出せるように。そのためにリンディは、いったんヒトガタに背を向ける方向へと馬を向けた。

林立する半透明の柱の間に、馬は入り込んだ。馬が通れる充分な隙間があること、なるべく足場がいいこと、そして〈石英〉の柱によってヒトガタの視界を遮ること。そうした場所を選んで大回りし、馬にぎりぎりまでヒトガタの姿を見せないようにせねばならない。

馬は臆病な動物で、だから徘徊者と対峙するときに使われることはなかった。思うように制御することができなくなる可能性が高いからだ。ヒトガタを目にした馬がどう反応するかは予想つかないが、なんとかするしかない。

心臓の鼓動がいっそう速くなる。緊張で全身が硬くなりそうなのを、リンディは必死で堪えた。身体はなるべく柔らかく、馬の動きを邪魔しないように。ロブから教えてもらったことを思い出す。他のことを考えるな、自分の五感以外の情報に惑わされるな。今だけでいい、目の前のことに集中しろ。

立ち並んでいた〈石英〉の柱が途切れ、開けた場所に出た。ヒトガタの姿が見える。その足下に蠢（うごめ）く人間モドキも、未だ包囲を崩していないダルゴナ警備隊員たちの姿も。

ヒトガタまでの距離、およそ二百メートル。

馬はまだ動揺していない。距離があるせいか。

断続的に鳴っていた発砲の音が途切れた。微かに人が叫ぶ声が聞こえ、直後にダルゴナ警備隊員たちがいっせいに後退を開始する。ヒトガタの顔はデハイアに向けられたままで、リンディたちに気づいた様子はまだなかった。

よし。

「行くよ、ニー」

ニーモティカにというより、自分自身に向けてリンディは言った。手綱を引き、馬の向きを変える。ヒトガタへ。その脇を掠(かす)める道筋を狙って。

行け、と声を掛けて馬の腹を蹴る。速度が上がると同時に上下動が激しくなり、ニーモティカの腕に込められている力が強くなった。手綱を緩め、できるだけ馬の動きに身体を合わせる。息が苦しい。だが強烈な肉体感覚は、異界紋を通して入り込んでくる他の情報を押しのけてくれた。風を受けて涙が溢れ出す瞳を懸命に見開き、前方を睨む。ほぼ真南から北に向けて、百年の間に徘徊者の襲来によって自然と生まれた道の先を。

「行け、行け、行け！」

馬がいっそうスピードを上げる。人の全速力など遥かに及ばない速度で景色が流れていく。みるみるうちにヒトガタの姿が大きくなってくる。警備隊員を追ってのろのろと動き出していた人間モドキのうち何体かが、ようやく馬に気づいたらしく方向を変えるのがわかった。

ごう、と風が鳴る。

ヒトガタが大きく身体を捻りあげ、地面と空気が激しく震えた。気づいたのだ、馬に乗っているのが誰なのか。

それまで懸命に自分の肉体に集中させていた意識を、リンディは解放した。意識の外に押し出していた、認識しないように努力していた異界の視座が容赦なくリンディの五感に入り込んでくる。膨大な量の様々な視覚が、情報がいっせいにリンディへと押し寄せてきた。

ヒトガタが見ている。僕の背中にしがみついたニーモティカを。そして迷っている、躊躇っている。なぜ自分から身を晒しているのかと訝しみ、当然罠を疑い——どうする。

どうする、ヒトガタ。

があああ、とヒトガタが吠えた。

それまで唯一クオンゼィの面影を残していた頭部がいきなり膨れ上がる。巨大化し変形してもなお、その目も鼻も口もクオンゼィのままだった。だが呵々大笑するその口の中からは、到底人間のものとは思えない無数の歪な乱杭歯（らんぐいば）が覗いていた。

「はははははは！」

落雷かと思うほどの大音量に驚いた馬が前脚を上げ、いななく。リンディにできたのは、振り落とされないよう必死でしがみつくことだけだった。馬はそのまま全速力で走り出す。だがその進行方向には、ヒトガタの巨軀が屹立している。

「極上の獲物が自分から姿を現すとはな！」

自分の優位を微塵も疑わない声に呼応するかのように、ヒトガタの手脚が、胴体が、いっせいに細かく震え始める。振動はたちまち激しく大きくなり、ヒトガタの表皮がまるで激しく沸騰した湯面のように泡立った。ヒトガタの全身を覆い尽くしたぶくぶくとした泡はみるみるうちに膨張し、限界を迎えて弾けて割れた。その内側から同じ姿、同じ顔の人間モドキを生み出して。

「何かしかけるつもりか？　やってみろ、できるものならばな！」

膨れ上がっていたヒトガタの体軀が萎んでいく。だがそれと引き換えに生み出された大量の人間モドキは前進しつつ横に展開し、障壁となってリンディたちの行く手を阻もうとしていた。

22

激しく揺れる馬上で、それでもリンディは懸命に手綱を操作して馬に進むべき方向を指示し続けた。馬が走れる程度には地面が平坦で、かつ極力ヒトガタから離れている場所。だがリンディらがそこを狙うことは当然ヒトガタも予想している。生み出された人間モドキの大半が、リンディが通過しようとしているコース上に殺到していた。

その数は優に五十を超えている。

成長した馬の体重は七百キロを超え、その全速力は時速六十キロにも達する。ひとりの人間がその進行を止めることはほぼ不可能と言っていい。だが五十体の、自分の身を護ろうとしない人間モドキがいっせいに立ちはだかるとなれば話は別だ。

馬なしではヒトガタから逃げ切ることはできない。数に任せた人間モドキに馬を倒されても、馬がパニックを起こしてリンディたちを振り落としても、そこで負けが決まってしまう。回避できそうな場所は全て塞がれていた。接触まで十秒もない。ヒトガタの膨れ上がった顔がほくそ笑むのを、リンディは視覚ではない感覚で把握する。

だが直後、ヒトガタの表情が驚愕に歪んだ。

馬に最も近い場所まで接近していた人間モドキが、突然見えない拳で殴り飛ばされたかのように吹き飛んだのだ。

直後にもう一体、その後も二秒と間を開けず、立て続けに六体の人間モドキが倒れ込んだ。リンディは必死になって手綱を操り、視界が開けた方向に馬を向けようと試みる。だがその時にはもう、後続の人間モドキがそれまでののろのろした動きをかなぐり捨て、生まれた空隙を埋めようと走り出していた。

甲高い風切り音がリンディの耳朶を打つ。

その正体をリンディが認識したときにはもう、殺到しつつあった人間モドキは立て続けに六体、飛来した矢によって吹き飛ばされていた。

「次」

連装装置が空になった連弩を放り出したユーゴに、メイリーンが六本の矢が充塡された新たな連弩を手渡す。ユーゴは僅かに目を細めただけで、一瞬の躊躇もなく初撃を撃った。間髪入れず百メートル先で馬に向かって走り出そうとしていた人間モドキが頭を射貫かれ、横倒しに倒れ込む。その姿を確認するより先に、ユーゴは二本目の矢を撃ち終え、三本目の狙いを定めていた。

連装装置があるぶん連弩は通常のロングボウよりも重量があり、射出時の動きも大きくなるため狙った通りの場所を射貫くことが難しい。とは言え連弩の射程ぎりぎりとされる三百メートルの距離から徘徊者の〈核〉を狙い続けてきたユーゴにとっては、百メートル先の人間モドキを射貫くことだけならば、そう難しいことではなかった。

もし、人間モドキが一体だけならば。

リンディたちを狙って動き続ける人間モドキを連続して射続けなければならないとなると、話は全く違ってくる。一度に一体しか現れない徘徊者を相手にしてきたユーゴにとって、複数の連弩を使い続けることも、これほど大量の移動する相手を撃ち続けるのも初めての経験だった。しかも失敗は決して許されないのだ。ただ一度足止めをしくじるだけで、リンディたちには命の危険が及びかねないのだから。

ユーゴの表情に変化はなかった。だがその額には、薄く汗が浮き始めている。

それでも一本も外すことなく、ユーゴは十秒のうちに六本の矢を撃ち終えた。

「次」

「はいっ」

すぐさまユーゴに新たな連弩を手渡したメイリーンの顔からは血の気が失せ、落ちくぼんだ目が疲労の極にあることを示していた。限られた時間で六張の連弩と四十本の矢を再生したのだ。以前より身体が丈夫になったとは言え、再生が精神的な負担だけではなく、メイリーンの肉体を文字通り削っていることに違いはない。メイリーンもまた、いつ倒れても不思議ではない状態だった。

六張め――再生された最後の連弩を受け取ったユーゴが、一切無駄のない動きで構えに入る。だがそこから矢が放たれることはなかった。ユーゴが初撃を射る直前、もはやどうやっても追いつけないと諦めたのか、人間モドキたちが追跡をやめると同時にしゃがみ込んだからだ。姿勢を低くされれば狙いはつけづらくなるが、人間モドキたちも速くは動けなくなる。

無事ふたりを送り出すことができたのだ。

ユーゴとメイリーンの胸に、ほんの一瞬だけ安堵が湧き上がる。だがふたりはすぐに首を振ると、緩みかけた気持ちを引き締めなおした。

「おれは後を追う」

連弩を背に回したユーゴが言った。リンディとニーモティカが進む道を切り開いただけで仕事は終わらない。残った、そしてこれからも生成されるだろう人間モドキたちを、〈石英の森〉に身を隠して移動しつつ足止めせねばならない。少しでも時間を稼ごうと思ったら、休んでいられる余裕はなかった。

「メイリーンは戻れ」

「でも」

反駁しかけたメイリーンが、はっとした表情になると唇を噛んだ。ユーゴと手分けして連弩を運ぶためという理由でここまで一緒にやってきたが、今の残りはユーゴの背にある一張だけだ。砕片があれば新しい武器を再生することもできるが、〈石英の森〉の奥にそんなものがあろうはずもない。ここから先、非力な自分はむしろユーゴの足手まといにしかならないだろう。

俯き、わかりましたと泣きそうな声で言ったメイリーンの肩に、ユーゴの分厚い手のひらが置かれた。

「メイリーンの力はこのあとも必要になる」

「えっ」

反射的に顔を上げたメイリーンの目をまっすぐに見て、ユーゴが続けた。

「体力の回復に努めてくれ。おれは、少しでも時間を稼ぐ」

少しの間、メイリーンはユーゴの目を見つめたまま、黙っていた。色濃い疲労によって沈んでいた瞳に、強い意志の光が灯り始める。

わかりました、ともう一度メイリーンは応えた。疲れなど忘れたと言わんばかりの力強い声で。

「行こう」

「はいっ」

ユーゴは北へ、メイリーンは南へ。それぞれの役割を果たすために、移動を開始する。


そうしたふたりの行動を、そこに至るまでの過程を、自分に向けられていたふたりの視線を、その全てをリンディは人間のものとは異なる感覚で感じ取っていた。無事であることを、ふたりへの感謝を伝えたいと思い、だが現実のリンディは馬上で声を出すどころか口を開くことさえできなかった。できたのはただ、ふたりから与えられた力に背を押されるまま、〈石英の森〉の奥へと突き進んでいくことだけだった。

ありがとう、と胸の内でふたりに告げる。全てを終えたあと、同じ言葉を必ず自分の口で伝えるのだと決意しながら。

ヒトガタと人間モドキを後方に置き去りにし、ようやく落ち着きを取り戻した馬が速度を落とし始めるまで、五分ほどの時間が必要だった。

ヒトガタがふたりの追跡を諦めることはないだろう。だがその進行を妨害するため、ユーゴとメイリーンは再生した矢がある限りヒトガタを追跡し、距離をとったまま断続的に攻撃することになっていた。ヒトガタは連弩など気にもしないだろうが、人間モドキはそうはいかない。貫通してしまう銃弾より、刺さったままになる矢は人間モドキの行動を阻害するという点でより有効だった。移動速度や機動性が低下した人間モドキを使い続けようとすればヒトガタの移動も遅くなるだろうし、足手まといだとして切り捨てればリンディたちを狙う相手の数は減ることになる。決定打にはならないにしても、状況を幾らかでも改善することはできるはずだった。

いずれにせよ、第一段階は計画通り達成できたと考えていいだろう。力を入れ過ぎてガチガチに強張ってしまった全身の筋肉の痛みに耐えつつ、リンディは馬に声を掛け、手綱を引いた。馬は素直に従って、移動速度がようやく軽い駆け足程度までに落ち着く。

馬上はまだ揺れ続けている。だが全力疾走の時に比べたら、天国と地獄ほどの差だった。

「――死ぬかと思った」

背中から、疲弊しきったニーモティカの声が聞こえた。安堵しつつ振り向いたリンディの目が、ぐったりとリンディの身体にもたれかかるニーモティカと、その後方の景色を捉える。人間モドキの姿はもとより、それより大きいはずのヒトガタの影さえ見えなかった。

馬の速度と時間から考えると、ざっくり四キロ前後のリードを稼げたと考えてよさそうだった。ヒトガタの移動速度は人間より速い可能性が高いが、だとしてもこちらが馬で移動している限り、すぐに追いつかれるようなことにはならないだろう。

「このまま円屋根まで行くよ、ニー」

「また走るのかい⁉」

悲鳴めいたニーモティカの声に、大丈夫、とリンディは応えた。

「すごく距離を詰められるまでは、このままでいく。たぶん、そうそう追いつかれたりしないと思う」

「ユーゴたちが足止めしてくれてるからな。もっとも、ヒトガタにはそもそも追いつく気がないかもしれんが――どうせ、こっちの向かう先の見当はつけてるだろうし」

〈石英の森〉の地理や特性については、ヒトガタはクオンゼィ自身の知識として有しているはずだった。馬が走ることができる唯一の道が円屋根に続いていることは、当然理解しているだろう。

もちろん道を外れ、〈石英〉の柱が林立する環境に入り込むことはできる。だがそうなったら馬の進行速度はずっと遅くなり、思うように進むこともできなくなってしまう。そもそも〈石英の森〉は、どの方位も全て地平線まで〈石英〉の柱で埋め尽くされているのだ。ヒトガタに追いつかれる前に〈石英の森〉を抜けられる可能性はほぼゼロと言ってよかった。その上〈石英の森〉の中には馬や人間の食糧になるものはもちろん、コラルー川を除けば水源すら存在しない。身を隠し続けることも不可能なのだ。

つまり、北に向けて進んだ以上、リンディたちには円屋根に向かうか、どこかで反転して町に戻るか、〈石英の森〉に迷い込んでいずれ動けなくなるかの選択肢しかない。それを理解しているだろうヒトガタは、距離を開けられても急ぐこともなく余裕綽々でいるだろう。行き止まりか戻ってきたところで追いつくか、こちらが力尽きて倒れるか、そこまで待っていたぶればいいのだと。時間稼ぎであることも承知で、何を企んだところでどうということもないと高をくくっているのだろう。

それがこちらの狙いだ。

「行こう」

ニーモティカの言葉に、リンディは頷いた。

まもなく夕方になろうとしていた。

日没までは時間があり、陽射(ひざ)しは未だ充分に強い。だがそのぶん余計に、円屋根の下、分厚い半透明の屋根に遮られた一帯は、薄暗く沈み込んでいるように見えた。

目に映る光景は、《這いずり》と最初に対峙したときのままだった。全高三十メートルを超える半透明の巨大な柱が立ち並び、歪な円形の屋根を支えている。〈石英〉化した緩やかな地面のあちこちには、こんもりと盛り上がった小さな〈石英〉の塊が幾つもあった。かつてこの場に駐留拠点を設け、《這いずり》に吸収されたダルゴナ警備隊員たちや、彼ら彼女らが使っていたテントなどの成れの果てだ。

この先に、いる。

まだ完全には繋がっていない、だが感覚を共有しつつある相手の存在を、リンディは全身で感じ取った。自然と身体が震えだしそうになるのを、手綱を力いっぱい握りしめて押さえ込む。

緩やかに傾斜してすり鉢状になった地面の底。全高四十メートルに近い、円屋根に向かってそそり立つ巨大な黒一色の三角錐。異界と人間の世界を繋ぐ、人間の技術力では何でできているのかさえ解明できていない物体。

黒錐門。

それが鎮座しているのと同じ方向から、リンディは自分に、いや自分のうなじに刻まれた異界紋に向けられている、強い圧力を感じていた。

《這いずり》が黒錐門の内側から姿を現したときのことが、リンディの脳裏に甦る。その時の緊迫感を。《這いずり》の触手に貫かれ、警備隊員たちが次々に〈石英〉と化していった、あの時のことを。

心臓の鼓動が激しくなる。息が苦しい。

「リンディ、大丈夫か」

背後から異変を察知したニーモティカの声に、ん、と小さく頷くのがやっとだった。記憶が甦ったから、だけではない。緊張し恐れているからだけでもない。

予想していた通り、自分自身の感覚と、そうでないものとの区分けが難しくなってきていた。ニーモティカの声を聞いているのが自分の耳なのか、人間のものではない感覚器なのかの区別が咄嗟につけられない。自分に向けられた人間のものではない視線を感じるのと同時に、自分で自分を睨みつけているという感覚が重なり合って存在していた。

間違いない。この先にいる。

大気の粘度が急速に上がったかのようだった。物理的にさえ思える圧力を感じ、そしてその自分の姿を、円屋根の下に広がる光景を同時に俯瞰しながら、リンディは必死で自分の視点にしがみつき、馬の手綱を緩めた。行け、と言った自分の声が、耳と、耳ではない得体のしれない感覚器とに同時に伝わってくる。

馬が一歩前に進むごとに、その速度が遅くなったように感じられる。異様な雰囲気に圧された馬の足が遅くなっているのか、それとも近づくごとに増えていく情報をリンディが扱いきれなくなっているだけなのかの判別がつかない。

深海に沈んでいくようだ、とリンディは思った。一秒ごとにリンディという存在自体にかかる圧力が増していく。異界紋を通してリンディに流れ込んでくるリンディのものとは異なる感覚が、リンディの存在をじわじわと上書きしていく。自分が自分でなくなっていく恐怖に、リンディは必死で耐えた。

薄暗い円屋根の下に屹立する、黒錐門の姿が目に映った。

その姿は、リンディの記憶にあるものとは少しだけ異なっていた。黒い巨大な矢じりの根本近く、その表面が盛り上がっている。その形状は、まるで黒錐門に巨大な蛇かムカデが巻き付いてでもいるかのようだった。目が薄闇の暗さに慣れてくる。盛り上がりの表面に、大きさの異なる幾つもの孔が開いているのがわかる。

黒い孔。

違う。あれはただの孔じゃない。

そう認識するのと、その孔がいっせいに動き、リンディに向けられるのとが同時だった。寸前まで盛り上がった黒錐門だと思っていた部分がずるり、と這い動く。

　それは黒錐門ではなかった。

　既にこの世界に現れ、だがそのまま動くことなく黒錐門の表面に張り付き、待ちかまえていたのだ。やってくる獲物を。リンディを。

　徘徊者、216号。

　黒錐門から離れ地面に下り立った216号は、平たく長い身体と数えきれないほどの細く長い脚を持つ、蜘蛛(くも)とムカデを混ぜ合わせたかのような奇怪な姿をしていた。その胴体上に散在していた黒い孔がいっせいに蠢き移動し、先端部分へと集中する。徘徊者の感覚器、その全てが自分に向けられている。見られている。観察されている。人間とは違うやり方で、人間には捉えられない全てのことを。

　ニーモティカの名を呼んだはずなのに、その声は聞こえなかった。それまで耐えていた何重にも重なり合った感覚の波がいっせいにリンディの五感に襲いかかってくる。自分自身の肉体の輪郭すら把握することができない。

　全身が火で炙(あぶ)られているかのような熱を感じた。ただ一ヶ所、うなじの異界紋だけが全ての熱を吸い込んでいるかのように冷たい。

　来る。

　自分の背中にしがみついているニーモティカの、唇を噛みしめた顔が見えた。動物的な恐怖に襲われながらも、なお毅然(きぜん)と徘徊者へと向けられている瞳。ふたりを乗せた馬は、闇の中で蠢く徘徊者に気づいて恐慌をきたしかけていた。もう数秒後にそれが現実のものとなり、暴れ出した馬にふたりが振り落とされてしまう、その情景すらも見える。遠方から着実に接近しつつあるヒトガタの存在も、リンディたちの逃げ道を塞ぐため大きく展開しながら包囲し始めている人間モドキたちの所在も、少しでもその行動を妨害するために身を隠し、残された矢で攻撃を試みるユーゴの張りつめた表情も、追加の矢を再生するため走って町に戻ろうとしているメイリーンの血の気が失せた顔も、このあとその全員がどう移動しようとしているのかさえも、リンディにはわかった。デハイアやラミィ、ロブたちが現状を打開しようと必死で智恵を絞っているさまも、ダルゴナ警備隊員たちがアバルトの指示で態勢を立て直そうとしているのも、同時に起こっていることの全てが、意識を向けるまでもなくリンディの中に同時に存在する。

徘徊者が見ている世界——徘徊者の視座だ。

それを認識するのと同時にリンディは時間が静止していることを、いや時間が存在しないこと、時間ですら変更可能な軸のひとつになってしまっていることを認識する。

入り込んだ。

入り込んでしまったのだ。人間が人間ではいられなくなる場所に。徘徊者の世界に。

でも僕は——。

拡散していきそうな自分を必死になって繋ぎ止めながら、リンディは考え続ける。混濁する五感は既に自分というものを規定する枠にはなりえない。ただ考えること、思考することだけが自分を自分でいさせ続けられる唯一の手段であることを、リンディは知っていた。だがそれも長くは保たない、なぜならこの世界は人間がいられるような場所ではないのだから。時間も世界の枠組みも存在しない場所で、人間は人間であることを続けてはいられない。いずれ意識は拡散し、そうして――。

そうか、と不意にリンディは理解する。

これが〈石英〉にされるということ、その本質なんだ。

だから徘徊者に吸収されてしまった人間は、人間でいられなくなってしまうんだ。クオンゼィのように強烈な自我を持つものだけがそれに耐えられ、だがそれだって永遠には続かなかっただろう。ましてや徘徊者が異界に、そもそも人間が存在しない場所に還ってしまったら。

でも僕は、どれほど難しくてもこの世界に耐えなくちゃいけないんだ。どうやってもクオンゼィを、ヒトガタを止めなくちゃいけないんだ。僕は、僕はこんなところで消えてしまうわけには、絶対にいかないんだ。

思考を続ける自分自身を、リンディは懸命に意識し続けた。それでも思考は少しずつ散漫な、ゆっくりしたものになっていく。そうなるだろうことを予感しながらも、リンディ自身はそのことを感じとることができない。自分自身を規定する枠組みが少しずつ

少しずつ崩れていくことすら、リンディは認知することができなかった。ただ必死に意識を繋ぎ止め、崩れ続けていく思考をなんとか継続しようと試み、だがやがてそれすら――。


「なんでこんな無茶したの！」

力いっぱい叩かれた頬の痛みが、リンディの意識を引き戻した。

「いつだって護ってやれるわけじゃないんだよ、あなたと話すためだけでもたくさん準備しなくちゃいけないの、今回はぎりぎりでなんとか間に合ったけど、もしわたしの断片を徘徊者に混ぜ込むのに失敗してたらどうなってたと――」

大きく見開かれているのは、リンディと同じ黒い瞳だった。彫りの浅い、リンディによく似た顔立ちに、うなじの位置で一本にまとめられた艶のある黒髪が揺れている。

「――それでも」

やっとのことで、リンディは言葉を口にした。

「おかあさんなら、きっと助けてくれるって思ったんだ」

「だからって竜胆(りんどう)、あんたって子は、ほんとにもう……」

百十余年前に異界に呑まれて消えたリンディの母親、乙橋皐月の残滓は涙声でそう言うと、リンディの身体を抱きしめた。

23

冷たく乾いた空気には、僅かに埃っぽさが混じっていた。

ここがかつて本当に存在した場所なのか、それとも想像が作り上げただけの部屋なのかはわからない。おそらくは記憶と想像と実在の場所の印象が入り交じった混交物というところだろうが、リンディにとって何より肝心なのは、その部屋が有している雰囲気、五感に与えられる全てが、分かちがたく母親と結びついているということだった。

リンディの中に刻まれた、母親——乙橋皐月の像。それを外殻、フレームとして利用することで、異界に呑まれ千々に散逸した皐月はリンディの中で存在を再構成していた。

「おかあさん——前に会ったときと、少し違う気がする。部屋も何だか暗くて狭いし」

ハグから解放されたリンディの問いに、それはね、と皐月が応えた。

「準備する余裕があまりなかったから。急過ぎて時間が足りなかった、って思ってもらうのが近いかな。実際に足りなかったのは時間じゃないんだけど、竜胆にわかるように説明するのが難しいし、説明してる余裕もなさそうだから」

「言葉遣いが違うのもそのせい?」

「違う?」

皐月が眉を上げた。自分ではわかっていないらしい。

「竜胆が違うと言うのならそうなんだね。たぶん、前に竜胆と会ったときのわたしの断片の大半が、今のわたしにはないせいだと思う。前のわたしも、今のわたしも、どちらも百年以上前に存在した乙橋皐月という人間そのものじゃなくて、乙橋皐月が残したものの一部、その残滓でしかないからね。どうしても偏りが出ちゃう。でも」

皐月がリンディの頬をそっと撫でた。平手打ちされて少し赤みと熱を帯びた頬に、皐月のひんやりした手のひらの感触が心地いい。

「たとえ残された一部でも、それぞれ偏っていて違いがあったとしても、どれもあなたの母親であるのは本当のことなの。信じてくれる？」

リンディは迷わず頷いた。

「信じてるから、来たんだ。──ヒトガタを倒すために」

「ヒトガタ──フレームレスで自己再生した人格のことね。あの状態であれだけオリジナルの部分を維持してるだけでも驚異的だけど、一部とは言え徘徊者の機能まで取り込むなんて。理屈の上では不可能じゃないとは思っていたけど」

「放っておけないんだ」

皐月の言葉がどちらかというと感心しているように聞こえ、リンディは強い口調で訴えた。

「ヒトガタは世界を人間の手に取り戻すんじゃなく、自分だけのものにしようとしてる。

そんなことさせられない」

そうだね、と皐月は頷いた。

「異界に抗うために異界の力を利用するのはわたしたちの方針と同じで、しかもあの形態には異界に拮抗しうるポテンシャルがある。だけど、ここまでの状況を見ていてもやはり不安定過ぎる。わたしの経験でも、フレームレスで再生した人格は遅かれ早かれ崩壊していたからね。最後の状況は様々だけど――」

皐月の瞳が光を失い、暗くなった。

「竜胆やニーモティカにとって、望ましい状況になる可能性がほとんどないのは確かだと思う。だから、あなたがあれを倒したいというのはわかるよ――でも、わたしには、あなたたちの世界に直接影響を及ぼせるような力はないの」

わかってる、とリンディは応えた。皐月が直接何かできるのなら、リンディに異界紋を刻んだり、繭についての知識を与えたりはしなかったろうから。

「だから、その代わりに――できたらもう一度、繭の作り方を教えて欲しいんだ。おかあさんから教えてもらったのに、あのあと何度やっても繭が作れなくて、でも繭があったらヒトガタも止められるかもしれないから」

リンディの懇願に、皐月の表情が曇った。

「できないの？　僕のせい？　僕が覚えていられないから――」

　そうじゃない、と皐月が首を横に振った。

「あなたの中には今でも、差し込まれた繭についての情報はちゃんと残っている。だからそれをフレームとして使うことができれば、砕片から繭を再生すること自体はできるの。でもわたしは——あなたが前回会ったわたしは、繭の再生は一度しかできないという制限をかけた」

「どうして？」

「異界は、繭が存在していること自体は知っている。作り出したわたしが異界に呑まれたからね。だからそれが徘徊者を封じられることも把握している。ただ、異界の存在は人間のように考えたり推測したりはしない——だから、繭はひとつしかないと認識しているはず。でもそれが複数あると認知したら、さらにあなたとメイリーンによって生成可能だと把握されてしまったら」

「メイリーンが狙われる？」

「メイリーンとあなたとがね」

　リンディの言葉に、皐月が応えた。

「繭が徘徊者にとって障害になることは異界にもわかっているでしょう。でも、ひとつしかないと認識しているからこそ、まだ積極的な排除行動には繋がっていない。充分な準備が整う前に、繭が幾つでもあなたたちによって作り出せることが認識されてしまうと、今でも異界紋の力によって注視されているあなたとメイリーンに対する優先順位がさらに上昇することになる。そんな状況にはさせられない。今の時点であなたたちふたりを失うわけにはいかない。世界を人間の手に取り戻すためには、あなたたちの重要性を極力悟られないようにしたまま、準備を進めなければいけない。それがわたしたちが考えていた、世界を再生するための道筋」

「でもこのままじゃ、準備する前に僕はヒトガタに呑まれちゃう。そうなったら」

わかってる、と皐月は言い募るリンディを止めた。

「あなたたちはもう、遥か昔にわたしたちが引いた轍(わだち)から抜け出している。今の世界を生きている、あなたたち自身の考えと力とで。ここから先はもう、危険は承知であなたたちに任せるしかないでしょうね」

「じゃあ――」

期待に満ちたリンディの瞳に見つめられ、皐月は少し寂しげに微笑んだ。

「繭についての制限は解除します。でも、それがとても危険なことだというのはちゃんと覚えておいて。異界がどんな反応をするかはわからないし、それに対してわたしたちはなんの準備もできていない。対処はあなたたちに任せるしかない」

大丈夫だよ、とリンディは力強く頷いた。

「みんながいる。きっとなんとかできる」

「そう──」

リンディを見つめる皐月の目が、優しげに細められた。

「大きくなったんだね、竜胆」

「前に会ったときもそう言ってたよ」

身体のことだけじゃないよ、と笑った皐月はすぐに表情を引き締めた。

「でも竜胆、わかってる？　繭を作り出せるようになったとしても、今のあなたの状況にすぐは対処できないのよ。メイリーンは傍にいないし、砕片だってない。繭を生成して仕掛けるにしても──」

「わかってる」

決意のこもった声でリンディは言った。

「だから、時間を作るためにもうひとつ教えて欲しいんだ、やり方を」

「やり方？」

リンディは皐月の目をまっすぐ、正面から見て続けた。

「《這いずり》はニーの記憶を写した機體を吸収して、そこから記憶や知識を取り込んでた。ヒトガタも他の人間の記憶や知識を吸収して、それを自分のものにしてる。つまり徘徊者は、人間の知識や記憶を取り込んで、それを理解することができる。人間とそっくり同じじゃないかもしれないけど」

皐月は肯定も否定もせず、それで？　とだけ促した。

「それなら、間接的に伝えることができると思うんだ。ヒトガタのことを、あいつが徘徊者を倒して世界を異界から取り戻そうとしてることや、徘徊者と同じ力を持っていることを」

少しの沈黙のあと、皐月はゆっくりと言った。

「自分が何を言ってるかわかってる？」

うん、と大きく頷く。

「僕の記憶と知識を、徘徊者に、２１６号に教えたい」

「できなくはない。でもそれは――竜胆、一部だけとは言っても、あなたが徘徊者に取り込まれるということなんだよ」

「そうだと思ってた」

むしろほっとしながら、リンディは応えた。

「最悪、全部――僕丸ごとじゃないとできないかもって思ってたんだ。そうじゃないなら――一部だけで済むんなら、それよりずっといいよ」

「徘徊者が期待通りに反応してくれるかもわからないよ」

それでもいい、とリンディは言った。

「どんな結果になるかわからなくても、自分にできることをやりたいんだ。おかあさんが僕にしてくれたみたいに」

皐月は少しの間無言のまま、リンディの顔をじっと見つめていた。

やがて小さな声で、あんたって子は、と呟くように言って、皐月はリンディをもう一度抱きしめた。

24

「リンディ！」

誰かの叫びが鼓膜を揺らしている。その言葉が意味しているのが自分の名であることを理解するまで、数秒の時間が必要だった。瞳がのろのろと焦点を合わせ、ぼやけていた声の主、その輪郭が明瞭になってくる。ニー……ニーだ。怒ってるような怖い顔で、僕の胸を叩いて叫んでる。いつも寝癖がついたようになっているプラチナブロンドが乱れてぐちゃぐちゃだ。どうして——と思ったところでリンディは、自分の身体にかかっている重力に気がついた。倒れてるのか、僕は。

自分の身体を認識すると同時に、自分の意識が肉体という枠の中に収まっているという実感が戻ってきた。意識がどこまでも広がっていくような感覚がない——帰ってきた、切り離されたのだ。徘徊者の視座から、皐月によって。

同時にリンディは、この状態がどれだけ維持できるかわからないと言われたことを思い出す。皐月の力が効力を発している間に、徘徊者と距離をとるなり身を隠すなりして相手の認識の外に出なければならない。このままではいずれまた、徘徊者の見ている世界に取り込まれてしまうことになる。

「大丈夫かリンディ、怪我は、意識は」

「――大丈夫」

言葉に出した途端、全身に痛みが走った。特に背中がひどい。

歯を食いしばって身体を起こした。ニーモティカに支えられ、円屋根を支えている〈石英〉の柱の一本に背中を預けた。痛みを堪えつつ周囲を見回すと、自分たちがいるのが円屋根の外縁部であることがわかる。以前、ニーモティカとメイリーンが連れ込まれたテントがあったあたりだ。背後にちらと見えた黒錐門までの距離は、およそ三百メートル。

おかしい、さっきはもっと近くまで進んでいたはずなのに。それに馬は？　馬はいったいどこに行ったんだ。あれからどれだけ時間が経ってる？　あれからいったい何が――。

記憶がうまく繋がらない。相手の視座に取り込まれる前に目にした、徘徊者２１６号の奇怪な姿は思い出せた。だがその前後の記憶や皐月と交わした会話には、虫に喰われたように幾つもの穴が開いている。忘れたのとは違う、まるで記憶と経験を奪われてしまったかのような違和感があった。

「僕は、いったいどうして、馬は」

「徘徊者がいきなり動いて、それに馬が驚いたんだ」

　ニーモティカがいつになく低い声で言った。

「振り落とされそうになってもあんたは何も反応しないし、慌ててしがみついて一緒に滑り下りたんだよ。下りたっていうか、落ちたって言った方が正確かもしれないけど」

「落ちたって、ニー、怪我は」

　今さらなに言ってんだ、とニーモティカが呆れ顔になった。

「あんたが下敷きになったからあたしはなんてことない。それよりあんただ、馬がそのまま走り出したもんで、慌ててあんたの身体引きずってここまで持ってきたんだけど、頭打ってたらどうしようと思ってほんと冷や冷やしたよ」

「ニーが、僕を、ここまで？」

「火事場の馬鹿力ってやつだ。もう二度とごめんだね。——で、何があったかはわかったね」

　ニーモティカの表情から余裕が消える。リンディは小さく、ん、と応えた。

「じゃあ現状だ。馬は逃げちまってもうどこにいるかわからない。徘徊者はあたしらがここまで来る間にどっか行っちまった。追いかけてくると覚悟してたんだけど、どういうわけか来てない。ヒトガタは」

ニーモティカが言いかけたその時、激しい犬の吠え声が響いた。円屋根と〈石英〉の柱のせいで正確な距離や方角はわからないが、それほど遠くとは思えない。

「コウガ⁉」

思わず叫びそうになったリンディの口を、小さな手が塞ぐ。ニーモティカは耳元に口を寄せ、そうだよ、と囁くように言った。

「人間モドキが来てるのを、コウガが追い払おうとしてるんだ」

「ロブやユーゴも？」

「いや、コウガだけだ。たぶんロブの指示だろう。コウガなら、あたしらに追いついて助けになれると考えたんだ」

「でも——人間モドキが来てるってことは」

ああ、とニーモティカが言った。

「ヒトガタももう来てるはずだ。だが姿は見てない。どっかその辺に隠れて、けしかけた人間モドキにあたしらがあぶり出されてくるのを待ってるんだろうさ」

今のところ、それはコウガによって阻まれている。だが人間モドキが全部で何体残っているかはわからないし、コウガ一匹で全ての足止めをすることもできないだろう。それがわかっているからヒトガタは焦りもせず待っているのだ。追い込まれていくリンディたちの姿を愉(たの)しみつつ。

「時間切れになる前に、ノルヤナートの連中がなんか思いついてくれりゃいいんだけど」

そう言うニーモティカの声に、期待の色は微塵も感じられなかった。

「馬がいればもうちょっと時間稼ぎができたかもしれないのにね。徘徊者もヒトガタや人間モドキに気づいて警戒してんのか、姿を消しちまったし……うまくいけば共倒れにできるかも、って考えてたんだろ？」

「それは——そう、だと思うけど」

リンディは再び違和感を覚える。ニーモティカが言った通り、ヒトガタと徘徊者を鉢合わせさせようと考えていたのは確かだ。だがそれだけだったろうか。ただ単に同じ場所に集めるだけじゃなく、他に何か考えていたことがあったような。

「ま、まだ可能性はなくなったわけじゃない。ヒトガタはあたし、徘徊者はあんたを狙ってるはずだ。うまい具合にやつらを誘導できれば」

押し殺されたニーモティカの言葉を遮って、コウガの激しい吠え声がした。それも驚くほど間近で。リンディは反射的に身体を跳ね起こす。背中や腰、全身の筋肉が悲鳴を上げたが気にする余裕はなかった。起きた勢いのままニーモティカを抱きかかえ、一足飛びに柱の陰から走り出る。

直後、寸前までニーモティカがしゃがみ込んでいた場所に人間モドキが倒れ込んだ。その片足に嚙みついたコウガが全身を横回転させ、人間モドキのバランスを喪失させたのだ。

「コウガ！」

リンディの声にコウガはさっと人間モドキから離れ、いったんバックステップで距離をとってからリンディの元へと走り寄った。

「回り込んでやがったのか！」

悪態をつくニーモティカの手を取り、リンディは走り出した。〈石英〉の柱の陰に隠れていた人間モドキがいっせいに姿を現しているのが視界の端に映る。数は少なく見ても五体以上。いくらコウガでも一度に対処しきれる数ではない。

人間モドキの姿が見えないと思う方向に向かってリンディは走った。陽が落ちつつあるためだろう、明度の落ちた円屋根の下は何もかもが見えにくくなっていた。手を繫いだニーモティカは精一杯目を見開き、柱の陰を警戒しつつその隙間を抜けていく。リンディイカ、耳を立てたコウガがそれに続いた。

薄暗い円屋根の下、〈石英〉の柱の陰にちらちらと動く影が見える。それが本当に人間モドキの影なのか、目の錯覚なのか、あるいは警戒心や恐怖心が見せている幻なのかの判別がつかない。嫌な予感がする。何か見落としている——いや。

まずいと思った直後、身体を強く引かれバランスが崩れた。ニーモティカが繋いだ手を力いっぱい引っ張ったのだ。倒れ込みつつ身体を捩じると、ニーモティカがリンディの腕を抱えるようにして地面に身体を投げ出しているのが見えた。

なぜ、と思ったときには答が出ていた。

ふたりの周囲で、〈石英〉の柱の表面がいっせいに砕けて飛んだ。直前までリンディの頭があった、その高さだけが。

コウガが一瞬でふたりを追い抜き、頭を低くして唸る。その先、ひときわ太い〈石英〉の柱の陰から、巨大で歪な人間型の影がのっそりと姿を現した。

ヒトガタだ。

最後にリンディが目にしたときから、さらに姿を変えている。多数の人間モドキを生成した代償として、その全高は三メートルほどにまで縮小していた。ケンタウロスに似た形状だった下半身も後肢部分が退化したように小さくなり、巨人の下半身に寸法の合わない馬の後ろ脚を無理やり貼り付けでもしたかのようだ。

その一方で、肥大化した頭部だけは変わっていなかった。樽のような上半身の上に、それとほぼ同じ大きさの頭部が載っている。明度の落ちた光の中で半ばシルエットのように見えるその姿は、バランスを失して歪である以上に、吐き気を催すほど醜悪だった。

「避(よ)けたか。やるな」

外見は人間から遠く離れているにも拘わらず、声だけはクオンゼィのままだった。身体に見合った大きさの音量で発せられたその声色には、残念がったり悔しがったりしている気配は微塵も含まれていない。それどころか現状を楽しみ、面白がっていることが如実に伝わってくる。

「昔、この世界がまだ人間のものだったころには、犬に獲物となる野生動物を追い立てさせ、姿を現したところを待ちかまえていた人間が仕留める、という猟が行われていたらしいな。滅多にない機会だからと試してみたが、さすがに人間、野生動物よりは賢いか。それとも」

ずっ、とヒトガタの丸太のように太い右脚が前に出た。立ち上がることもできないいま、リンディはニーモティカをかばいつつ後ろに下がる。

「百二十年以上生きてきた人間には、年をとらない以外に何か特別な能力でもあるのか？　おれが指を伸ばす前に反応していただろう」

「気配がダダ漏れなんだよ、デカブツ」

ニーモティカが声を張り上げて言った。大声で誤魔化してはいたが、抑えきれない恐怖で僅かに声が震えている。ヒトガタを睨みつけているニーモティカの瞳が震え、唇からは血の気が失せているのがリンディにはわかった。

「あんな雑なやり方であたしらをなんとかできると思ったら大間違いさ」

「威勢がいいな、ウィンズテイルの魔女」

　ヒトガタが含み笑いを漏らす。

「負けん気の強い人間は嫌いじゃない——そういうやつの方が使えることが多かったからな。だが、根拠もなく強がるのは惨めに過ぎるぞ。それとも、この期に及んでなお時間稼ぎか？　ノルヤナートの頭でっかちどもがなんとかしてくれるとでも？」

「あたしらの手の内がそれだけしかないとでも？」

　嘲るように、ニーモティカがヒトガタを煽る。恐怖心を抑えるために爪が食い込むほど固く握りしめた拳を、ヒトガタに見られないようにリンディの身体で隠していた。それでも震えが止められずにいるニーモティカの姿に、リンディは必死で思考を巡らせる。なんとかしなければ。ニーが相手をしてくれているこの間に、なんでもいい、この窮地を抜け出す方法を考えなければ。

　ふっ、と脳裏に何かが差し込まれる感覚があった。全身が急速に膨れ上がったように感じる。これは。

「こっちはね、百年以上も徘徊者どもを相手取って生き残ってきたんだよ。あんたなんざ人間相手に威張り腐ってただけだろ、あんまり舐めてかからない方がいいんじゃないのかい」

　なるほど、とヒトガタは応じた。いかにも感心したように、だが内心嗤っていることが明らかな口調で。

「それは恐ろしいことだな。だがこちらもちょうど、ただの鬼ごっこには飽きてきたところだったんだ。徘徊者相手に百年以上生き延びてきたという実力、是非見せてもらいたい。お返しにこちらからも警告しておくが、奥の手があるのなら最初から出し惜しみせず出した方がいいぞ」

「ものを知らないようだから教えといてやる。最初から出すのは奥の手とは言わないんだよ」

ニーモティカの言葉を、ヒトガタはふふん、と鼻で笑った。

「順番に出せるほどの手があればいいな、ウィンズテイルの魔女。だがそこまで大見得を切るのなら、最初から奥の手を出さざるを得ないようにしてやろう」

ヒトガタが脚と大差ない太さの、丸太のような両腕を持ち上げた。その先端から左右五本ずつ生えている触手が、のたうちながらずるずると伸びていく。

「お前の大事な小僧の手足、一本ずつ順にもいでいってやる。それが終わったら耳、鼻、それから目だ。いつまではったりを言っていられるか、見物だな」

ひゅん、と触手が振り上げられる。だがリンディはその様子を見てはいなかった。じりじりとたぐり寄せていた足で一気に地面を蹴り、走り出す。今まさに自分に襲いかかろうとしているヒトガタに向かって、一直線に。

「コウガ、ニーを護れ！」

ハンドサインを目にしたコウガが、躊躇うことなくバックステップで距離をとって反転、ニーモティカに向かう。それと入れ替わるように低い姿勢で進むリンディの身体は、十数メートルの距離を数秒で詰めた。

「やけになったか、小僧――」

空を切った触手をヒトガタが巻き戻すのが見える。それが再びリンディに向けて放たれるまで、猶予は長く見積もっても四秒。ニーモティカに向かって走ったコウガの純白の身体が、背後から接近してきていた人間モドキに喰らいついて引き倒すのが見える。その背後からさらに迫ってくる数体の人間モドキの位置も、リンディを狙いつつヒトガタが抜け目なく人間モドキに指示を出していることもわかる。その全てが、一秒ごとに変化していく世界の断面が、リンディには詳細かつ緻密に把握できていた。

自分のうなじに刻まれた異界紋が発光していることを、リンディは自分のものではない感覚で確信する。

皐月の力が消え、再び繋がりつつあるのだ。

そして、それが意味するのは。

腕も足も背中も腰も、全身が痛みに悲鳴を上げている。その全ての感覚を、リンディは自分のものではない視座の中に紛れ込ませることで強引に無視した。時間の流れが急激に遅くなったかのように思える中、上下左右から襲いかかってくるヒトガタの十本の指、うねる触手の動きを先読みしかいくぐり、縮んだとは言えリンディからすればなお見上げるほどの身体の、その丸太のような二本の脚の間に滑り込む。

「リンディ！」

「このガキ――」

走り出したニーモティカの絶望的な表情が、ニーモティカに襲いかかろうとしている人間モドキを阻むコウガの躍動が、遠巻きにニーモティカとコウガを取り囲む人間モドキたちの姿が、それまでの余裕をかなぐり捨て感情を露にしたヒトガタの歪な憤怒の表情が、等しいものとして同時に認識できる。これ以上逃げようのないリンディ自身の姿も、必死で走っているユーゴの歯を食いしばった表情も、円屋根に向けて急行しているロブやデハイアの様子も、その他の全世界のどんな詳細も――それらの全てを把握しているもの、その存在も。

見ている――世界の全てを。

遥か上から。

時間は細分化されたようにゆるゆると進んでいく。ヒトガタはまだ悪罵を最後まで言い終えてはいない――言い終えることはできない。

その場にいた者全ての視界が、なんの予告もなくいきなり闇に沈んだ。何が起きたのか、ヒトガタやニーモティカには考える余裕すらなかっただろう。

次の瞬間。

巨岩と巨岩がぶつかり合うのにも似た、耳を聾する轟音が響き渡った。半透明と黒が入り交じった粉塵が中空を満たし、ヒトガタが反射的に発した、言葉にならない怒声が続く。

リンディの真上に屹立しているヒトガタの巨体がぐらりと揺れ、二本の太い前脚と退化した後脚がたたらを踏んで上半身を支える。唯一無二の好機を、リンディは逃さなかった。一瞬も躊躇うことなく身体を捻り、地を蹴って走り出す。ニーモティカのいる方向へ。

ヒトガタの触手は追ってこない。追ってこないことはわかっていた。

ヒトガタの触手は——その全身は今、張り付いていた円屋根から音もなく舞い下りた徘徊者、２１６号の無数の長い脚に絡めとられていたからだ。

第五章　異界紋

25

自分がわかる、だからまだ大丈夫、大丈夫だ。

リンディは何度も繰り返し確かめ、その都度必死になって自分に言い聞かせた。

徘徊者の視座がもたらす情報はリンディ自身の五感と混じりあってはいたが、区別することは可能だった。少しでも気を許せばたちまち自分の立っている場所、姿勢すらわからなくなってしまいそうだったが、肉体が受け取っている刺激に意識を集中してなんとか混乱を防ぎ、自分自身を制御できていた。

完全に取り込まれずに済んでいるのは、蜘蛛とムカデを混ぜ合わせたような形態の徘徊者、２１６号がヒトガタの排除を優先しているからだ。流れ込んでくる徘徊者の視座から、リンディはそれを感じとっていた。なぜ徘徊者がリンディを後回しにしたのかはわからないが、理由を考えている余裕はなかった。偶然でも皐月が何かしてくれた結果であっても、この状況を最大限に生かさねばならない。

「ニー！」

ニーモティカに駆け寄り、その手を取って立ち上がらせる。皮膚を伝わってくるニーモティカの体温が、その重みがリンディの意識をリンディの肉体に留めてくれる。

「逃げよう、今のうちだ」

前には徘徊者とヒトガタ、後ろには人間モドキの群れが迫っている。ニーモティカの手を引いたリンディは左側、幾らかでも明るさを感じる方向に駆け出した。馬車を使ったロブたちが円屋根に向かって来ていることはわかっていた。とにかくまずそこに合流するべきだ。

コウガの名を呼ぶ。三体目の人間モドキの足を砕いていたコウガは反転し、あっという間にリンディたちに追いついた。〈石英〉の柱の陰を選び、ヒトガタや人間モドキの視線を少しでも遮るようにして走るリンディの隣を、コウガが前後左右を警戒しつつ並走する。

追ってこようとした人間モドキたちは、すぐに足を止めると戸惑ったように立ち竦んでいた。コウガが移動不能にしたものだけでなく、特に損傷が見られないものすらそうなっている。徘徊者の襲撃によってヒトガタからの指示が途絶えたからだろうか。

なんであれ唯一無二の好機なのは間違いなかった。馬を失った今、追いかけられてしまったら徘徊者はもちろんヒトガタにすら勝てる見込みはないのだ。

「おおおおおお！」

一秒ごとに明るさが失われていく円屋根の下に、内臓を揺るがすようなヒトガタの叫び声が響き渡った。反射的に振り向きたくなる衝動を抑え、リンディは異界紋を通じて流れ込んでくる徘徊者の感覚からヒトガタの状況を把握する。その身体のほとんどは216号が持つ無数の脚によって覆い隠されており、ヒトガタはなんとかしてそこから抜け出ようともがいていた。

ヒトガタは太い両腕で押し潰されそうになっている頭を守りつつ、絡みついている216号の脚を引きちぎり、〈核〉を探し出して打ち抜こうとしている。216号は使える脚の全てを使い、数の力でヒトガタに対抗していた。今のところヒトガタは全身を網のように包み込んでいる216号から逃げ出すことができず、無数の脚の間に僅かな隙間を生じさせるので精一杯である一方、216号もそれ以上の攻撃を行えずにいる。

このまま拮抗していてくれ、とリンディは祈った。その間に少しでも距離を稼ぎ、可能ならばユーゴかロブたちと合流してニーモティカだけでも先に逃がしたい。そしてロブたちがもし武器を持ってきていれば、とリンディはヒトガタの姿、216号への対応を目にしたときに直感したことを思い起こす。あのときヒトガタは、確かに頭を守っていた。あれはつまり、頭に弱点があるってことなんじゃないだろうか。もちろん人間だった時の記憶に基づいた、反射に近い行動なだけかもしれない。でも徘徊者のように

〈核〉を持たない代わり、頭が弱点である可能性はゼロじゃない。それにたとえ反射だったとしても、あの反応を見る限り頭部への攻撃は嫌がるはずだ。それなら、ありったけの攻撃手段で頭を狙い続けていれば、あいつを足止めすることもできるかもしれない。

もちろん一番いいのは、このまま両方が共倒れになってくれることだった。２１６号が砕かれ、ヒトガタも動けなくなってくれれば——。

リンディの期待はだが、直後に裏切られることになった。

２１６号の脚の数本が、ヒトガタの力に負けて撓む。その僅かな隙をヒトガタは見逃さなかった。間髪入れず、２１６号の脚と脚の間に生まれた空間に力任せに指の一本を差し込む。直後その指は急激に伸張して触手化し、地を這って恐ろしい速度で進んだ。棒立ちになってヒトガタと２１６号の争いを見上げていた、人間モドキの群に向かって。

十体以上はいる人間モドキの胸を頭を四肢を、触手は泥に腕を差し込むがごとく容易く貫いていく。そして貫かれたと思った人間モドキたちの身体は、次の瞬間には消失していた。

回収しているのだ。

リンディの予測を裏付けるように、ヒトガタの体躯がはっきり判別できるほどの速度で膨らみ始めていた。物理的な膨張によってみるみるうちに216号の脚が上下左右に引き伸ばされていく。不利を悟ったのか216号は全身を拘束することを放棄、ヒトガタの下半身まで伸ばしていた脚を縮めて上半身、特に二本の腕を絡めとろうと試みた。

だがヒトガタの反応はその上をいった。

下半身が解放されるや前進し、躊躇うことなく216号ごと〈石英〉の柱に体当たりする。柱が悲鳴を上げて砕け、粉砕された〈石英〉が宙に舞う。円屋根は崩れこそしないものの、全体が小刻みに揺れて軋んだ。

ヒトガタは攻撃の手を緩めなかった。衝突の衝撃あるいは体軀の膨張によって生まれた拘束の隙間に二回りは太くなった腕を強引に差し込み、指のように伸ばした触手で逆に216号の脚を束のように摑み取った。そのまま強化された腕力に任せ、両腕を左右に大きく広げていく。

216号は脚の半数近くをヒトガタの両腕に巻き付け、その動きを阻もうと試みた。だが人間モドキを回収したヒトガタの方が単純な力では勝るらしく、腕を止めるには至らなかった。伸び切った216号の脚が次々と、限界を超えたゴムのようにちぎれ飛んでいく。

このままでは時間の問題で216号が砕かれてしまう。そうなったら——。

リンディの心に焦りが募る。ロブたちはかなり接近してはいたが、まだ円屋根には到着していない。あとほんの十数分、それだけの時間があれば合流できる場所まで来ているのに、その距離が果てしなく遠い。

リンディが考えている僅かな時間にも216号の脚は次々に失われ、ヒトガタの拘束はその度にいっそう緩んでいく。十分すらどう考えてももたない、あと二、三分がせいぜいだ。その間に何かできること、打てる手はないか。考えろ、行動しろ、せめて、せめてニーだけでも護るんだ。

そのニーモティカがいきなりリンディの腕を振りほどき、足を止めた。

「ニー⁉」

つんのめったリンディに背を向けて、ニーモティカが走り出す。逃げ出してきた方向、ヒトガタと216号を目指して。

「ダメだよニー、待って！」

リンディが走り始めるまでの僅かな時間に、ニーモティカが移動できたのは数メートルに過ぎない。だがその勢いのまま、ニーモティカは声を張り上げて叫んだ。

「クオンゼィ！」

両手足を精一杯に伸ばし、ニーモティカは怒鳴るように続ける。

「お前の勝ちだ、認めてやるよ！　奥の手まで耐えられちまっちゃどうしようもないよ、ほら！」

ニーモティカが何度も自分の胸を叩く。走って逃げてきた距離は約五十メートル、再び全高十メートル近くにまで達したヒトガタにとっては十歩にも満たない距離だろう。ましてやヒトガタには人間モドキを吸収してみせたあの触手がある。離れたといってもこの程度では気休めにすらならない。

声が届いたのか、それとも視界に捉えたのか。ヒトガタの身体が、意識がニーモティカに向けられる。

「あたしはここにいるぞ！　これ以上逃げも隠れもしない、もう息切れして走れないしな！　ほら！　吸収するなら吸収しろ、あたしの知識があればそんなやつどってことないだろ⁉　ほらやれよ、どうせやるならすぱっとやってくれ、それともどうした、そんな余力はもう残ってないとでも」

「おおおおおおおお」

ニーモティカの言葉は、ヒトガタの雄叫(おたけ)びで遮られた。耳を聾する大音量が鳴り響くと共に、ヒトガタは握りしめていた２１６号の脚を手放すやニーモティカに向けて両腕を差し出した。その先端、指のように見える十本の触手が急速に伸張する。一直線に、絶好の獲物を前にした毒蛇のように。

「ニー！」

絶望に襲われながらもリンディはニーモティカに駆け寄った。たとえ何もできないとしても、ただ黙って見ていられるわけがなかった。可能性はほとんどゼロでも、自分の身体を盾にすれば少しでもその時を先延ばしできるかもしれない。もしか、もしかしたら、なんとかして隙を見つけてニーを逃がして、そうしてあと数分、もうほんの少し、ロブたちが到着するまでの時間を稼ぐことができたとしたら。

リンディの意識はその時、全てニーモティカに向けられていた。徘徊者の視座から送り込まれてくる膨大な情報から世界の任意の断片を把握できるとしても、人間の意識しか持たないリンディには全てを同時に扱うことは不可能だった。

だからその時、ニーモティカのことしか見ず、ニーモティカをなんとかして救う方法しか考えていなかったリンディは、ヒトガタと２１６号に起きていることに即座に気づけなかった。

ヒトガタの両腕から解放された２１６号の脚は、元々の半分程度の数にまで減ってしまっていた。辛うじて残っていたその全てを、２１６号がヒトガタの頭へと一気に集中させる。

ごおおおお、と一瞬で視界を奪われたヒトガタが吠えた。その声は２１６号の脚と身体に押さえ込まれ、くぐもって響いた。胴体にあるはずの２１６号の〈核〉はヒトガタの顔面間近で露になっていたが、ヒトガタにはそれを攻撃する手段がなかった。２１６号を引き剝がそうにも、十本の触手全てはニーモティカに向けて伸ばしてしまっている。

ヒトガタは慌てて触手を縮小させ、216号の胴体を摑もうとした。

その間、僅か数秒。

ヒトガタの手が216号に触れる寸前、鼓膜が破れるほどの轟音が円屋根の下に鳴り響いた。巨大な岩石同士が衝突し、粉々に砕け散ったかのような音が。

ヒトガタの動きが止まる。

身動きできず、言葉を発することさえできないリンディとニーモティカの目の前でヒトガタの巨体がバランスを崩し、切り倒された巨木のように倒れてゆく。

地響きを立て、〈石英〉の柱数本を巻き込んでヒトガタの巨軀が地面に伏した。リンディとニーモティカが茫然と見つめる中、216号がヒトガタに張り付けていた脚をぎこちなく動かして移動を始める。既に半数程度に減ってしまっていた脚のうち、なんとか動かせているのは一割にも満たなかった。

ずるずると自分の身体を引きずるように216号が移動し、それまで隠されていたヒトガタの頭部が露になる。ニーモティカが息を吞んだ。リンディも、また。

寸前までヒトガタの頭部、巨大なクオンゼィの顔が載っていた場所にあったのは、握り潰されてヒトデのように変形し、全てのディテールを失った、ただの半透明の無機物の塊だった。

26

仰向けに倒れた、頭が潰れたヒトガタの巨軀はぴくりとも動かなかった。

死んだということなのか、それとも単に動けなくなっただけなのか、外見からだけでは判断がつかない。それどころか敢えてそうしているという可能性さえあった。216号やリンディたちの油断を誘うために。

いつまた動き始めるかもしれない、不意に襲いかかってくるかもしれない。その可能性がリンディとニーモティカの身体から自由な動きを奪っていた。ヒトガタと対峙し、吠えるように叫んでいたときの姿勢で凍りついているニーモティカに、リンディはヒトガタから目を離せないまま、じりじりと近づいていくことしかできない。

「ニー……ニー！」

大声を出すことは憚(はばか)られ、押し殺した、呼吸音と大差ない声で呼びかける。

「こっちに——後ろに、下がって！　今のうちに、少しでも」

ニーモティカがじりじりと、すり足で後退を始めた。反応してくれたことに安堵するリンディに、ニーモティカの緊迫した声が告げる。

「リンディ——見ろ、徘徊者が」

ヒトガタから離れた216号は、外観から想像する以上のダメージを受けているようだった。半分程度に減ってしまった脚も多くはまともに動かない様子で、ヒトガタから離れたときも立ち上がることすらできずにいた。

そのまま力尽きたようにじっとしていた216号が今、残った脚を〈石英〉の柱や地面の凹凸に絡め、《這いずり》のように身体を引きずり、再び移動し始めていた。

倒れたままのヒトガタに向かって。

216号もまたヒトガタの状態を疑い、とどめを刺すつもりなのかもしれないとリンディは思った。そうなればさらに時間が稼げる、その間にロブたちがここまで来てくれれば。這い進んでいるために216号の胸部にあるはずの〈核〉は確認できないが、鈍い動作しかできない今の状態なら打つ手があるかもしれない。少なくともあの移動速度であれば、人間が走って逃げたとしても追いつかれることは——。

216号はゆっくりと、だが止まることなく這い続け、そのままヒトガタの胴体によじ登ろうとする。移動速度はいっそうゆっくりになった。それほど216号は力を失っているのだ。

後ろに下がり続けていたニーモティカの身体がリンディと並んだ。ロブたちはまだ到着しない。216号が弱っているからか、リンディは自分の五感以外が伝えてくる情報をごくぼんやりとしか感じ取れなくなっていた。状況を把握できなくなってしまったことがリンディを焦らせる。

２１６号が何をしようとしているのかも、ヒトガタの状態も、ロブたちがどこまで来ているのかもわからない。どうすればいい。ヒトガタと２１６号に背を向けて逃げるべきだと思い、だが目の前の全てが擬態だったらという疑念が消えない。

コウガに殿を任せ、警戒を頼むことも考えたが姿が見当たらなかった。ニーモティカが立ち止まったときそちらに気を取られ過ぎて、コウガに指示を出さなかったことをリンディはようやく思い出す。走り続けただろうコウガは今ごろ、ロブたちと合流しているかもしれない。だとしたら最短距離でロブたちを案内してくるだろうし、このまま警戒を解かずに少しずつ距離をとっていくのがいいのか。それとも。

リンディが結論を出せず、じりじりと下がることしかできずにいる間に、２１６号はヒトガタの胴体に覆いかぶさることに成功していた。ヒトガタは微動だにしないままだ。このまま、２１６号と共に動かずにいてくれるのではないか――そんなリンディの希望を、２１６号はあっさりと裏切った。

自分の身体を固定する数本以外の全ての脚を、２１６号は円屋根に向けて高く掲げた。そのまま勢いをつけていっせいに振り下ろす。ヒトガタの胴体に向かって。

鉱物と鉱物がぶつかり合うような激しい音が続き、衝撃に耐えきれなかった２１６号の脚が千切れて飛んだ。リンディは咄嗟にニーモティカを引き倒し、上に覆いかぶさって地面に伏せる。鳴り響く轟音の中、頭を抱えて身体を硬くするので精一杯だった。

いつまでも終わらないように思えたが、実際には十数秒のことだったろう。ようやく音が止まった。

「ニー……大丈夫？」

ああ、とうつぶせに倒れているニーモティカがくぐもった声で応えた。

「何だったんださっきの――」

息を呑む気配にリンディも顔を上げ、そうして目の当たりにした光景に絶句した。

周辺一帯に、千切れ飛んだ216号の脚の一部が散乱している。だがふたりの視線を釘付けにしたのは、そんなものではなかった。

ヒトガタの巨軀が砕け、幾つもの断片に割れて散っている。そしてそれら断片のひとつひとつは、ヒトガタの身体や〈石英〉のような半透明ではなくなっていた。

一秒ごとに明度を失い、夜へと変わっていく視界の中でもはっきりとわかる。ただひとつも同じものがないその断片は、全てが異なる形状と色彩とを有していた。

砕片だった。

メイリーンによって再生される前の状態に――あの時使われた砕片に戻されたのだ、216号によって。

「死んだ……いや倒された、ってことなのか……？」

呟くように漏らしたニーモティカの言葉に、リンディは何も言えなかった。砕片になった以上、ヒトガタとして、少なくとも直前までの巨軀で活動することはもうできないだろう。確かにヒトガタは斃れたと言っていいのかもしれない。だがそれは、つまり目の前に突如として全高十メートル、樽のように膨れ上がった身体を有していたヒトガタを構成していた砕片が生じたということは――。

「起きてニー！」

まずい、と認識したときには、リンディの目はその危機を捉えていた。

「砕片を吸収するつもりだ、あれを全部取り込まれたら！」

這いつくばった216号の身体の下にあったはずの砕片、その大半が既に消え失せていた。それと置き換わるように、ほとんどが失われていた216号の脚が次々に新しく生まれ、伸び始めている。その脚のいずれもが、太さも長さも元あったものよりも遥かに上回っていることが暗い視界の中でもはっきりとわかった。

状況を一瞬で理解したニーモティカが立ち上がり、全力で走り出した。リンディも後に続く。コウガがいない以上、ニーモティカを殿にするわけにはいかない。いや、216号がまず狙うとしたら僕のはずで、それなら僕がわざと遅れてニーを先に行かせたら。

それなら。

覚悟を決めたリンディの耳に、コウガの吠え声が向かっている方向から聞こえた。一瞬幻聴かと思ったその声は、一秒ごとに明瞭に、同時に大きくなってくる。

「コウガ！」

救いを求めるように叫び、リンディは声が聞こえた方向に目を凝らした。闇に沈みつつある円屋根の下に、ぽつりと小さく純白の点が見える。闇の中に射す光のようなその姿は、恐ろしいほどの勢いで大きくなっていた。

「ここだコウガ！」

ニーモティカの高い声に、いたぞ！　と反応する声が遠くから聞こえた。ロブだ。同時に馬車の車輪が軋み、蹄（ひづめ）が〈石英〉で固まった地面を蹴る鈍い音が耳に届き始める。

「徘徊者が来る！」

咽（のど）が破けんばかりにリンディは声を張り上げた。

「ニーを、ニーを馬車に乗せて——」

「なに言ってんだリンディ、この馬鹿早く走れ！」

振り向いたニーモティカが怒鳴りつける。

「あともうちょっとだ、諦めんな！　大丈夫だ間に合う——」

「伏せろ！　ふたりとも早く！　滑り込め！」

ニーモティカの言葉は、それ以上に大きなどら声で遮られた。ロブの声だ、と思うと同時に、ほとんど反射のようにリンディの身体は動いていた。言われた通り身体を倒し、足から先に滑り込む。〈石英〉化した地面はほとんど抵抗を示さず、勢いが落ちないままニーモティカに追いついたリンディは、その腕を摑むと強引に引っ張って自分の上に倒し、そのまま抱きかかえた。

ニーモティカの悲鳴に一瞬遅れて、耳を聾する爆発音が響き渡る。遥か上空——円屋根の上から。

大気を震わす振動はそれだけでは終わらなかった。立て続けに数回の爆発音が続き、中空に粉塵が舞い、円屋根の下の空間が一瞬で白く染まった。直後、全てを覆い隠す轟音が鳴り渡った。２１６号がヒトガタの頭を砕いたときと同じ、だがそれよりもずっと大きく激しい音——。

仰のけに倒れ込んだリンディは、自分の目が何を見ているのかすぐには理解できなかった。空が割れ、落ちてくる——いや、そうじゃない。

円屋根が崩落しているのだと気づいた時には、その一帯は轟音と粉塵とに覆い尽くされ、何もかもがわからなくなってしまっていた。

27

「時不知さま！　リンディ！」

初めて聞いたユーゴの大声と激しく吠えるコウガの鳴き声が、リンディの意識を呼び覚ました。

「ユーゴ……ユーゴ⁉」

身体を跳ね起こすと同時に、白い毛玉がほとんど体当たりの勢いで懐に飛び込んでくる。コウガだ。なんとか受け止めたリンディの全身に痛みが走り、思わず苦痛のうめき声が漏れた。馬から滑り落ちて打ち付けた個所も含め、痛まないところがないほどの満身創痍だった。

「だっ、大丈夫か、リンディ」

顔を顰めたニーモティカもなんとか上半身を起こす。ふらついてはいるようだが、ぱっと見て怪我をしている様子はなかった。ただリンディ自身も含め、体中が石英の粉だろう、細かく硬い粒子まみれになってしまっていた。その粉ごと、コウガが甘えるようにニーモティカの頬を舐めあげる。

「ご無事で、よかった」

コウガに遅れてユーゴが駆け寄ってくる。手を貸してもらって立ち上がったリンディは、振り返って目にした光景に愕然となった。

夜空に高く、輝く月が浮かんでいる。

空への視界と光を遮っていた円屋根、その大半が消え失せていたのだ。

満月に近い丸い月のお陰で、直前まで闇に沈んでいた円屋根の下の様子もかなり遠くまで視線が届くようになっていた。円屋根の中央部分、つまり黒錐門の真上あたりを中心にして、周辺数百メートルの〈石英〉でできていた屋根が悉く崩落し、失われているのが見て取れる。

　黒錐門の周辺を中心とした地面には、直前まで円屋根を形成していた〈石英〉の塊が砕け割れて積み重なっていた。全高四十メートル近い黒錐門自体は、見える範囲では傷もつかずにそのままの威容を維持しているが、根本部分の周辺には遠目で見ても数メートル、〈石英〉の瓦礫が積層をなしている。

　ヒトガタが残した砕片と、２１６号の姿も瓦礫の下に埋もれてしまっていて見つけることができない。短い時間だったが周りなど見ずに全力で走った上に周囲の光景が一変してしまったため、どのあたりだったか目星すらつかなくなってしまっていた。

　円屋根の崩落はリンディたちのすぐ後ろ、二十メートルほどのところにまで達していた。崩落が始まるのがもう数秒早かったら、あるいは自分たちが走るのがもう少し遅かったら、今ごろはふたりともあの瓦礫の下にいたかもしれない。それに気づいたリンディの背筋が寒くなる。

「ぎりぎりでしたね、いや危なかった」

　内容とは裏腹の平然とした口調に振り向くと、歩き慣れていない〈石英〉の地面に苦労しつつ進んでくるデハイアの姿が目に入った。

「円屋根が我々の想定よりも脆かったようです。経年劣化によるものか、214号出現時の破損の影響かもしれませんね。ですがまあともかく」

ようやくリンディたちの傍に到着したデハイアはいつも通りのにこやかな表情を浮かべていたが、目だけは薄暗い闇の中でもわかるほど、怖い光を湛えていた。

「足止めには成功したようですね。とは言えあんなものでは――」

まるでデハイアの言葉を聞いていたかのように、積み上がっていた瓦礫の一部が崩れて落ちた。振り向いたリンディの目が、瓦礫の下から突き出している何本もの脚の影を捉えた。

「せいぜい十分か十五分稼げればいいところでしょう。今のうちに距離をとります。さあ早く」

ユーゴが走らせる馬車の荷台に乗っているのは、リンディの他はニーモティカとデハイア、そしてロブ。メイリーンの身を案じるリンディに、デハイアがもうとっくに指揮所についているはずですよ、と請け合った。

「指揮所に戻ろうとしてるところにお会いしましてね。ちょうどよかったのでお願いごとをして、護衛をひとりつけて指揮所まで送らせました」

リンディの身体からようやく力が抜ける。身体のどこもかしこもが痛んでいたが、それよりも安堵の方がずっと勝っていた。

もちろんまだ全てが解決していないのはわかっているが、ヒトガタを排除できたこと、216号との間に距離をとれたことはとてつもなく大きい、とリンディは思った。破砕は容易ではないとしても徘徊者はヒトガタと違い〈核〉という明確な弱点があり、ウィンズテイルの町守は百年間そこを貫いて町を護ってきたのだから。それに加えて、皐月によってリンディに加えられていた制限も解除されたのだから、メイリーンと合流すれば砕片から繭を作り出すことも可能だ。皐月からは多用は危険を伴うと警告されてはいたが、《這いずり》を封じていた繭が消失した今、ひとつの繭だけならリスクは最低限に抑えられるはずだった。

だが、そんなふうに考えたのはリンディだけだった。

繭の生成が可能になったことや、ヒトガタが黒錐門から出現した徘徊者216号によって砕かれ、その砕片が吸収された経緯などを聞いたデハイアは、難しいですね、と短く言った。

「どうしてですか、徘徊者なら砕くこともできるし、メイリーンがいれば繭だって」

「理論上砕くことができるのと、実際に砕くのは別の問題です」

デハイアが淡々と応えた。

「212号――リンディさんが初めて対峙した個体ですね、それ以降連続して出現している徘徊者についての聞き取り調査から、私は異界が私たちの新たな戦術に対抗する形態を即座に生み出している、という印象を持ちました。リンディさんの話によれば異界に我々と同じような意思、考えというものはないということでしたから、この変化は言ってみれば環境変化に対する進化ということでしょう。新たな状況に適応した個体が生まれ、生き残っている」

「連弩で砕かれたから〈核〉に矢が当たらないように大型化し、それでも再生兵器で砕かれたから〈核〉を直接狙えないような形態として《這いずり》が生まれた、ということか？」

ニーモティカの言葉を、そうですね、とデハイアが肯定する。

「人間の数が減り、吸収する文化文明も衰えたために停滞していた徘徊者の進化が、リンディさんとメイリーンさんの異界紋の出現と、そこから生み出された言わば再生文化をトリガーとして、再び加速しているのだと思います。再生兵器に適応した《這いずり》が繭によって封印されたため、逆に接地面積を最小限にし、かつ地上からは〈核〉が狙いにくい《アシナガ》が生み出された。ですがそれも遠距離誘導弾によって砕かれた結果216号が生まれた、というわけです。しかも216号は今や、ヒトガタを取り込んだことによって間接的に《這いずり》の経験や記憶を得た可能性が高い。つまり」

「――繭のことも知ってる」

リンディが漏らした言葉に、デハイアは無言で頷いた。

「そう考えておくべきでしょう。もちろんだからといって、それだけで繭が全く無力になってしまった、ということにはなりません。使い方を工夫すれば繭は今でも強力な武器になり得ます。ですが同時に、使えば使うほど徘徊者の進化を促してしまいかねないという点は考慮せねばなりません。再生兵器や遠距離誘導弾ももう徘徊者は――異界は、と言った方がいいかもしれませんが、知っている。適応していると考えるべきで、つまりこれまでと同じ使い方では効果がない可能性が高い。その上こちらは、ヒトガタと人間モドキへの対応で虎の子の攻撃手段をほぼ使い果たしています。メイリーンさんが再生してくれているはずですが、率直に言って焼け石に水もいいところです」

「じゃあ――じゃあ、もうどうしようもないんですか」

リンディの声は震えていた。やっとの思いでヒトガタを倒し、僅かとは言え時間の猶予を得たというのに。ここでなんとかして216号を砕いたとしても、それもまた徘徊者をより強くしてしまうことになってしまうのだとしたら。

いやそれどころか、とリンディは気がついてしまう。デハイアの話が正しいとすれば、全ての原因は僕たちふたりだ。僕たちがいるから、僕とメイリーンが失われた武器や文化文明を再生してしまったから、だからこんなことに――。

「あんたのせいじゃない、リンディ」

ニーモティカがリンディの身体を激しく揺さぶって言った。

「これは言ってみりゃ仕込まれてたことだ。百二十年前の人間がなんとか世界を取り戻そうとして立てた計画の、長い長い道のりの先端にたまたま置かれちまったのがあんたたちなんだ。自分たちで選んだ道じゃない、そうなるように誘導されていただけなんだ、何ひとつ、これっぽっちも、あんたたちの責任なんかじゃありゃしない」

「そうですね」

でも、と言いかけたリンディを、なぜか感慨深げな口調でデハイアが遮った。

「誘導されていた、というのはその通りだと思います。私たちが護り、伝え続けてきた知識や記憶にもそれらしい痕跡はありましたし、細かく調べてみればもっと見つかるでしょう。あまり褒められたやり方とは言えませんが――そうせざるを得ないほど、当時の世界や人々が追いつめられていた、ということかもしれません」

まあそれはともかく、とデハイアが言葉の調子を改める。

「肝心なのは、私たちが既に先人が立てていた道標（みちしるべ）から外れてしまっているということです。我々はこの、計画も予想もされていなかった状況を、今自分たちが手にしているものだけで切り抜けねばなりません」

「勝算はあるのかい」

ニーモティカの問いに、デハイアはさて、と鼻を鳴らした。

「確率までは何とも言えませんが、打つ手は考えました。考えるための時間を、みなさんが命を懸けて作ってくださいましたのでね。ご期待に応えられなければ、ノルヤナートの歴史と名が廃るというものです。とは言え、私たちだけでできることはもうありません。この難局を切り抜けるためには、リンディさん、あなたの協力が必要なんです」

「――僕の？」

打ちひしがれていたリンディの目に、光が戻った。

「僕に、僕にできることがあるんですか」

もちろんです、とデハイアが大きく頷く。

「あなたと、メイリーンさんの力がどうしても必要です。……ああ、それから」

思い出したように、デハイアが付け加えた。

「お伝えするのを忘れていましたが、再び繭を作れるようになった、というのはとてもいいニュースです。お陰でプランのバリエーションがより多彩になりました」

「それはいったい……さっき、２１６号はもう繭のことは知ってるかもって、それに使えば使うほど徘徊者を進化させちゃうかもって」

「言いました。その通りです」

「それなのに、繭を作っていいんですか」

困惑して尋ねるリンディに、繭だけではありません、とデハイアは応えた。

「異界紋も再生して欲しいんです」

「異界紋？　どうして――」

答えようとしたデハイアは、馬車が速度を落としたことに気づいて進行方向に振り返った。つられて顔を上げたリンディの目が、幾つかの燃え上がる炎によって照らし出されている光景を捉えた。小山のように積み重なったまま放置されている砕片、地面に穿たれている幾つもの炎の光が届かない深い穴――今朝まで繭があり、解放された《這いずり》が砕かれ、そしてヒトガタが生まれた場所だ。

「説明はあとにして、仕事にかかりましょう」

それまで浮かべていた柔和な表情を脱ぎ捨て、厳しい目つきになったデハイアが言った。

「ここから先は時間との勝負です。リンディさん」

はい、と力強く頷き、リンディはデハイアに促されるまま馬車から飛び下りた。

「リンディ――リンディ！」

指揮所から走り寄ってきたメイリーンが、悲鳴のような声で名を呼ぶやリンディを抱きしめた。

「リンディ――よかった、よかった無事で」

「メイリーンも」

　リンディの背に回されたメイリーンの腕の力は、いつもよりずっと弱々しかった。全身が砕片の粉塵にまみれたままで、頬も普段より落ちくぼんで見える。ようやく人並みにまでなった体力と自身を削り、再生し、連弩を何張も抱えて〈石英の森〉をユーゴと共に走り回ったのだ。

「ごめん、無理させて」

「そんなこと言わないで」

　ようやくリンディを解放したメイリーンが、怒ったような口調で言った。

「わたしだって町守なんだから。リンディの――みんなのために、できることならなんでもやるって決めたの」

　そうだね、ごめん、とリンディは頭を下げた。

「ありがとう、助けてくれて」

　それならいいよ、とメイリーンが笑顔に戻る。

「感動の再会はそのくらいでお願いします」

　最後に馬車から下りたデハイアが冷静な声で言った。

「メイリーンさん、お願いしたものは？」

「できてます」

　一瞬で表情を引き締め、メイリーンが応えた。

「ありがとうございます。では先ほどお願いした異界紋と、それから追加で繭の生成をお願いします。リンディさんのお話では、今なら繭も作れるそうなので」

「――本当なの？」

「そうなんだ。詳しい話はあとで」

「そうです、詳しい話はあとにしましょう」

デハイアが手を打ち鳴らして告げる。

「今はまず、作業にかかりましょう。時間の猶予はさほどありません、さあ！」

メイリーンと頷きあったリンディは、手を取りあって砕片の山へと走り出した。

28

約四十分後。

接近しつつある２１６号の姿が、遂に指揮所から目視で確認された。

時刻は既に夜の九時をまわり、〈石英の森〉を照らしているのは月の光と、何ヶ所かに設置されたかがり火の炎だけだった。炎が発する光はそれほど遠くまで届かないため、目視ではっきりと確認できる範囲はかなり限られている。

２１６号の身体は、夜の闇よりいっそう濃い、黒一色だった。闇が凝り固まって実体になったようだ、とリンディは思った。

その体軀は、円屋根の下で見たときから大きく変貌を遂げていた。

潰れた円錐形状をした胴体の全周からは、細く長い脚が無数に伸びている。脚の一本一本はヒトガタと対峙したときよりもむしろ細くなっているように見えたが、それ以上に変わったのは脚の数だった。桁違いに増えている。あまりの密集度の高さに加え、暗さで細部が見えにくいこともあって脚というよりは蠢く壁のようだった。脚の長さも倍まではいかないにせよ大きく伸張しており、地上から胴体までの距離は十五メートル前後はあるだろう。

胴体の上部にも変化が見られた。十本ほどの触手がまばらに生え、中空に向かってのたうっている。一本一本の長さは脚と比べるとずっと短く、せいぜい二、三メートルというところだろう。とは言え《這いずり》やヒトガタのように伸縮する可能性もあるから、見た目が短いからといって攻撃可能距離をそのまま見積もるわけにはいかない。

「見た目はクラゲのようですね」

リンディの隣で双眼鏡を覗いているデハイアが独り言のように言った。

「クラゲ？」

初めて聞く言葉だった。

「海に生息している生物の名前です。リンディさんは海を見たことは？」

「ありません」

「ノルヤナートは島にある都市で、周りを海に囲まれてるんです。落ち着いたら、是非一度来てみてください」

双眼鏡を覗いたまま、デハイアは世間話のように続けた。

「移動も船でしたら比較的安全ですし。理由は不明ですが、徘徊者はどういうわけか川や海には姿を見せないんですよね――まあそれはともかく、実物を見ていただければ、私があれをクラゲと呼んだ理由も納得していただけるでしょう。もちろん本物のクラゲはもっと小さくてふにゃふにゃしていますし、色も黒ではなく透き通っていますし、脚もあれほど多いものはまずいませんし、頭の上に触手が生えていたり、地上を歩いたりもしませんが――とは言え似ているのは似ているので、そうですね、今後あの徘徊者は《リククラゲ》と呼ぶことにしましょうか。残念ながら全員に通達している時間はありませんが」

どう反応すればいいのかわからず、リンディは無言のままデハイアの横顔を見上げた。

「《リククラゲ》の本体上部から伸びている触手ですが、発生している場所から言って」

リンディの反応など気にも留めず、デハイアは喋り続けている。

「攻撃用というより防御目的である可能性の方が高そうですね。遠距離誘導弾はこちらが思った以上の効果があったようです。――もう撃ち尽くしているので、備えたところで使い道はないんですが」

自分で言ったことが面白かったのか、デハイアがふふ、と笑いを漏らした。こんな状況で世間話をしたり笑ったりできるデハイアに、リンディは呆れるのを通り越して感心する。

「速度を落とした――やはり警戒しているようですね」

デハイアが言った通り、それまで一定を維持していた《リククラゲ》の速度が急速に遅くなった。そのままじりじり前進し、やがてひときわ大きなかがり火が設置されている場所の二十メートルほど手前で完全に足を止めた。

「気づいたのかな」

「気づかれるようにしましたからね」

押し殺したリンディの呟きに、デハイアが即答する。

《リククラゲ》が停止したのは、《這いずり》の砕片が積み上がったままとなっている場所、即ち《リククラゲ》にとっては自身をさらに膨れ上がらせ強化することが可能となる場所まで、残り三十メートルほどの位置だった。その一帯は不自然なほどきれいに整えられていて、細かく砕けた〈石英〉の欠片が散らばっているくらいでなんの障害物もなさそうに見える。

だが《リククラゲ》は先に進もうとはしない。

「やはり知識なり記憶なりを受け継いでいるようですね」

その状況は、リンディとユーゴ、そしてニーモティカの記憶に基づいて意図的に作り上げられたものだった。ダルゴナ警備隊員のほとんど全員がかかりっきりになって作り上げたその光景は、透明な百メートル四方の布状だった繭を気づかれないように敷設し、その上に《這いずり》を誘い込んだ時の状況を可能な限り再現したものだ。

「このまま時間を稼げるといいんですが——さて、どう出るか」

しばらくの間《リククラゲ》は停止したままで、ただ本体上部の触手だけがゆらゆらと揺れていた。様子をうかがっているか、まるで何かを考えているかのようだとリンディは思い、慌てて自分の考えを打ち消した。人間の考え方を当てはめちゃいけない。おかあさんに言われたじゃないか。

徘徊者の行動を人間の思考に基づいて予測するのは危険だった。予断は対応の遅れや判断の誤りを容易に生み出してしまうからだ。だが理屈ではわかっていても、実際にあらゆる可能性を等しく考慮することは容易ではなかった。

「——動きましたよ」

デハイアの言葉にリンディは目を凝らす。本体上部の触手の一本が、こちら側に向けてゆるゆると伸びている。息を呑んでリンディが見守る前で、触手の先端が急速に膨らみ始めた。かがり火の明かりだけでははっきり確認することは難しかったが、短く太い、円筒状のように見える。同時に変形した部分からは徘徊者に共通する闇に沈む黒が失われ、より明るい灰色へと変色していった。

数時間前の記憶が甦る。あれに似たものを、リンディはもっと間近で見たことがあった。

遠距離誘導弾。

「こちらはもう在庫切れだというのに」

デハイアが呟いた直後、触手が大きく曲がると先端が地上へと向けられ、間髪入れずに円筒形の物体、即ち遠距離誘導弾が切り離された。一瞬空中で静止したかのように見えた誘導弾は次の瞬間、細い煙を噴き出しながら一直線に地上へと向かった。

全身を揺さぶる衝撃と、鼓膜を破らんばかりの爆発音がほぼ同時にリンディたちを襲った。リンディは反射的に目を瞑り、頭を抱えて姿勢を低くする。一拍遅れて、爆風と共に折れ砕け吹き飛ばされた〈石英〉の欠片が指揮所の外壁にぶち当たり、終わることのない悲鳴を上げさせた。

「しめた」

短く強いデハイアの声に、リンディは目を開けた。双眼鏡を覗いたまま同じ姿勢を維持しているデハイアの口元に、はっきりとした笑みが浮かんでいる。

立ち上がって窓の外を見たリンディの目が捉えたのは、突然出現した少なく見ても直径五十メートルはあるだろうクレーターと、その向こうに倒れ込んでいる《リククラゲ》の姿だった。ここからでは胴体は見えず、無数の細い脚が中空をのたうっているのだけが見える。脚の一部は明らかに途中で折れ曲がったり、千切れ飛んだりして短くなっていた。

「遠距離誘導弾を防御態勢もとらずに間近で使ったらああなるのは当たり前です」

含み笑いを漏らしつつ、デハイアが言った。

「ヒトガタから知識を吸収しても、そうした推論はできないということですね。これはいい知らせであると同時に、学習を済ませただろう《リククラゲ》の帰還阻止がいっそう重要になったということです。ということで、リンディさん」

「わかりました。――コウガ」

それまで静かに床に伏せていたコウガの白い身体が、リンディの呼びかけに反応してさっと起き上がる。

「状況から適用されるのは、プランB－2です。覚えていますね？　ここから先は、みなさんにお任せするしかありません。――どうかご無事で」

力強く頷き、リンディは走り出した。

「いけ、コウガ！」

コウガは一気にリンディを追い抜き、先導するように闇の中を駆けてゆく。首から下げたベルが高らかに途切れることのない音を奏でていく。手加減なしの全速力で走るコウガの姿はあっという間に小さくなっていったが、純白の身体は闇の中で輝いているかのようにはっきりと見え、まるでリンディを導く灯火のようだった。

リンディとコウガが指揮所から飛び出すのと同時に、塹壕の中に身を潜めていたダルゴナ警備隊員たちによる攻撃が開始されていた。とは言え攻撃密度はヒトガタに対するものに比べて遥かに粗く、銃器による射撃が断続的に行われているのに過ぎない。威嚇にすらなっていないのは明らかだった。

倒れ込み、一部の脚を失ったことで露になった《リククラゲ》の腹部か背中のどちらかには、徘徊者唯一の弱点である〈核〉があるはずだった。再び立ち上がられてしまったら、地上からの攻撃ではどちらであっても狙いにくくなってしまう。数人のダルゴナ警備隊員が両面に回り込んで〈核〉の位置を掴もうと試みていたが、《リククラゲ》は脚や触手を激しくのたうち回らせてそれを阻止していた。

充分な武器弾薬が残っていれば、偵察などせずとも全火力の一斉投入で力業による破砕を目指せただろう。だがダルゴナ警備隊は、既にほとんどの弾薬をヒトガタと人間モドキに対して投下してしまっていた。メイリーンが再生して幾らか増えてはいたものの、物量と運頼みで〈核〉を打ち抜く攻撃方法が使える状況にはとてもない。遠距離誘導弾は既になく、再生兵器も《リククラゲ》に知られている。使い方を工夫しなければ容易に阻止されてしまうだろう。

だからこそ、リンディたちが重要なのだ。

徘徊者を誘導し、作り出した隙を逃さずに砕く。ヒトガタを経由して《這いずり》の経験と記憶を手に入れた《リククラゲ》は、リンディやコウガが囮であることは見抜くだろう。だがそれでも、目の前に姿を現したリンディを無視することはできないはずだ。

日中に行われる徘徊者の迎撃と異なり、コウガもリンディも赤いボディウェアは身に着けていなかった。コウガの純白の毛並みは闇の中では赤い着衣よりよほど目を引くし、徘徊者がリンディを狙うのは着衣ではなく異界紋に引かれているためだとわかっているからだ。

メイリーンは既に底をつきかけている体力を絞り出し、ほとんど意識を失いそうになりながら、今もなお砕片に取り組んで少しでも武器を増やそうとしている。あれだけ嫌がっていた武器の再生を、《リククラゲ》を倒すために、みんなで生き延びるために必死でやってくれている。ロブとユーゴ、ダルゴナ警備隊の人たちは危険に身体を晒しながら、リンディに対する《リククラゲ》の攻撃をなんとか阻止しようと備えている。そしてニーモティカ——リンディは奥歯を鳴るほど強く嚙みしめた。

一時間にも満たない休憩では体力の回復などとても望めなかった。だが、どんなことをしても、どれほど不格好を晒したとしても、必ずあいつを止めてやる。

《リククラゲ》の脚の長さは十五メートル。これまでのところ伸張は確認されていない。頭部の触手は十本、本数からしておそらくヒトガタの手指に似たものだというのがデハイアの予測だった。《這いずり》の触手と同じ程度には伸びることを想定しておく必要がある。だとしたら到達距離はおよそ百五十メートル。その範囲まで、あと僅か。

「コウガ！」

リンディが声を張り上げる。先行していたコウガが触手の想定到達範囲の手前で足を止めた。

連続した徘徊者の襲来によって、周辺の〈石英〉の柱は悉く打ち倒され砕かれている。一方、大きく開けた地面は《這いずり》の砕片と《リククラゲ》が使った遠距離誘導弾の爆発で生じたクレーター、そしてダルゴナ警備隊が作った塹壕によって、平坦からはかけ離れた状態になっていた。見晴らしは良くない——少なくとも人間にとっては。

徘徊者の視座からであれば、それらはたいした障害物にはならないだろう。だがそれは、こちらだって同じだ。

「僕を見ろ、徘徊者！　来てやったぞ！」

走りながらリンディは腹の底から吠えた。他の誰でもない、僕を見ろ、僕だけを狙え！

倒れ込んだままだった《リククラゲ》が即座に反応した。脚の動きが一気に速くなり、背中の触手が長く伸びて地面に突き刺さる。地面に接している側の脚をいっせいに縮め、触手を支えにして巨体からは信じられないほどの器用さで一気に立ち上がった。

かがり火の光に照らし出された黒い巨軀は、百五十メートルの距離を挟んでもなお押し潰されそうになるほどの強い存在感を放っている。光が届かないため直接目視はできないが、背中の中央に歪な突起があるのがリンディにはわかる。その表面に幾つもの孔が開き、それぞれが独立した生き物であるかのように蠢いていることも、その全てが自分に向けられていることも。

直後、全ての感覚が混濁する。

《リククラゲ》と対峙している、ちっぽけな自分自身の姿が見える。《リククラゲ》の、人とは異なる感覚を通して。

恐れるな。

呑み込まれるな。

頰の内側ごと奥歯を強く嚙みしめ、リンディは自分自身に言い聞かせる。皐月の助けはもう期待できない。ここはもう、百十余年前に想定されていたのとは異なる道なのだ。自分たち、今この世界を生きている自分たち自身の力で切り開いていくしかない。

コウガに並んで立ち止まったリンディは、《リククラゲ》と向き合った。全身の痛みはだいぶましになっていたが、体調は万全というにはほど遠い。だが選択肢はない。今持てるもの、その全てを使って精一杯やるしかない。

「どうした、来てみろ！」

徘徊者が人間の言葉を理解しているかはわからない。だが《リククラゲ》はリンディの挑発に応えるように、背中の触手を一気に伸張させた。だがその長さはせいぜいが十五メートル、長く見積もっても二十メートルにはならない。あれが限界なのか、それとも誘っているのか。

いいだろう、乗ってやる。

「いくよコウガ！」

ハンドサインを出すと同時にリンディは走り出す。《リククラゲ》に向けて、最短距離を。ここから先の地面は大小様々な砕片と穴で埋め尽くされているが、明度など関係ない徘徊者の感覚が助けになってくれた。並走するコウガは犬の感覚と身体能力で全ての障害物を軽やかに越えていく。

塹壕を避け、砕片の山に張り付く。視界が遮られ、《リククラゲ》の姿が見えなくなった。手足全てを使って積み重なった砕片をよじ登る。肉体の動作に五感が集中したため、《リククラゲ》の存在はわかってもその状態の把握は自然と後回しになってしまう。

僕が《リククラゲ》なら、とリンディは思う。この機会は絶対に見逃さない。だが徘徊者は人間ではない。どう出る。どう反応する？

アバルトが大声で叫ぶのが聞こえた。

砕片の山の頂上にリンディが辿り着く直前、それまで常に並走していたコウガが一気にスピードを上げて飛び出した。頂上で四肢を踏ん張り、姿勢を低くして激しく吠える。やはり、と思うと同時にリンディもそれまで抑えていた速度を上げて一息で山を越え、そのまま身体を投げ出して伏せた。

一直線にリンディに向かって伸びていた、《リククラゲ》の細い触手が一瞬目標を見失う。

その僅かな隙に、アバルトの指示で放たれた再生兵器の弾頭が割り込んだ。

着弾する——その直前、触手の先端は一瞬で細く無数に枝分かれし、お互い複雑に絡み合いながら四方八方に大きく広がった。突如として空中に展開された黒い投網は見事に再生兵器の弾頭を捕え、一気に包み込む。そして次の瞬間、弾頭は小さな〈石英〉の塊となって吐き出され、地上に落下した。

《リククラゲ》の反応を確認するや、リンディは右腕を高く突き上げた。それを確認したアバルトがさらに叫び、別方向から再び再生兵器が、さらにユーゴとロブによる連弩の矢が同時に放たれる。

仮に避けたとしても、それらは全て《リククラゲ》の本体に向かう軌道を取っていた。《リククラゲ》は触手を次々に伸張、枝分かれさせて展開し、発射された再生兵器と矢を悉く吸収していく。アバルトは指示を続け、再生兵器の弾頭と銃弾、矢が立て続けに放たれたが、それらは全て《リククラゲ》によって取り込まれ、〈石英〉と化して落ちた。

ダルゴナ警備隊とユーゴらによる一斉攻撃で稼げた時間は三十秒に満たない。だがその時間でリンディとコウガは砕片の山を越え、再び走り出していた。ただしその向かう先は《リククラゲ》ではない。まだ倒されていない〈石英〉の柱が立ち並ぶ左方向、〈石英の森〉の奥。

《リククラゲ》の触手がリンディを追うが、再生兵器と連弩の矢がそれを阻むように放たれる。一斉でなく断続的な攻撃は全て触手が展開した黒い網によって吸収されてしまったが、そうして生まれた猶予によってリンディはさらに距離を稼ぐことに成功し、〈石英〉の柱の陰へと滑り込んだ。

もちろん視線を遮ったところで意味はない。徘徊者はリンディを姿形でも動きや音でもなく、異界紋によって認識し追っているからだ。だがそれでも、〈石英〉の柱は触手の攻撃を阻む物理的な盾になってくれる。

《リククラゲ》の攻撃と再生兵器などへの対応から、触手の最大長は五十メートル程度だとリンディは見積もった。《這いずり》より短いのは体躯が小さいことと、長い脚とのバランスがとれなくなってしまうことが理由だろう。百五十メートルよりはずいぶんいい、あとは――。

デハイアとラミィから伝えられた指示を思い出す。時間を稼ぐだけだ。必要なのはあと二時間強。計画通りにいくにせよいかないにせよ、それで全ての結果が――この先に道が続いているのかどうかが明らかになる。

「絶対に216号に取り込まれないように」

リンディだけでなく、ロブやユーゴ、ダルゴナ警備隊の全員に対し、ララミィは繰り返し強調した。

「徘徊者に吸収された場合でも再生は可能だと思われますが、その場合人間としての自我が維持できない可能性が高いことをヒトガタの事例が証明しています。全てがプラン通りに進んだら、あとはみなさん、方法を選ばず生き残ることを最優先にしてください。特にリンディさん、最前線に出ざるを得ないあなたは最も危険に身を晒すことになりますが、同時にあなたを失うことは人類にとって致命的です。その点を忘れないようにしてください」

「俺が代わってやれりゃいいんだが」

心底悔しそうに言うロブに、ララミィは平然とそれは無理な相談です、と告げた。

「理由はふたつあります。ひとつ目、216号に限らず徘徊者はリンディさんとメイリーンさんの異界紋を狙います。異界紋を持たない人間が囮になっても、ふたりの存在を探知された時点で意味がなくなってしまうでしょう。ふたつ目、これはより大きな理由ですが」

ラライはロブとその隣に無言で立つユーゴを見つめて続けた。

「ダルゴナ警備隊員は銃火器については訓練を受けていますが、連弩は使ったことがありません。ここで説明した全プランにおいて最も重要なのは、改変した連弩による攻撃を、確実に216号に吸収させることです」

わかっていますよね？　とラライは念押しする。

「私が改変した連弩で正しく目標を狙うのは、通常の連弩よりもずっと難しいはずです。使い勝手まで気にする余裕はありませんでしたからね。それをこの短時間の訓練で曲がりなりにも使いこなせるようになったのは、ロブさんとユーゴさんのふたりだけ——そうである以上、射手はおふたりにお願いするしかないのです」

林立する〈石英〉の柱を抜けて、リンディは必死になって走った。もはや方角も距離もわからない。先行するコウガの白い背中だけを頼りに、今にも破れそうな心臓の鼓動に耐え、足を動かすだけで必死だった。全力で走ることなどとっくに不可能になり、ぜいぜいと息を切らしながら真っ暗な闇の中を進んでいた。

後方からは、断続的に〈石英〉の柱が倒れる音が続いている。《リククラゲ》が追跡を諦めていないことは間違いないが、正確な位置関係まではわからなかった。

距離が開いたからか、あるいは直接の視認を防いでいるためか、《リククラゲ》の視座の影響は薄い。相手の存在をぼんやり感知できる程度で、五感以外の感覚が流し込まれるような違和感もない。自分を見失わずに済むのはありがたい一方、状況を把握できないのは痛かった。

指揮所からどれだけ離れたのかは見当もつかない。かがり火の光などとっくの昔に見えなくなり、今あてになるのは月と星の光だけだった。晴天続きの季節なのと、光を阻むものがなにもないことだけが救いだ。

緊張と興奮でマスクされていた全身の疼痛が息を吹き返してくる。疲労と空腹、咽の渇きがそれを加速させる。もはや足をまともに上げることすらできず、引きずってなんとか移動しているような有り様だった。

今は何時なのだろう。あれから時間はどれだけ過ぎたんだろう。時計を持たないリンディには見当もつかない。全身の絶え間ない痛みと疲労で思考が鈍くなっている。本当にこれでうまくいくのか、いやそれよりもこの状況はいつか終わるのか。そんな疑問が心に重くのしかかってくる。咽がひりつくように痛む。今にも吐きそうなのに胃の中は空っぽで、上がってくるのは酸っぱい胃液だけだ。

いつの間にか、コウガがリンディの足下に寄り添い、励ますように身体を押し付けて一緒に歩いていた。気を許すと止まってしまいそうになる足をコウガの体温を頼りになんとか動かし、失ってしまいそうになる意識を記憶を呼び起こすことでなんとか保とうと試みる。

「再生された異界紋ですが、翌日には萎び始め、三日目には腐敗が始まりました。やはり人間の肉体とは違い、一部だけでは機能を維持できなかったようです。ただし、異なる結果になったものがありました。それが、ニーモティカさんに刻まれた異界紋です」

「あたしの?」

ララミィに応えるニーモティカの声が実際に聞こえたように思えて、リンディは思わず顔を上げた。だが周囲に広がるのは暗闇だけだ。

「でもあたしのとリンディの異界紋の形は一緒だぞ。見た目だけじゃ区別はつかないだろ」

「皮膚の違いから推測できますが、それ以上に機能の違いが明らかになったんですよ」

「機能の違い?」

「異界紋を刻まれた三つの肉塊のうちひとつだけ、翌日には砕片に戻っていたんです」

「砕片に戻ってた?」

ええ、とララミィは目を輝かせて頷いた。

「その後何度かおふたりの協力を得て突き止めました。日付が変わる瞬間に、あなたの異界紋を刻まれた肉塊は必ず砕片に戻るんです。そしておそらくはそれが、あなたに刻まれた〝不老〟の異界紋の本当の機能です」

その時にニーモティカが浮かべた唖然(あぜん)としか言い表せない表情を、リンディは忘れることができない。

「つまり〝不老〟の異界紋は二十四時間ごとに、あなたの肉体を元の状態に巻き戻しているんです。記憶や習得技術が消えていないのが不思議ですが、脳は対象外なのか、あるいは記憶や経験を保護する仕組みがあるのかもしれません。いずれ余裕ができたらその点も検証させていただきたいと——」

そこから先、ラミィが何と言ったのかは思い出せなかった。記憶が曖昧になっている以上に、意識を保つのが困難になりつつあった。このまま倒れ込んでしまいたい、眠ってしまいたい——抗いがたい誘惑が、リンディの全身を包み込む。

コウガの激しい吠え声が、それを断ち切った。

警告だと認識すると同時に、リンディは地面に身体を投げ出していた。直後、寸前までリンディの頭のあった場所を黒い疾風が駆け抜ける。

《リククラゲ》の触手だった。

いつの間に、と必死で力を振り絞り、身体を反転させる。暗闇の中、予想よりずっと遠くに《リククラゲ》の黒い影が見える。どう見ても五十メートルではきかない、まだ百メートル近くは離れている。

くそっ、とリンディは悪態をつく。《リククラゲ》もまた、罠を仕掛けていた。こちらが動けなくなるまで、自分の手の内を全て見せないようにしていたのだ。

逃げなければ、と思うのに、身体が動かなかった。走り出すどころか、足が痙攣(けいれん)したように震えて立つことすらできない。頭を低く下げたコウガがリンディを護るように立ち、激しく吠え続けていた。

「コウガ、お前だけでも逃げ――」

震える手でハンドサインを出そうとした瞬間、〈石英の森〉に爆発音が響き、《リククラゲ》の身体が大きく揺らぐのが見えた。小さな爆発音がそれに続き、夜空が不意に明るくなる。デハイアたちが打ち上げた照明弾が一帯を照らしているのだ。

「リンディ！」

ユーゴとメイリーンが叫んでいるのが聞こえた。コウガがいっそう激しく吠える。爆発音が立て続けに鳴り響き、《リククラゲ》の身体が倒れ込んだ。防御していないのか？　なぜ？

「ユーゴさん！」

すぐ近くでメイリーンの声が響いた。

「コウガがいる！　リンディもきっと！」

「メイリーン！」

まさか、と思うより先にリンディは声を嗄らして叫んでいた。

「来ちゃダメだ、徘徊者はメイリーンのことも」

言い終えるより先に、照明弾の光に照らされたメイリーンと、それに続くユーゴの姿が見えた。倒れ込んでいるリンディに向けて駆け寄ってくる。安堵で全身から力が抜けそうになるのを必死に堪え、リンディはダメだ、ともう一度叫んだ。

「逃げるんだメイリーン！　ユーゴ、メイリーンを」

「リンディ」

構わず駆け寄ってきたメイリーンが、リンディの上半身をかき抱く。

「よかった、無事で、本当に」

いつもよりずっと高いメイリーンの体温が、汗の匂いが、リンディの全身を包み込む。

「心配するな」

続けて言ったユーゴが、深く大きく呼吸して、息を整えた。額から滴っている汗を拭い、自分の身体でリンディを隠すように《リクラゲ》と向き合って再生兵器を構える。

「リンディはみなを護った。リンディのことは俺が護る」

ひゅっ、と短く鋭い呼気が聞こえたのと同時に、ユーゴが再生兵器のトリガーを引いた。発射された弾頭は一直線に進み、《リククラゲ》の足下の地面で爆発した。地面が大きく抉れ、《リククラゲ》の身体がさらに傾ぐ。

「はいっ」

メイリーンが背負っていた連弩をユーゴに手渡した。再生兵器を投げ捨てたユーゴは連弩を構え、《リククラゲ》に対峙する。

身体が傾いでいるとは言え、《リククラゲ》の〈核〉は見えない。照明弾の光もほとんど消えて、周囲は再び闇に呑まれつつあった。いくらユーゴとは言え、連弩で《リククラゲ》を砕くのはどうやっても不可能だ。

これまで何度も徘徊者を砕いてきたユーゴの姿に安堵を覚えそうになる気持ちを振り払って、リンディはふたりとも早く逃げて、と言った。

「絶対逃げない。ずっと一緒にいる」

きっぱりとメイリーンが言った。

「心配するなと言ったぞ」

続けてユーゴが言う。その大きな背中の向こうで、《リククラゲ》が傾いだ姿勢のまま、背中の触手の一本を大きく撓ませて一気に伸張させるのが見えた。コウガが激しく吠える。再生兵器ならともかく、連弩であれを止められるとはとても思えない。

触手が大きく振り上げられるのが見えた。メイリーンがリンディの身体を強く抱きしめる。ユーゴは微動だにしないまま、《リククラゲ》に対峙していた。

触手が放たれるのと同時に、ユーゴが絶妙な間隔を空けて連弩を三連射した。最初の一本の矢を受け止めるために触手の先端が次々に細く裂け、お互いが絡み合いながら大きく広がり――。

次の瞬間、触手は消失した。

触手だけではなかった。《リククラゲ》の黒い巨体が、まるで最初から存在しなかったかのようにかき消えていた。

代わりにその空間を占めていたのは、無数の、虚空から溢れ出たかのように地面に向かって降り注ぐ砕片だった。

目標を失った三本の矢が、そのまま闇に呑み込まれて消える。

理解がゆっくりと追いついてくる。

〝異界紋は二十四時間ごとに、あなたの肉体を元の状態に巻き戻しているんです〟。ラミィの言葉が脳裏に甦る。メイリーンとリンディが再生した、ニーモティカの異界紋。矢と共に打ち込まれたそれを吸収した《リククラゲ》は、デハイアの予想通り、ニーモティカの異界紋の能力自体も取り込んでしまった。

そうして日付が変わると同時に発揮された異界紋の力によって、《リククラゲ》の身体は巻き戻されたのだ。二十四時間前の状態に。

助かったんだ——そう頭ではわかっても、実感は全く湧かなかった。リンディはメイリーンに抱きしめられたまま、茫然と〈石英の森〉の闇を見つめていた。

第六章　標のない道

29

メイリーンの腕の中で意識を失ったリンディは、その後丸一日、夢も見ずに眠り続けていた。とっくに限界を超えていたメイリーンもまた、リンディと共に馬車に乗り込んだところで気を失って頽(くずお)れた。ふたりとも、いつ倒れ込んでしまってもおかしくなかった身体を緊張感と気力だけでなんとか動かし続けていたのだ。

リンディたちが回復に努めている間、デハイアとロブは話し合いながら、ダルゴナ警備隊と町守による後始末を進めていた。幸いウィンズテイル自体に大きな被害はなかったが、崩落した円屋根の下や、〈石英の森〉の中に残された大量の砕片を早急に処理する必要があったからだ。

死者や行方不明者は出なかったものの、負傷者はかなりの数が出てしまっていた。警備隊付の医師はふたり、ウィンズテイルの医者もドクター・エレアノア・ノブルーシュカただひとりしかおらず対応できる限界を超えていたため、移動可能な負傷者は大型艦でダルゴナへと送り返されることになった。

そうした一連の対応が落ち着くまでには、《リククラゲ》の消失から一週間ほどが必要だった。ドクター・エレアノア・ノブルーシュカからようやく復帰許可を得たリンディの元にデハイアから連絡があったのは、ちょうどその日のことだった。

デハイアに呼び出されたのはリンディとメイリーン、それにニーモティカの三人だった。

ロブはこの一週間、町守を指揮して調査・復旧作業を進めていた。足の方はもうほとんど問題はなくなっているようだったが、睡眠どころか食事の時間さえまともにとれない日が続いており、さすがに辛そうだ。一方のユーゴは一日身体を休めただけで、翌日からはコウガを従え、リューダエルナやヘルガ＝エルガらと手分けしつつ、ほぼ毎日のように見張り櫓で新たな徘徊者の警戒にあたっている。

円屋根が崩落した結果、見張り櫓からは直接黒錐門が監視できるようになっていた。徘徊者の出現をより早い段階で発見できることになったわけだが、町の防衛にそれをどう生かすかは今後の検討課題とされたままだ。ダルゴナ警備隊がいつまでウィンズテイルにいるかは未確定だったし、町守も柔軟に体制を組み替えられるほど潤沢な人材がいるわけではない。そもそも検討に割くだけの時間的・人員的余裕すら、今のウィンズテイルにはなかった。

課題ばかりが積み上がっている中で辛うじて朗報と言えそうなのは、貴重な若手であるリンディとメイリーンに復帰の目処がついたことと、今のところヒトガタから発生した砕片が円屋根の下では見つかっていないということくらいだろう。特に後者は今後の作業やウィンズテイルの安全を考えると重要な点だった。黒錐門から出現する次の徘徊者にヒトガタや《這いずり》が得たものを与えないため、円屋根の下の砕片除去はどれほど危険を伴ったとしても最優先で行う必要があるとされていたからだ。

迎えの警備隊員が三人を案内したのは、〈石英の森〉の指揮所だった。砕片の回収作業のためか、指揮所の中にも外にも様々な物品が整理もされず乱雑に積み重ねられている。一方でメイリーンが再生したものも含めて馬は全て駆り出され、馬車を牽いて一日に何度も町の南方にある倉庫との間を往復しているということだった。

「負傷した隊員と入れ替わりに、大型艦では交代人員に加えて新しい馬と馬車を運んできてもらうことになっています」

こちらへ、と三人を案内しつつ、デハイアが言った。

「馬車はメイリーンさんに再生してもらうことができますし、その方が砕片の量も減らせるとも考えたのですが、馬車だけ増やしても馬がいなくてはどうしようもありませんからね」

繭があった場所の近辺には、未だ一週間前とほとんど変わらない量の砕片が積み上がっていた。万が一徘徊者に吸収された場合により危険性の高い、《リククラゲ》の砕片回収を優先しているためだという。

「徘徊者の出現可能性は高まる一方ですからね。そういう意味でも、繭を使わずに済んだのは何よりでした」

砕片の山と山の狭い隙間を縫って進みつつ発せられたデハイアの言葉に、リンディはえっと驚いた。

「でも、《リククラゲ》に壊されちゃったんじゃ――あっ、もしかして壊れてなかったんですか、攻撃されても」

いやいやまさか、とデハイアがいつも通りの表面上はにこやかな顔で言った。

「できれば使いたくないとっておきを、あんなあからさまに設置したりしませんよ」

「でもそれは、《リククラゲ》を足止めするためにわざとそうしたんじゃ」

「時間を稼ぐのに、わざわざ本物を使う必要はありません」

覚えておくといいですよ、とデハイアが言う。

「本物があるかもしれない、そう思わせればいいんです。ある、と思わせる必要すらない。ないかもしれないが、もしかしたらあるかもしれない。一度そう思ってしまったら、可能性を頭の中から排除するのは容易ではありません。もちろん、徘徊者は人間のように疑いを持たない可能性もありました。ですが徘徊者が自分たちに対する危険を理解してそれを回避、あるいは対応するように進化していることを考えると、人間のように考えることがないとしても、何らかの反応は示すだろうと考えたんです。まさかあんなふうに、足回りの弱点まで自分から晒してくれるとは思いもしませんでしたが」

だから最後のとき、みんな《リククラゲ》ではなく足元の地面を攻撃していたのか、とようやくリンディは腑(ふ)に落ちる。

「ほんとに性格悪いな、お前」

「性格は関係ありません。こうしたことを考えるのが私の役割なんです」

毒づくニーモティカに、デハイアは平然と言い返した。

「じゃあ、繭はどうしたんですか。わたしも、てっきり」

メイリーンが尋ねる。

「《這いずり》の砕片に紛れて設置しておいたんですよ」

デハイアの声は心持ち得意げに聞こえた。

「おそらくリンディさんを狙うだろうと考えてはいましたが、その前に砕片を吸収してさらなる優位の確保を目指す可能性もありましたからね。もっとも砕片の吸収時には徘徊者は静止もしくは動きが鈍くなるでしょうから、繭による封印を狙うのであればそれが一番安全だったとは言えます」

えっ、と思わずリンディは口に出してしまった。

「それなら最初からそうしていれば、あんなに大変じゃなかったんじゃないですか？」

「でもそうしたら、繭がもう使えなくなってしまったでしょう？　リンディさんが仰ったように、繭を多用することは異界を必要以上に進化させるトリガーになりかねません。できたら徘徊者一体ではなく、もっと決定的な用途で使えるようにしておくべきと考えました。とっておき、ですからね」

「決定的な用途？」

ニーモティカの言葉に、ええ、とデハイアが頷く。

「今日御足労いただいたのも、それに関連した件でです。目的地まで馬車で行ければいいんですが、今そちらは砕片のピストン輸送に全て割り振っているので、申し訳ないのですが歩きでお付き合いください」

デハイアが三人を案内したのは、度重なる徘徊者の侵攻で〈石英の森〉に生まれた道から枝分かれしてできた新しい道の終点、つまり《リククラゲ》が〈石英〉の柱を粉砕しつつ進み、その巨軀を消失させた場所だった。

リンディにとって、日のある時間帯にここを訪れるのは初めてだ。一週間前、闇の中で《リククラゲ》とここで対峙したのだと頭ではわかっても、あの時は周りを見る余裕すらなく前に進むことだけで必死だったためか、全く実感が湧かなかった。

「リンディ」

なぎ倒された〈石英〉の柱に目を奪われていたリンディに、メイリーンが声を掛けた。

「手を繋いでもいい？」

もちろん、と応えたリンディの腕に、ちょっと思い出しちゃって、と言いながらメイリーンがぎゅっとしがみつく。

「ほんと言うと、あのときすごく怖かったの。リンディが見つからなかったらどうしようって思って」

「ごめんね、心配かけて。それと、ありがとう。メイリーン、武器を再生するの、本当は嫌なのに」

ううん、とメイリーンが首を横に振った。

「いいの。武器を作るのは今でも好きじゃないけど、それでリンディやウィンズテイルを護れたんだし。そのためだったらやるって、やろうって決めたの、自分で。だから、後悔はしてない」

リンディだってそうでしょう、とメイリーンは言った。

「徘徊者を引きつける囮になるって、真夜中になるまで時間を稼ぐって、みんなのために決めたんでしょう？　すごく危ないことだってわかってたのに。だから、一緒」

あのとき自分がそこまで考えていたのかどうか、リンディにはよくわからなかった。

ただ、メイリーンから一緒だと言われて、初めて気がついたことがある。

少なくともリンディは、自分の選択に、これまでやってきたことに後悔はしていなかった。痛い思いもしたし苦しい目にも遭ったし、できればもう二度と経験したくはないけれど、でも悔やんではいない。次に同じような状況に陥ったときにどうするかまではわからないけれど、きっと一所懸命に考えて、自分が一番いいと、こうするべきだと思うことをするだろう。それはもしかしたらベストの選択肢ではないかもしれないし、場合によっては最悪の道かもしれない。それでも、そうなるかもしれないとわかっていても、自分で選択することだけはやめないだろう。

デハイアが言った通り、僕らはもう、百年以上前におかあさんたちが立てた道標、世界を人間の手に取り戻すための道筋からは外れ始めてしまっている。今さら後戻りすることはできず、前を向き、自分たちの選択を積み重ねて道を切り開いていくしかないのだ。

先が見えなくても、危険かもしれなくても、それでも、とリンディは思う。それでも、ただ言われた通り、仕組まれた通りに進むのより、きっと、ずっといい。

「見ていただきたかったのはこちらです」

デハイアが足を止め、振り向く。

枝道に入り込んだときから見えていた、巨大な砕片がそこにあった。《リククラゲ》

の胴体部分そのままを思わせるほどの巨大さと形状だったが、何ヶ所かが大きく抉れ凹んでいる点と、表面の色が黒ではなく、何十何百もの絵の具をでたらめに振りまいたかのようになっている点が大きく異なる。

「こんなでかいの初めて見たよ」

ニーモティカが巨大砕片を見上げながら、呆れたように言った。

「ロブからとてつもなくでかいのがあって困ってるとは聞いてたけど……想像以上だねこりゃ」

「これ以外の《リククラゲ》の砕片はほぼ回収と運搬が終了してるんですが、これだけはそういうわけにいかなくてですね。私たちの技術では砕片は砕けませんし、この質量と大きさの物体を運ぶ術もない。そこで、みなさんに来ていただいたというわけです」

「これから、何かを再生すればいいんですか？」

メイリーンが言った。

「なにか動かせるようなものとか……馬車みたいな？」

「それって、うまくいくのかな。すごく大きな馬車になっちゃったりしない？」

リンディの言葉に、その可能性はありますね、とデハイアが楽しげに言った。

「ラミィの実験によれば、これまでのところ、元の砕片とほぼ同じ大きさのものしか再生には成功していません。ということは、ほぼこれと同じ大きさ——ざっと全高五メートル、一辺八メートル前後と思っていただいていいですが、そのくらいの物体を目標とする必要があるということです。その大きさの馬車ですと自重も相当のものになるでしょうから、動かすのには馬がかなりの頭数必要になるでしょうね」

とは言え、とがっかりした様子のメイリーンに向けて、デハイアは続ける。

「最大の目的は砕片ではなくしてしまう、つまりこの塊からヒトガタや《這いずり》、《リククラゲ》の情報を消し去ることですから、巨大な馬車を作るというのもひとつの選択肢です。ですがその前に、試していただきたいことがあるんですよ」

「なんですか？」

リンディとメイリーンの声が重なった。

「繭です。それも、可能な限り大きな」

「でも」

思わずリンディは反駁する。

「繭をたくさん作ると、徘徊者をもっと進化させちゃうかもしれないって」

「そうだぞお前、それ自分で言ってたろうが」

わかってますわかってます、とデハイアが言った。

「ですからこの繭は、先ほどお話しした、決定的な用途に使うつもりなんです」

「決定的な用途？」

ええ、とデハイアは胸を張って続けた。

「黒錐門を封印します」

リンディはもちろん、ニーモティカもメイリーンも咄嗟に何も言えなかった。確かにこの大きさの砕片からなら、黒錐門を包み込めるくらいの繭を再生できるかもしれない。それに前回使用したとき、繭は巨大な《這いずり》をまるで折り畳むかのように小さく圧縮して封じ込めた。あれが黒錐門に対しても有効ならば、確かに黒錐門自体を封印することもできるかもしれない。

「……とんでもないこと思いつくもんだね」

ようやく口にしたニーモティカの言葉に、デハイアはできるかどうかはやってみなければわかりませんが、と平然と応えた。

「徘徊者が封印できたのですから、黒錐門を封印できる可能性もゼロではないと考えています。ただ、それが可能ならば最初から皐月がそう指示していてもおかしくありません。ですから、何らかの理由で不可能なのだということも当然あり得るでしょう」

「――いや、待て。円屋根の黒錐門が封印されちまうと」

ニーモティカがふと気づいたように言った。

「皐月は――リンディの母親は、もうリンディと接触できなくなるんじゃないのか？　それがわかっていたから、だから皐月は言わなかった？」

なるほど確かにその可能性はありますね、と感心するデハイアをよそに、メイリーンが声を上げた。

「それって、リンディがもうおかあさんと会えなくなっちゃうかもしれないってこと？　そんなのだめ、だったら繭の再生なんて」

ニーモティカが指摘した可能性に気づいていなかったわけではない。黒錐門を封印すると聞いて、リンディが真っ先に思ったことがそれだった。もう母親と、いや母親自身ではないかもしれないが、その一部とさえ会えなくなってしまうかもしれない。

だが、もし本当に黒錐門を封印することができたら、リンディが皐月ともう会えなくなることと引き換えに、ウィンズテイルやその周辺の町が徘徊者の襲来に脅える必要はなくなるのだ。黒錐門は世界中にあるというから、理屈の上ではひとつ封印したところで危険は完全にはゼロにならない。それでもウィンズテイルにとっての危険性は、天変地異に襲われるのよりも小さなものになるだろう。

「大丈夫」

不安そうに聞こえないようにと祈りながら、リンディは言った。

「前にニーが教えてくれたけど、黒錐門は世界中にあるんでしょう？　黒錐門が異界に繋がってるのなら、ひとつ封印したからってもうおかあさんと二度と会えなくなるわけじゃないと思うんだ」

「だけど、リンディ」

言い募ろうとするメイリーンに頷いてみせ、リンディは続ける。

「円屋根の黒錐門を本当に封印できたら、僕は世界中の黒錐門を訪れて、それをひとつひとつ封印していきたい。その途中でおかあさんとはきっとまた会えるし、どうやったらおかあさんや、これまで異界に呑まれた人たちをちゃんと、ヒトガタみたいにならずに助け出せるのかもわかるかもしれない。もちろんすぐにはできないと思うけど、そうやって、全部の黒錐門を封印してみんなを助け出せたら、この世界をまた人間の手に取り戻せたら」

リンディはニーモティカとメイリーンを見つめて、言った。

「僕たちの異界紋も、消すことができると思うんだ。僕たちだけで異界紋を再生することができたんだから、それを作ったおかあさんたちの知識があれば、きっと。ただ――」

一瞬心配げな顔になったリンディが、ちらとメイリーンに視線を送る。

「メイリーンと僕の異界紋は、消すとしても最後になっちゃうと思うけど。だってその、僕らの異界紋がないと繭も再生できないし、砕片が残ってたら邪魔だし――あっ、でもメイリーンとニーが僕と一緒に来てくれないとそもそも世界中の黒錐門の封印なんてできないんだけど、でもその」

最後になって急に慌てふためくリンディの姿に、ニーモティカとメイリーンがたまらず噴き出した。なに言い出すかと思ったら、とニーモティカがリンディの肩を笑いながら叩く。

「ひとりで行かせるわけないだろ？　あたしらのことなんだと思ってんだ」

「そうだよ」

メイリーンも笑いながら、リンディの手を取りぎゅっと固く握りしめた。

「どこにだって一緒に行く。みんなで一緒に行けば、どんなことだって、きっと最後までちゃんとできるよ」

「――ありがとう」

急に胸が詰まったようになったリンディは、なんとか作った笑顔でふたりに応えるのが精一杯だった。

「えー、では話もまとまったようですので」

珍しく少し気まずそうに、デハイアが言う。

「繭の再生を試していただけますか。そちらがうまくいったら、もっと小さい砕片も残してありますのでそちらで制御盤を――」

「はいっ」

デハイアが言い終えるより先に、リンディとメイリーンは声を合わせて応え、巨大な砕片に向かって駆け出していた。

「……ちゃんと伝わってますよね、私の指示」

戸惑った様子のデハイアの背中を、大丈夫だよ心配しなさんな、とニーモティカが叩いた。

「全く。子どもの成長ってのは、本当に早いねえ」

笑顔のニーモティカが見守るその先で、ふたりは手を取りあったまま、早くも砕片に向かってしゃがみ込んでいた。

もしかしたらいつか、まだわからない未来、この日の決断を後悔するときがくるかもしれない。だけどそれでもいいんだ、とリンディは思った。

今このとき、僕たちが自分たちの行く先を、用意されていた標には従わず自分たちの手で選ぶのだと決めたことこそ大事なんだ。自分の道を自分の手で選んだということがきっと、この先僕らが進む道がどれほど険しいものだったとしても、僕らの身体を支え、行く先を照らし続けてくれるに違いないのだから。

頷きあったふたりはそっと手を伸ばし、一緒に砕片に触れた。ようやく摑んだ、世界の回復の端緒をたぐり寄せるために。奪われていた未来を、可能性を、自分たちの力で、自分たちの手に取り戻す、その第一歩を踏み出すために。

解　説

さやわか

本書は、門田充宏の長編シリーズ「ウィンズテイル・テイルズ」の第二巻だ。第一巻で巨大な徘徊者《這いずり》を退け、ウィンズテイルの町を救った主人公リンディと仲間たち。その戦果は広く世界へ伝えられ、ウィンズテイルは独立閉鎖研究都市・ノルヤナートから、招かれざる客を呼び寄せることになってしまう。彼らはリンディに、徘徊者たちによって破壊されつくした高度な文化文明を復元するため、決断を迫る。

右のように本書のあらましを記すだけでも、第一巻から引き続いた、シリーズの壮大な世界観が窺える。この作品は強大な敵の存在によって今日の文明が極限まで衰退した、いわゆるポスト・アポカリプスものだが、人々はただ無秩序に暮らしているわけではないのだ。各都市では自治が行われ、それぞれに異なる産業や傾向を持ち、互いに交易や折衝を行っている。今回登場したノルヤナートは、過去の文明が残した知識を収集・管理保存する都市だ。ロストテクノロジーである遠距離誘導弾などの今日的な兵器の再生を実現させ、科学技術にも秀でている。前巻で登場したダルゴナは訓練された警備隊を持つ物騒な都市だったが、彼らに技術提供していたのもノルヤナートであると、この巻で明らかにされている。

そもそも前巻の時点で、ウィンズテイルはダルゴナの前線防衛拠点、いわば捨て駒のような立場の都市として描かれていた。したがってノルヤナートはダルゴナの背後に位置する、さらに上位の存在ということになる。今回リンディが戦いに巻き込まれるのも、ノルヤナートの政治的思惑に従わざるを得なくなってのことだ。つまりは各都市に力関係が存在するというわけで、まずはそこが面白い。世界が滅んでも、人が生き残っているならば、やはりそこに組織があり、社会があり、政治がある。門田充宏は、地表に広がる荒野に点々と築かれた人の営みを作り込むことで、むしろこの世界の広大さを描き出しているのだ。

門田充宏は、作家としてキャリアを重ねながら、こうした豊かな世界観の表現を追求し続けている。商業デビュー作である「記憶翻訳者」シリーズでも、まるでバーチャルリアリティのゲームのように、多数のユーザーが同時接続して体験できる「疑験都市」が描かれていた。さらに、その後に創元推理文庫で書かれた『蒼衣の末姫』では、滅亡の危機に瀕した人類が、街ごとに役割分担し、強大な敵の侵攻を食い止める壮大なファンタジー世界をも構築した。「ウィンズテイル・テイルズ」は、この『蒼衣の末姫』で試された「ポスト・アポカリプスに人類がなお国家や結社を築き、苛烈な自然や天敵に翻弄されながら暮らす広大な世界」という設定を、さらに深め、より拡張したものだと言える。

　こうした設定を持つ物語には、フランク・ハーバート『デューン 砂の惑星』や、宮崎駿『風の谷のナウシカ』など、過去の人気作も多い。「ウィンズテイル・テイルズ」はそれらに比べると、異なる組織の構成員同士が仲間となり共闘する展開を重視しているようだ。思えば『蒼衣の末姫』も同様の筋書きを重視していたし、「会社もの」でもある「記憶翻訳者」シリーズにおいても、登場人物が組織の一員としてどう役割を果たすかを、各人の駆け引きも含めて面白く描いていた。思想の違いや軋轢、そして打算や戸惑いを抱えたままで、人が目的のために連帯することを描くのが、作家としてのテーマのひとつなのだろう。

　さらに門田充宏の作品でよく見られるのは、主人公が作品世界において、しばしば社会不適合者や落伍者として扱われることだ。主人公が所属するコミュニティも、はみ出し者の集団と位置づけられることが多い。そして主人公は特殊な能力を持つが、その能力はあらかじめ封じられていたり、世間的には無価値と思われていたりするのである。はみ出し者の集団が団結を見せ、エリートたちを圧倒するというだけなら、これもまた物語として王道の筋書きではある。だが門田充宏の作品には、そこにも独自の着眼点がある。というのも、より正確に言えば、彼の作品に登場する主人公の能力は、うまく使えば有益だが、場合によっては害にもなり得るもの、として描かれているのだ。

それがなぜ重要なのか。たとえば「記憶翻訳者」シリーズは、作品の要となる「記憶の翻訳汎用化」という技術が、エンタメコンテンツを世に提供するために利用されているという設定だ。ここで主人公たちの技術は世間に受け入れられているが、同時にそのシステムを営利企業が運用することに、社会から倫理的な非難が寄せられる展開も描かれている。

これは現実のネットワーク社会が、企業のほしいままに設計されていることにインスパイアされた設定だったが、重要なのは、門田充宏が主人公の特殊能力や新技術それ自体を、肯定も否定もしていないことだ。それをどう使うか、あるいは人々がどう捉えるかで、社会がよくなることもあれば、不幸を招くこともある、とするのが、彼の書き方なのだ。

「ウィンズテイル・テイルズ」における機體や、リンディの異界紋も同様だ。その力が善なるものか、危険なものか、結局のところ判断しきれないのである。だからこそ、前巻でダルゴナの技術者イブスランは機體を悪用することになったし、またノルヤナートの研究者たちと目的を同じくして手を組んだはずのリンディたちが、世界を元通りにするためなら異界紋の力を非人道的に使うことも厭(いと)わない彼らの態度に、拒否反応を示すことになるのだ。

　しかし「悪いのはいつも人間」という、単純すぎる正義感で描かれているわけでもない。なぜなら第二巻でクオンゼィは次のように言う。「おれの目的は何も変わらない。徘徊者の全てを倒し、異界からこの世界を取り戻すことだ」。つまり登場人物はそれぞれ、思い思いに世界をよりよくするために行動していると言ってはばからないのだ。科学技術であろうとファンタジーであろうと、作中の特異な設定について人々がさまざまな思いを抱き、互いを牽制(けんせい)し合うところに、門田充宏の真骨頂がある。これはきわめて真っ当にSF的な、未来予測や思考実験の手つきだと言えるだろう。

　ただ門田充宏が繰り返して描いているのは、未知の技術をどう使うかということだけではない。同時に「過去をどう捉えるか」というテーマにもこだわりを見せている。

　たとえば「ウィンズテイル・テイルズ」では、前巻から、人間それぞれの持つ「記憶」の抽出や別人への植え付けが可能になるという設定が明らかになっている。これは「記憶翻訳者」シリーズも彷彿(ほうふつ)とさせるもので、同作者のファンとしては胸が熱くなる思いだ。しかしここでは、ただ単に設定が似通っているというよりも、作者がなぜそうした設定にこだわっているかに思いを馳(は)せるべきだろう。

他人の記憶に介入できるSF作品は数多く存在する。夢枕獏の「サイコダイバー」シリーズなどは古典的名作のひとつだろう。ただこの系統の多くの作品が、他人の記憶を操作できる設定を持つのに対し、門田充宏の作品はそうではない。他人の記憶を別人に植え付け、それを追体験することが可能でも、勝手に書き換えたりはできないのである。

つまり門田充宏にとって、記憶とはまず確定した過去そのものであり、既に存在しないにもかかわらず、動かしがたいものである。そしてその一方、記憶は各人がどう捉えるかで、異なった姿を見せることも示唆される。これは未知の技術や能力が、使う者によってさまざまな姿を見せるSF的な想像力とは違うものだ。失われた過去をどう解釈するかにまつわる、ミステリ的な想像力と言ってもいいかもしれない。

ならば「ウィンズテイル・テイルズ」は、未来へ向けられたSF的な想像力と、過去へ向けられたミステリ的な想像力という、ふたつの想像力でもって思想の異なる人々の関係を結び、荒野と化した地表に文明を取り戻そうとする物語だと言える。門田充宏の物語は、これまでもずっとそれをやってきたが、本作では両方の想像力がうまく絡み合い、これまでにないスケールと活劇、そして思慮の深さを思わせるシリーズになっている。

右記した内容は、物語の大まかな筋書きと設定に沿って、門田充宏が作品の中で何を志し、深めていったかを推察したものである。しかしそれに限らず、細部にわたっても、明らかに作者は過去作で描かれたものをリミックスし、進化させていっている。

たとえば幼少期の記憶が曖昧な主人公が、既に失われた母との関係をやり直すこと。あるいは賢く、また俊敏に、登場人物の友として登場する犬たち。まっすぐで清々しいボーイ・ミーツ・ガールの青春譚と成長譚。巨大な存在とダイナミックに格闘する、胸のすくようなアクション。これらもまた門田充宏が過去作で描いてきたものであり、しかも「ウィンズテイル・テイルズ」では、いずれもその作り込みと描写の豊かさが深まっている。過去作を好んだ人にはもちろん、新しい読者にも、生き生きとした冒険物語を読む楽しさが強く感じられることだろう。リンディが取り戻していく世界を、まるで彼の記憶を鮮やかに追体験するかのように、目に焼き付けたい。

（さやわか　批評家／評論家）

本書は、集英社文庫のために書き下ろされた作品です。

門田充宏の本

ウィンズテイル・テイルズ
時不知の魔女と刻印の子

漆黒のゴーレム・徘徊者に文明を奪われ、大地の大半を無彩色の石英で覆われた、近未来地球。世界を取り戻す鍵は、少年少女に託された——。大迫力のＳＦ×バトルファンタジー、第一弾！

集英社文庫

集英社文庫　目録（日本文学）

森　博嗣　工作少年の日々
森　博嗣　ゾラ・一撃・さようなら Zola with a Blow and Goodbye
森　博嗣　暗闇・キッス・それだけで Only the Darkness or Her Kiss
森まゆみ　寺暮らし
森まゆみ　その日暮らし
森まゆみ　旅暮らし
森まゆみ　貧楽暮らし
森まゆみ　女三人のシベリア鉄道
森まゆみ　いで湯暮らし
森まゆみ　『青鞜』の冒険 女が集まって雑誌をつくるということ
森まゆみ　彰義隊遺聞
森まゆみ　森まゆみと読む 林芙美子「放浪記」
森まゆみ　『五足の靴』をゆく 明治の修学旅行
森　瑤子　情事
森　瑤子　嫉妬
森見登美彦　宵山万華鏡

森村誠一　壁の目 新・文学賞殺人事件
森村誠一　終着駅
森村誠一　腐蝕花壇
森村誠一　山の屍
森村誠一　砂の碑銘
森村誠一　悪しき星座
森村誠一　黒い神座（みくら）
森村誠一　ガラスの恋人
森村誠一　社奴（しゃど）
森村誠一　勇者の証明
森村誠一　復讐の花期 君に白い羽根を返せ
森村誠一　凍土の狩人
森村誠一　悪の戴冠式
森村誠一　社賊
森村誠一　誘鬼燈
森村誠一　死媒蝶（しばいちょう）

森村誠一　花の骸（むくろ）
森本浩平・編　沖縄。人、海、多面体のストーリー
諸田玲子　月を吐く
諸田玲子　髭麻呂 王朝捕物控え
諸田玲子　恋縫
諸田玲子　おんな泉岳寺
諸田玲子　狸穴（まみあな）あいあい坂
諸田玲子　炎天の雪（上）（下）
諸田玲子　恋かたみ 狸穴あいあい坂
諸田玲子　四十八人目の忠臣
諸田玲子　心がわり 狸穴あいあい坂
諸田玲子　今ひとたびの、和泉式部
諸田玲子　尼子姫十勇士
諸田玲子　嫁ぐ日 狸穴あいあい坂
諸永裕司　ふたつの嘘 沖縄密約
門田充宏　ウィンズテイル・テイルズ 時不知（ときしらず）の魔女と刻印の子

集英社文庫 目録（日本文学）

集英社文庫　目録（日本文学）

唯川恵　ベター・ハーフ
唯川恵　今夜 誰のとなりで眠る
唯川恵　愛には少し足りない
唯川恵　彼女の嫌いな彼女
唯川恵　愛に似たもの
唯川恵　瑠璃でもなく、玻璃でもなく
唯川恵　今夜は心だけ抱いて
唯川恵　天に堕ちる
唯川恵　手のひらの砂漠
唯川恵　雨心中
唯川恵　みちづれの猫
唯川恵　一瞬でいい
湯川豊　須賀敦子を読む
行成薫　名も無き世界のエンドロール
行成薫　本日のメニューは。
行成薫　僕らだって扉くらい開けられる
行成薫　できたてごはんを君に。
行成薫　彩(いろ)無き世界のノスタルジア
雪舟えま　バージンパンケーキ国分寺
雪舟えま　緑と楯ハイスクール・デイズ
柚月裕子　慈雨
夢枕獏　神々の山嶺(いただき)(上)(下)
夢枕獏　黒塚 KUROZUKA
夢枕獏　ものいふ髑髏(どくろ)
夢枕獏　秘伝「書く」技術
養老静江　ひとりでは生きられない ある女医の95年
横幕智裕　監査役 野崎修平　周良貨／能田茂・原作
横森理香　凍った蜜の月
横森理香　30歳からハッピーに生きるコツ
横山秀夫　第三の時効
吉川トリコ　しゃぼん
吉川トリコ　夢見るころはすぎない
吉川永青　闘鬼 斎藤一
吉川永青　家康が最も恐れた男たち
吉川永青　戦国・江戸 ポンコツ列伝
吉木伸子　スーパースキンケア術 あなたの肌はまだまだキレイになる
吉沢久子　老いをたのしんで生きる方法
吉沢久子　老いのさわやかひとり暮らし
吉沢久子　花の家事ごよみ 四季を楽しむ暮らし方
吉沢久子　老いの達人幸せ歳時記
吉沢久子　吉沢久子100歳のおいしい台所
吉田修一　初恋温泉
吉田修一　あの空の下で
吉田修一　空の冒険
吉田修一　作家と一日
吉田修一　泣きたくなるような青空
吉田修一　最後に手にしたいもの
吉田修一　ぼくたちがコロナを知らなかったころ

集英社文庫

ウィンズテイル・テイルズ 封印(ふういん)の繭(まゆ)と運命(うんめい)の標(しるべ)

2024年5月30日 第1刷 定価はカバーに表示してあります。

著 者 門田充宏(もんでんみつひろ)

発行者 樋口尚也

発行所 株式会社 集英社
東京都千代田区一ツ橋2-5-10 〒101-8050
電話 【編集部】03-3230-6095
【読者係】03-3230-6080
【販売部】03-3230-6393(書店専用)

印 刷 図書印刷株式会社

製 本 図書印刷株式会社

フォーマットデザイン アリヤマデザインストア マークデザイン 居山浩二

ISBN978-4-08-744653-1 C0193